U1008823

世界经典文学名著(全译本)

CHU LIAN

初恋

(俄)屠格涅夫 著 张晓林 译

安徽师范大学出版社

选题策划：中图传媒
责任编辑：祝凤霞
封面设计：嫁衣工舍

图书在版编目（CIP）数据

初恋 /（俄）屠格涅夫著；张晓林译.
—芜湖：安徽师范大学出版社，2012.12
（世界经典文学名著：全译本）
ISBN 978-7-5676-0271-7
Ⅰ. ①初… Ⅱ. ①屠… ②张… Ⅲ. ①中篇小说—俄罗斯—近代 Ⅳ. ①I512.44
中国版本图书馆CIP数据核字(2012)第319294号

初恋
（俄）屠格涅夫 著 张晓林 译

出版发行：安徽师范大学出版社
芜湖市九华南路189号安徽师范大学花津校区 邮政编码：241002
网 址：http://www.ahnupress.com/
发 行 部：（0553）3883578 5910327 5910310（传真）
E-mail:asdcbsfxb@126.com
经 销：全国新华书店
印 制：北京嘉业印刷厂
版 次：2015年1月第1版
印 次：2015年1月第1次印刷
规 格：787×1092 1/16
印 张：12. 75
字 数：214千
书 号：ISBN 978-7-5676-0271-7
定 价：25. 00元

凡安徽师范大学出版社版图书有缺漏页、残破等质量问题，本社负责调换。

目　录

初 恋

献给安年科夫

客人们早已鸟兽散了。这时时钟敲过了十二点三十分。只有主人、谢尔盖·尼古拉耶维奇和弗拉基米尔·彼得罗维奇还在屋子里。

主人按了一下铃，吩咐收拾晚饭的残羹剩饭。

“那么这件事就这样决定了，”他低声吩咐着，更深地埋入圈椅里，并把雪茄点上火吸了起来，“我们每个人都要讲讲自己初恋的故事。您先讲，谢尔盖·尼古拉耶维奇。”

谢尔盖·尼古拉耶维奇是个身体滚圆的小胖子，脸颊丰满，一头淡黄色的头发，他先看了一下主人，接着抬起眼来看着天花板，“我没有初恋过，”然后，他说，“我是直接从第二次开始的。”

“哦，这是怎么一回事？”

“特别平淡无味。我头一次追求一个很可爱的小姐时，已经十八岁了，我向她献爱心的情况同我后来向别的女人献爱心时一个样，好像我早已是情场老手了。说实在的，我六岁时就爱上了我的保姆，这是我的初恋，也是最后一次恋爱，但这已经是很久以前了——我们之间关系的详细情节我都不记得了，即使我还记得，可谁会对此感兴趣呢？”

“那该怎么办呢？”主人说话了，“我的初恋也很少有引人入胜的内容：在跟我现在的妻子安娜·伊凡诺夫娜认识之前，我没有爱过谁，我们的恋爱特别顺利，亲事是由双方父亲提出的，我们很快就坠入爱河了，并且毫不拖延地结了婚。我的恋爱故事没有悬念就可以讲完了。先生们，说真的，我出的这个谈谈初恋的题目，是指望你们来回答的，你们不能算老翁，但也不是年轻的光棍了；或许您能给我们讲些什么有趣的，弗拉基米尔·彼得罗维奇？”

“我的初恋确实不很平凡。”弗拉基米尔·彼得罗维奇讷讷地说，他这人四十岁光景，黑头发里已经出现了霜鬓。

主人和谢尔盖·尼古拉耶维奇不约而同地说：“那就更好……请您讲吧。”

“那好吧……不过，我并不想讲，因为我不是讲故事的好手，我会讲得枯燥无味、过于简略，或者是冗长烦琐、很不自然。假如你们允许的话，我就把所记得的全部情况都写在笔记本里，然后读给你们听。”

朋友们开始都不赞成，可是，弗拉基米尔·彼得罗维奇却不改初衷。两星期后他们又聚在一起了，于是弗拉基米尔·彼得罗维奇兑现了自己的诺言。

以下正是他写在笔记本里的故事。

一

事情发生在1833年夏天，当时我已经十六岁了。

我与父母一起住在莫斯科。他们在卡鲁日门附近的涅斯库奇内公园对面租了一座别墅。当时，我准备考大学，可我不很用心，还是优哉游哉过日子。

谁也不管束我。我想做什么就做什么，特别是我的最后一个法国家庭教师离去以后，我想到自己竟然会像颗炸弹一样贸然闯进了俄国，心里总是很难过，整天脸上露出恨恨的神色躺在床上。父亲对我很关切，但并不关心；母亲对我几乎毫不过问，虽然她只有我这么一个孩子，但是要她操心的事太多，把她吞没了。我父亲还很年轻，而且很英俊，十分帅气，只是为了经济利益才跟母亲结了婚，她比他大十岁。我母亲过着难过的日子，她常常激动、妒忌、生气，不过那是在父亲不在场的时候；她很怕他，他严肃、冷酷、难以接近……我没有见过比他更无动于衷、更自信和专横的人了。

我永远忘不了我来别墅时度过的头几个星期。天气特别好，我们是8月9日，即圣·尼古拉节那一天从城里搬来的。我经常散步。有时在我们别墅的花园里，有时在涅斯库奇内公园里，有时在郊外；我随身带着一本书，例如，卡依达诺夫的历史教科书，但很少打开它；而更多的是朗诵诗词，我背会了好多首诗；血在我体内翻滚着，我的心发闷——闷得甜滋滋的，真是可笑滑稽；我总是期望着，又似乎有所畏难，对一切都惊讶不已，并且做好了准备；我浮想联翩，我的想象力缠绕着一些同样的形象驰骋着，就像黎明时雪燕绕着钟楼盘旋一样；我时常陷入深思，心里发愁，甚至哭了，可有时被悦耳动听的诗句、被黄昏的美景激起了我的眼泪和忧伤时，我那开始沸腾的青春的快乐心情，像春天的小草那样破土而出了。

我有一匹坐骑。我经常给它套上鞍子，骑着它独自到一个很远的地方去，我纵马驰骋，自以为是个决斗的骑士（风在我的耳边鸣叫得多么欢快），或者翘首看望天空，把那明媚的阳光和蓝天纳入了打开着的心灵。

我记得，女人的形象、对女性的爱情的梦想，那时几乎还从来没有以一定的形式在我的脑海里出现过。但是一种对新奇的、难以形容的甜美的女性特征……似懂非懂的、羞涩的预感却潜伏在我所想过的和我所感觉到的一切之中了。

这种预感、这种期待渗进了我的身心，我呼吸它，让它在我的血管里，在每一滴血液里翻腾着……它料定很快就会实现的。

我们的别墅是某个贵族地主的一所有圆柱的木房子，两边有很矮的小厢房。左边小厢房是一家制造低价壁纸的小工场，我到那儿去看过不止一次了。十来个身体瘦弱、头发蓬乱、穿着油迹斑斑的长褂、面容焦黄的男孩不时地跳到木杠杆上去压一部印刷机的矩形板，就这样，他们用自己弱小的躯体的重量压印出壁纸上各种各样的花纹。右边小厢房空着，准备出租。有一天——5月9日那一天以后又过了大约三个星期——这间小厢房的百叶窗突然全都打开了，窗口出现了女人们的脸蛋——有一户人家搬进去了。我记得当天吃午饭的光景，母亲问管家，我们的新邻居是什么人，一听到是个姓扎谢金的公爵夫人，母亲开头毫无敬意地低声说：“啊！公爵夫人……”接着补了一句：“大约是个穷夫人吧。”

“坐着三辆出租马车来的，”管家恭恭敬敬地端上菜盘时说，“他们没有自驾马车，家具也极简单。”

“是啊，”母亲回答道，“不过，要是有个邻居到底会好一些。”

父亲淡淡地瞥了她一眼，她不出声了。

的确如此，扎谢金娜公爵夫人极不可能是个有钱的女人，因为她所租住的那间小厢房是如此破旧，又低又矮，稍微有些钱财的人都不会愿意住这样的房子。不过我当时把这些话当作了耳边风，并不注意。公爵的封号对我不起什么作用：因为不久前我刚读过席勒的作品《强盗》。

二

我有一个习惯：每当夜晚时分，我就带着一支猎枪在我们的花园里走动，守候着乌鸦。我一直就讨厌这些鬼鬼祟祟的、又贪婪又狡猾的鸟类。在提起的那一天，我又到花园里去了，走遍了所有的小路，却一无所获（乌鸦认出了我，很远就呱呱叫起来）。我偶然走近了那道把我们的花园跟附属于右边小厢房的那个狭窄的园子隔开的低矮的栅栏。我只顾走着。突然间我听到一阵说话声。我隔着栅栏一眼望去，不禁呆住了……

离我有几步路远的草坪上，在翠绿的木草丛中，站着一位亭亭玉立、娇柔多姿的高个子少女，她身上穿着一件带条子的粉红衣服，头上蒙了一块白头巾。有四个年轻人紧紧地围住了她，她拿了一些黄色的小花朵轮流地打他们的前额。我叫不出这些花的名称，但是孩子们都特别熟知它们：这些小花朵的形状像一只只小袋子，它们打在坚实的东西上，就会啪的一声碎裂。那几个年轻人却都那么愿意把他们的前额迎上去——这个少女的姿态（我只看见她的侧面）是那么动人，带着命令的意思，含有亲切、嘲弄，但又有十分可爱的成分，我惊喜万分，差点儿叫了起来，我觉得，如果这些美丽的指头来揍我的前额，我愿意马上放弃如水的脸颊……

我的手枪掉到草地上了。我忘记了一切，目不转睛地注视着那娇美的身材、那颈脖和秀美的双手、那白头巾下面有点儿蓬乱的淡黄色头发、那双半张半闭的聪慧的眼睛和睫毛，以及睫毛下面那娇嫩的脸颊……

“年轻人，年轻人！”突然我身旁有人说起话来，“难道可以这样一直盯着陌生的小姐看吗？”

我不禁全身一颤，发愣了……有一个黑色短发的男人站在栅栏那边，离我很近，他以讽刺的眼光望着我。这当儿那位少女也向我转过脸来……我在一张活泼的、神采奕奕的脸上看见了一双灰色的大眼睛。她的小脸忽然颤动了一下，笑了起来，雪白的牙齿闪闪发光，两条眉毛挺有趣地往上一扬，我满脸通红，从地上捡起了猎枪，在一阵响亮的，但并无恶意的哄笑声中走到自己的屋里。我扑倒在床上，用双手遮住了脸。我的心跳得是那样厉害，我觉得害羞，但又很快乐：我从来都没有这样动情过。

休息了一会儿后，我梳理了头发，整理了一下衣服，就下楼去喝茶了。那个年轻少女的形象在我眼前闪过，我的心不再狂跳了，但不知为什么,却令人愉快地揪紧着。

“你怎么啦？”父亲忽然问我，“打着乌鸦了吗？”

我本想把一切都告诉他，但话到嘴边就缩住了，我只暗自笑了笑。上床睡觉时，我也不知道为什么用一只脚支撑着，转了两三圈，然后抹上发油才躺下，这一夜睡得很香。迷糊中，我带着微微的兴奋抬起了头，望了望四周，天快亮了……又睡着了。

三

“怎样跟他们相识呢？” 这是我早晨醒来后的第一个念头，在喝茶前，我到花园里去了一趟，但并没有太接近那道栅栏，也没有看见一个人。喝过茶后，我几次走到别墅前面的那条街，远远地望着窗子，我觉得她好像就躲在窗帘后面，我慌张地赶快走开了。“不过我该跟她认识一下，” 我一边想，一边在涅斯库奇内公园前面的一片沙地上心神不宁地走来走去，“可是用什么方式呢？问题就在这里。” 我想起了昨天偶遇时的一些最微末的细节：我不知道为什么特别清楚地记起了她对我一笑的情节……可是，当我正在心神不安，想尽各种办法的时候，命运来帮助我了。

我不在家的时候，母亲接到了她的新邻居送来的一封写在灰纸上的信，信是用蓝色火漆封口的，这种火漆印是只盖在邮局通知书上和低价酒的瓶塞上的。这封信写得条理不通、字迹模糊。公爵夫人在信上要求母亲给予帮助。用公爵夫人的话说，我母亲跟一些有财力的大人物很熟悉，而她的命运和她孩子们的命运都掌控在那些人的手中，因为她正在打一桩特别重要的官司。“我请求您，”她写道，“就像一个贵妇人请求另一个贵妇人那样，同时我也很高兴运用这个机会。”在信的结尾，她希望母亲准许她来拜访。我回家时正好碰上母亲心绪不佳的时候，父亲不在家，她没有一个可以商量的人。对一个贵妇人，而且还是个公爵夫人的来信是不能置之不理的，可是回信怎样写呢？母亲却不知所措。她觉得用法文写回信不合适，而俄文又非她所长，她知道这个现实，不愿意让自己丢脸。看见我回来了，她很高兴，立刻就让我去拜访公爵夫人，向她口头回复，母亲随时愿意为公爵夫人代劳，请她在中午十二点到一点之间光临寒舍。我内心的愿望忽然能够很快实现了，这使我惊喜万分；可我没有露出惴惴不安的心情，我先到自己的屋子里去，系上新的领结，穿上长礼服：我在家里还穿着短上衣、翻领衫。

四

我走进狭小、肮脏的厢房前室时不由自主地浑身发颤。一个头发银白的老仆人接待了我，他有着一张古铜色的黑脸，一对忧伤的眼睛，额上和鬓角上都打满了我一生中还从未见过的那么深的皱纹。他手托一个只剩鲱鱼脊骨的菜盘，用脚关上了通向另一间屋子的门，断断续续地说：

“您……有什么事情？”

“扎谢金娜公爵夫人在家吗？”我礼貌地问道。

“沃尼法季。”一个女人的惊讶的声音在门后叫了起来。

老仆人默然地转过身去，背朝着我，他那件上衣破损得很厉害以至于后背露了出来，衣服上只孤零零地剩下了一颗褪成了黑褐色的带纹章的扣子，他把盘子放在地板上就走了进去。

“你去过警察分局了吗？” 还是那个女人的声音在问。老仆人模糊地说着什么。“啊？谁来了？”又是那个女人的声音。“邻居的少爷。”“好，请他进来。”

“请到客厅里来。”老仆人说道，他又出现在我面前，并把盘子从地板上拿了起来。

我整了整衣服，走进了客厅。我没有察觉地来到了一间不十分整洁的小屋子，家具简单，好像布置得很匆促。靠窗的那张一只扶手已经破损的圈椅里坐着一个五十来岁的老妇人，她没有戴头巾，相貌不济，身上穿的是一件棕色的旧连衫裙，脖子上围着一条毛线花围巾。她那双不算大的黑眼睛一直瞧着我。

我来到她跟前，向她行了礼。

“我可以和扎谢金娜公爵夫人聊几句吗？”

“我就是扎谢金娜公爵夫人，您是彼得先生的儿子吗？”

“是的，是我母亲叫我来拜访您的。”

“您请坐。沃尼法季！我的钥匙在哪儿，你看见过吗？”我把母亲对她来信的意思告诉了扎谢金娜公爵夫人。她一边听我说话，一边用她那粗大发红的手指碰着窗框，等我说完了话，她又目不转睛地凝视着我。

“很好，我一定去，”最后，她低声说，“您真年轻！请问您多大了？”

“十六岁。”我不由得低声地答道。

公爵夫人从口袋里掏出几张写满了字的、油迹斑斑的纸，拿到鼻子前面翻阅起来。

“多好的年华，”她忽然说，并在圈椅里转动着身子，“请别客气，我这儿很随便。”

“太随便了。”我心想，不由得讨厌地打量着她那整个粗陋的体态。

这会儿，客厅的另一扇门突地打开了，昨天我在花园里见过的那个少女走了出来。她举起了一只手，脸上掠过一丝微笑。

“这是我的女儿，”公爵夫人用胳膊肘指向她，低声说，“齐诺奇卡，这个就是我们邻居彼得先生的少爷，请教您的大名？”

“弗拉基米尔。”我感动得结结巴巴地答道，一边站了起来。

“那么您的父亲呢？”

“彼得罗维奇。”

“正好，我认识的一位警察局长也叫弗拉基米尔·彼得罗维奇。沃尼法季，别找钥匙了，钥匙就在我的口袋里。”

那位年轻的小姐带着笑容，微微睁大眼睛，头稍微侧向一边继续打量我。

“我已经见到过沃尔杰马尔了，”她开口了（她那银铃般的嗓音像一股令人愉快的香气在我身上掠过），“我可以这样称呼您吗？”

“当然可以，小姐。” 我嘟嘟囔囔地说。

“是在哪里看到的？” 公爵夫人问。

公爵小姐没有直接回答她的母亲。

“您现在有事吗？” 她细声说，一边死死地望着我。

“我没有什么事。”

“您愿意帮我缠毛线吗？到我这儿来。”

她向我微微点了点头，走出客厅去。我也跟着她走了。

我们走进另一个房间里，家具稍微古老些，布置得也比较雅致。可是这时候我几乎什么也没有注意到，我像在梦里一样走着，觉得全身充满了一种莫名其妙的幸福感。

公爵小姐坐下了，拿出一搭红色毛线，向我示意她对面的一张椅子，一个劲儿地把这绞毛线打开，套在我的两个手上。她静静地做着这一切，动作缓慢得有些好笑，在那微微张开的嘴边仍然挂着快乐而动人的微笑。她开始把毛线绕在一张对折的纸板上，突然以明亮而迅速的目光向我盯了一下，使我不由得把目光转移。当她那对时常半张半闭的眼睛睁得很大的时候，她的脸完全变化了，脸上好像焕发出了光彩。

“昨天您对我有什么想法，沃尔杰马尔？” 过了一会儿，她问我，“您大概指责我了吧？”

“我……公爵小姐……我一点儿想法也没有，我怎么能……”我惴惴不安地答道。

“听我说，” 她心不在焉地说道，“您还不了解，我是个十分有特点的人，我希望人家对我永远说实话。我听说您才十六岁，可我二十一岁了，您看，我的年纪比您大多了，所以您应当永远对我说真话……要记住我的话，” 她补了一句，“您看着我，您为什么不看着我？”

我更羞愧难当，可我抬起眼来看她了。她微微一笑，只不过不是先前那种笑意，而是另一种表示赞扬的微笑。

“您看看我，” 她慢声说，温柔地压低了嗓音，“我不厌恶人家看我。您的脸我挺喜欢，我觉得我们会成为朋友的。您喜欢我吗？”她别有用心地补了一句。

“公爵小姐……” 我琢磨好开口了。

“其一，请您直接叫我齐娜依达·亚历山德罗夫娜；其二，小孩子——年轻人要把他们心里想的直截了当地说出来，这才算是好习惯呢。大人可以这样。您究竟喜欢我吗？”

我虽然觉得很高兴，她跟我说话这么坦率，可我却觉得有点儿伤心。我想让她知道，跟她打交道的不是一个男孩子，我尽力装出一副很随便的、严肃的神态，低声说：“当然了，我很喜欢您，齐娜依达·亚历山德罗夫娜，我不想隐瞒这一点。”

她的头慢慢地摇了几下。

“您有家庭教师吗？” 她突然问道。

“没有，我早已经没有家庭教师了。”我扯了谎，我跟我的法国教师分别还不满一个月哩。

“哦！我明白，您完全是个大人了，”她轻轻地碰了一下我的指头，“把两手伸直！”她快速地把毛线绕成了一个球。

我趁她还没有抬起头来，就认真地打量她，开头是静静地看，后来越来越大胆了。我觉得她的脸比昨天更好看了。她脸上的一切都显得那么明秀、那么聪慧、那么可心。她背朝着一扇挂着粉窗帘的窗子坐着，阳光透过窗帘斜射进来，一抹柔和的阳光照在她那特别轻柔蓬松的金发上，也照在她那性感洁白的颈脖上、她那微微倾斜的香肩上和那酥软平静的胸脯上。我望着她，她对我来说是多么珍稀、多么亲近呀！我觉得我早已熟识她了，而且在我认识她以前，我简直什么也不明白，没有真正地生活过……她穿着一件浅色的、已经穿旧了的连衫裙，围着一条围裙，我觉得似乎我愿意抚摸这件连衫裙和这条围裙的每一条皱褶。她的鞋尖暴露在她的连衫裙外面，我好想拜倒在这双鞋子跟前……此刻我坐在她对面，我心想："我跟她认识了……多么幸福呀，天哪！"我兴奋得几乎要从椅子上直跳起来，可我的脚只稍微晃动了几下，就像一个吃着可口的东西的孩子一样。

我快乐得无法言语，但愿一辈子也不离开这个房间，不离开这个座位。

她的眼皮慢慢地张开，她那双明亮的眼睛又对着我闪出了幸福的光辉，她又莞尔一笑。

"您怎么这样瞅我？"她慢条斯理地说，并用指头点了点吓唬我。

我不觉脸红了……

她什么都明白，什么都看得见，这个念头在我的脑海里跳了一下，然而，这一切她怎么会不知道，怎么会看不见呢！

隔壁房间里忽然发出一阵什么声音——一阵马刀的铿锵声。

"齐娜，"公爵夫人在客厅里大叫起来，"别洛夫佐罗夫给你拿来了一只小猫。"

"小猫！"齐娜依达尖声叫道，从椅子上霍地站了起来，把毛线团丢在我的怀里，就跑出去了。

我也站了起来，把一绞毛线和毛线团扔在窗台上，跟着走进了客厅，可我迷惑地站住了：一只花斑猫张开着爪子，躺在屋子中间，齐娜依达跪在它前面，非常小心地把它的小脸抬起来。公爵夫人身边站着一个有一头淡黄色鬈发的年轻骠骑兵，他的脸红彤彤的，两腿向外微凸，他几乎遮住了整个窗户间的墙壁。

"多么有趣儿呀！"齐娜依达连声说了几遍，"它的眼睛并不是灰色的，而是绿色的，耳朵好大呀！谢谢您，维克多·叶戈雷奇，您真是太好了。"

骠骑兵轻轻一笑，鞠了个躬，同时把马刺咔嚓一声鸣响了，马刀的链子也叮当了一下。我认出了他就是昨天我见到过的那些年轻人当中的一个。

"您昨天不是讲过，您想要一只大耳朵的花斑猫……看，我弄来了。您的话就是圣旨呗。"他又鞠了个躬。

小猫娇娇气气地叫了一声，就嗅起地板来了。

“它饿了！” 齐娜依达尖声说道，“沃尼法季、索尼娅，拿牛奶来。”

一个穿着破的黄色连衫裙、脖子上系着一条染了色的围巾的女仆端着一小碟牛奶走进来了，她把牛奶放在那只小猫跟前。

小猫打了一下哆嗦，眯缝着眼睛，吃了起来。

“它的舌头多么美呀！” 齐娜依达说着，几乎把头碰到了地板上，从侧面去看小猫鼻子底下的那根舌头。

小猫吃足了就哼哼起来，还有模有样地张开爪子。齐娜依达站了起来，转身向女仆平静地说：

“把它拿走。”

“为着这只小猫，请把您的一只手伸给我。” 骠骑兵说，他咧嘴笑着，并扭动了一下他那紧紧地裹在簇新的制服里的健壮的躯体。

“给您两只手。” 齐娜依达毫无心眼地说，立即把两手向他伸了过去。他亲吻着她的双手，这时候她的目光穿过他的肩头射向了我，我颓然站在原地，不知道我应该哭呢，还是应该说些什么话，或者就这样默不作声。忽然我的家仆费多尔的身影穿过前室开着的门，映入了我的眼帘。他向我做着手势。我心知肚明地向他走去。

“你来干什么？”我问道。

“您母亲让我来叫您回去。”他说。

“难道我在这儿已经待了很久了吗？”

“一个多小时了。”

“一个多小时了？” 我不由得复说了一遍，就回到了客厅，我恭恭敬敬地行了礼，碰了一下脚跟告别了。

“您上哪儿去？” 公爵小姐隔着骠骑兵向我看了一眼，问道。

“我要回家，我得告诉家母，” 我转脸向那位老妇人道了一句，“请您一点多光临敝舍。”

“少爷，您就这样说吧……”公爵夫人连忙拿出鼻烟盒，大声地闻了起来，我甚至为此全身一震，“您就这样说吧。”她又说了一遍，泪眼汪汪地眨着眼睛，嘴里还哼唧着。

我又连忙鞠了个躬，就转身离开了房间，身上有一种很不自在的感觉，年轻人知道有人在背后望着他时，都会有这种感觉，“喂——沃尔杰马尔，请常来看我们。” 齐娜依达大声说道，又放声大笑起来。

“她为什么老是笑呢？” 我心里想着，在费多尔的陪伴下回家去了。费多尔没有对我说过一句话，只是带着不以为然的神情跟在我后面。母亲责骂了我，她觉得很奇怪：我在公爵夫人家里能待这么长久，到底是为什么呢？我什么也没有回答她，就到自己的屋里去了。我忽然变得很伤感，我竭力忍住，不哭出来……我妒恨那个骠骑兵。

五

公爵夫人如期来拜访我的母亲，母亲对她没有好感。她们见面时我没有在场，是在吃饭时母亲告诉父亲，说她觉得这个扎谢金娜公爵夫人似乎是非常粗俗的女人，而且说她十分厌烦，因为夫人恳求她在谢尔盖公爵面前为自己说情；又说夫人总是跟别人打官司，闹纠纷——讨厌的金钱上的事——那么她一定是个特别爱搬弄是非的女人。母亲又补了一句，说她已邀请了她和她的女儿明天来吃饭，她毕竟是邻居，而且是有声望的家庭。听了这些话，父亲就对母亲说，他现在记起来这是个怎样的夫人了；并说他在青年时就认识了已故的扎谢金公爵，他受过良好的教育，却是个萎靡不振、荒唐无用的人；又说在社交界人们管他叫"浪荡公子"，因为他在巴黎住了很久；他很有钱，但他把全部财产都输完了，不知为何，可能是为了金钱。"只是他本来还可以有其他更好的选择，"父亲补了一句，并淡淡地笑了笑，"就娶了一个小官吏的女儿做妻子，结了婚后，又开始去做投机生意，于是就彻底完蛋了。"

"她不要来借钱就好。"母亲说。

"这很有可能，"父亲平静地说，"她会讲法语吗？"

"讲得很不好。"

"嗯，不过这倒没关系。你好像对我说过，你也邀请了她的女儿；有人对我说，她是个很可爱的、有教养的小姐。"

"嗯 。"

"那么她不像她的母亲，也不像她的父亲，"父亲说，"公爵曾经也受过良好教育，却很愚蠢。"

母亲叹了口气，深思起来。父亲也不作声了。他们谈这些话时，我觉得很不自在。

饭后，我到花园里去了，不过没有带枪。我发誓绝不再走到扎谢金家的花园，可是一种不能抗拒的力量却诱使我又向那儿走去。这次没有白来，我还没有走到栅栏跟前，就看见了齐娜依达。这会儿只有她一个人。她手里刚好捧着一本书，沿着小径缓缓走着。她没有看到我。

我就要让她走过去了，可我忽然想出了一个办法，咳嗽了一声。

她扭过头来，但没有站住，用手拨开圆草帽上的那条浅蓝色的带子，看了我一眼，微微地一笑，又看起书来了。

我摘下了制帽，在原地稍稍犹豫了一阵，就心情沉重地走开了。

“今天她不开心吗？”我在心里想着。在她眼中，我算得了什么呢。正在胡思乱想时，一阵熟悉的脚步声在我身后响了起来，我回头一看，父亲正迈着轻快的脚步向我走过来。

“这位就是公爵小姐？ ” 他问我。

“她正是公爵小姐。”

“难道你认识她？”

“今天早晨我在公爵夫人那儿见到过她。”父亲站住，用脚跟急忙地转过身，往回走去。当他赶上了齐娜依达，跟她并肩行走时，他极有礼貌地向她鞠了躬。她也向他行了礼，脸上露出惊讶的神情，并把书放下了。我看见她一直目送着我父亲。我父亲一向穿得很讲究：简单朴素而且很大方；可是他的身材在我看来从来没有比今天更匀称，戴在他那已经有点儿稀疏的鬈发上的那顶银色呢帽也从来没有比今天更合适、更漂亮。

我本想走到齐娜依达跟前去，可她连瞧都不瞧我一眼，又捧起书走开了。

六

那天的整个晚上和第二天早晨，我都是在精神沮丧的麻木状态中度过的。我打算用功读书了，急忙看卡依达诺夫的教科书，这本著名的教科书，那排得很稀疏的每一页、每一行字只是清晰地从我眼前闪过，“恺撒以作战勇敢而著称”这一句我接连念了好几十遍，可我却一点儿也不明白这句话的意思，于是放下了书。吃饭前，我又在头发上抹了油，再穿上长礼服，系上了领结。

“这是干什么？”母亲问道。

“你还不是一个大学生呢，鬼晓得，你能不能考取？不是早已给你做了一件短上衣吗？可别把它丢在一旁。”

“有客人要来？” 我几乎下意识地咕哝着。

“真是胡言乱语，这是些什么客人！”

我只好听话。于是脱去长礼服，换上了短上衣，但没有拿下领结。

在午饭前半小时，公爵夫人领着女儿来了。这位老妇人在我已经见过的那件紫色连衫裙外面披上了一条蓝色披巾，戴了一顶饰有火红色带子的旧式帽子。她马上就讲起自己的期票来了，还唉声叹气，怨恨着自己的贫困，并且苦苦哀求，但一点儿也不觉得难为情。她依然我行我素地大声嗅着鼻烟盒，还是那么随意地在椅子上转来转去，坐不安定。她似乎没有意识到自己是个公爵夫人。可是齐娜依达的举止却很节制，几乎很傲慢，十足是个公爵小姐的派头。她脸上露出了艳若冰霜、稳重自尊的神情，我都不认识她了，觉得她的目光、她的笑容都很遥远，虽然她以新的姿态出现，但在我看来还是特别美丽动人的。她身上穿一件华丽的、带淡蓝色花纹的轻纱连衫裙；她的头发照英国的式样梳成了一绺绺，沿着两颊往下垂着：这种发式跟她那艳若冰霜的神情倒是很相称的。吃饭时，我父亲就坐在她旁边，并以他所特有的稳重大方而平静的、彬彬有礼的态度款待着自己的邻居。他有时瞅她几下，她也不时地望望他，但目光那么含蓄，几乎含有敌意。他们用法语谈着。我记得，齐娜依达的纯正发音简直使我感到羞愧。公爵夫人在用餐时仍然无拘无束，大吃大喝，盛赞菜肴味美可口。母亲显然对她讨厌透了，带着一种郁闷而蔑视的态度应付着她；父亲有时稍稍皱几下眉头。母亲甚至对齐娜依达也没有好感。

“这是个多么骄傲的女人，” 第二天她说，“请想一想，她有什么可骄傲的？像格里泽。”

“你大约没有见过格里泽吧？”父亲对她说。

“那要谢天谢地！”

“当然要谢天谢地……不过你怎么可能给她们下断言呢？”齐娜依达压根儿不理我。饭后不久公爵夫人就告别了。

“我希望能得到你们的大力相助，玛丽娅·尼古拉耶夫娜和彼得·瓦西里耶维奇，”她拖长着语调对我父母说，“又有什么法子呢？好日子是有过，但是已经过去了。毕竟我是个公爵夫人，”她带着不高兴的笑声补了一句，“如果没有吃的，爵位又有什么用？”父亲低声下气地向她行了礼，送她到前室门口。我穿着自己那件有点短的上衣站在那里，盯着地板，好像是个被判处死刑的犯人。齐娜依达不理睬我，使我十分难过。但不可理喻的是当她打我身边走过时，眼睛里流露出以前那种亲切的神情，并急切地对我低声说：

“请八点到我们那儿去，听见了没有，一定要……”我只能把头一点，而她把白头巾披在头上，走了。

七

八点时，我穿上了长礼服，把额上的头发梳得明亮一些，然后走进公爵夫人住的那间小厢房的前室。那个老仆人脸色低沉地看了我一下，十分不愿意地从长凳上站起来。客厅里响起了一阵阵的欢笑声。我轻轻推开了门，不禁吃惊得向后倒退了几步。公爵小姐站在房子中央的一张椅子上，手里拿着一顶男人的帽子；椅子周围拥集着五个男人。他们都企图把手伸进帽子里去。可她把帽子往上举起，并且用力晃动着。看见了我，她大声叫道：

“大家请等一等，等一等！来了一位新客人，应该也给他一张纸片。”

她轻快地从椅子上跳了下来，并一把拉住了我那件长礼服的翻袖口。

“走吧，”她说，“您干吗站着？先生们，让我给大家介绍一下：这位是沃尔杰马尔，我们邻居的少爷。而这位，”她向我转过脸来，补充说，并有序指着客人们，“马列夫斯基伯爵、卢申医生、诗人马依达诺夫、退伍上尉尼尔马茨基，还有骠骑兵别洛夫佐罗夫，您已经见过他了。请多多照顾。”

我怪难为情的，以至于没有向任何人点头行礼；我认出了卢申医生就是那位皮肤黝黑、一头棕发，曾经在花园里使我十分难过的先生；其余的人我都不认识。

“伯爵！”齐娜依达连忙往下说，“请你给沃尔杰马尔一张纸片。”

“这不公平，”伯爵带着明显的波兰口音表示抗议，这是个衣着讲究、一头黑发的美男子，有一双表情丰富的深棕色眼睛，一根细长而白皙的鼻子，那张小嘴上面留着一撮修得很整齐的小胡髭，“他还没有跟我们玩过方特游戏呢。”

“不公平！”别洛夫佐罗夫和另一位先生也连忙说，被称为退伍上尉的这位先生，是一个四十多岁的人，一脸的大麻子，头发卷曲得像黑人，背稍有点儿驼，罗圈腿，身穿一件纽扣松开、不戴肩章的车服。

“请写一张纸片，我在和您说话。”公爵小姐大声又说了一遍。

“干吗反对？沃尔杰马尔跟我们还是第一次玩游戏，今天他不必遵守规则。用不着发牢骚，写吧，我要求这样做。”伯爵耸了耸肩，但是无奈地低下了头，那只戴着几只嵌宝石戒指的白皙的手拿起了钢笔，扯下了一小张纸片，并在上面写了起来。

“最少要让我们向沃尔杰马尔先生解释一下是怎么回事，”卢申用嘲讽的口吻说话了，“要不然，他会完全懵懵懂懂的……要知道，年轻人，我们是在玩方特游戏。要是公爵小姐受罚了，凡抽到幸运纸片的人，就可以吻她的手。我和您说的话，您能听懂吗？”

我只看了他一眼，仍然我行我素地站在那里；可是公爵小姐又跳回椅子上去了，又抖动起了帽子来。大家向她侧过身去，我也跟在他们的后边。

“马依达诺夫，”公爵小姐对一个高挑个子的年轻人说，他的脸庞瘦瘦的，有一双老鼠般的小眼睛，乌黑的头发长得奇怪，“您是一个诗人，应当心胸大度些，把您的纸片让给沃尔杰马尔，让他能够得到两次机会。”

但马依达诺夫不干了，他摇了摇头，把头扬了起来。我继众人之后也把手伸到帽子里，拿了一张纸片，就把它打开了……天哪，当我看到上面写着“接吻”两字的时候，真是心跳若狂。

“接吻。”我手舞足蹈地大声叫道。

“好啊，他吻我了，”公爵小姐连忙说，“我多么高兴啊！”她从椅子上跳了下来，两眼闪动着光芒，令人嫉妒地瞥了我一眼，我的心不禁怦怦地直跳起来。“您觉得高兴吗？”她问我。

“我？”我热热乎乎地说着。

“把您的纸片当给我吧，”别洛夫佐罗夫突然靠近我的耳朵轻声地说，“我给您一百卢布。”

我狠狠地瞪了这位骠骑兵一眼。卢申却大声叫道：“好样儿的，可是。”他连忙往下说：“我是司仪，应当让大家遵守一切游戏规则。沃尔杰马尔，您要单腿跪下！这是我们的规矩。”

齐娜依达站在我面前，头朝下，微微向一边歪斜着，好像是为了把我看得更明白些，并庄严地伸给我一只手。我的眼睛发直，模糊不清；我本想单腿跪下，结果两条腿一齐跪下了——我的嘴唇重重地吻了一下齐娜依达的手指，动作十分不自然，竟让她的指甲轻轻地刮了一下自己的鼻尖。

“好啊！”卢申叫了起来，一边扶我站起来。

方特游戏继续进行着。齐娜依达让我坐在她身旁。不论什么惩罚方法她都想得出来！顺便说说，有一次要她扮成一尊“塑像”，她挑中了那个面貌丑陋的尼尔马茨基假装自己的台座，她叫他趴在地上，还要他把脸贴到胸部。大笑声一刻也没有停止过。我是在一个循规蹈矩的贵族家庭里长大的，是一个形影相吊、受过严格教育的男孩，这种大声喧闹，不拘礼节的、近乎癫狂的欢乐，这种跟陌生人空前的交往，急烈地冲击着我的头脑。我简直像喝了酒一样沉迷了。我高声大笑，信口开河，声音比别人更亮，连坐在隔壁房间里的老公爵夫人也走出来看我了，她正在那里跟一个从伊维尔斯基门请来的小官吏商讨打官司的事。

可我却觉得那么幸运，以至于对任何人的嘲笑或白眼，正如常言所说，都满不在乎。齐娜依达对我仍然加以青睐，不让我离开她。

在一次惩罚中，我得到了机会，跟她并排坐在一起，同时用同一条丝巾盖在两人头上：我应该把自己的秘密告诉她。我记得，我们俩的脑袋顿时笼罩在闷热的、半透明的、芬芳的昏暗中，她的眼睛在一片黑暗中亲切而柔和地放射着光芒，张着的嘴唇吐出缕缕香气，她的牙齿露了出来，她的发尖触得我痒痒的，使我浑身发燥。我一言不发。她神秘而狡猾地莞然而笑，最后，她对我小声说："喂，怎么样？"于是我只是涨红了脸，笑着，并把脸扭开了，我几乎透不过气来。

方特游戏我们都玩烦了，于是玩起一种绳子游戏来了。天哪！当我傻傻地望着的时候，我的指头挨了她偷偷的一击，我感到多么高兴啊，接着我竭力装出一副目瞪口呆的样子，可是她却挑逗我，不再碰我伸到她面前的那一双手。那天晚上我们还尝试了其他游戏！我们也弹钢琴，唱歌，跳舞，装演一群茨冈流浪汉，让尼尔马茨基装扮成一头熊，叫他喝盐水。马列夫斯基伯爵为我们上演了各种纸牌戏法，最后还表演了打惠斯特，他把牌洗了一通，将所有的王牌全都分发到自己手里，为此卢申偷偷地向他眨眼。马依达诺夫给我们朗读了他的长诗《凶手》片段，这首长诗他打算用青色封面印上红色书名出版；我们骗走了从伊维尔斯基门请来的那个小官吏膝上的帽子，叫他跳哥萨克舞来赎；我们叫沃尼法季老头儿套上妇女的包发帽，叫小姐戴上男人的帽子……这一切真是无穷无尽。

只有别洛夫佐罗夫越来越缩到墙角落里去了，他紧锁眉头，一脸怒气。有时他两眼血红，满脸通红，好像马上就要向我们大家猛扑过来，把我们当作竹片四处乱扔，可是公爵小姐不时地瞧着他，点点指头吓唬他，于是他又躲到自己的角落里去了。

我们终于胡闹得没有一丝力气了。虽然公爵夫人，用她的话说，特别爱热闹，不管怎样叫嚷她都不管，但是她也感到十分疲劳，想要休息了。夜里十一点多开始吃晚饭——一块不新鲜的奶酪，几个用剁碎的猪腿做馅儿的冷包子，我觉得这些包子比任何酥皮大馅饼都可口；酒只有一瓶，这瓶酒多么特别——无色的大口瓶，瓶里的酒呈玫瑰色。不过没有人喝酒。我走出厢房时，疲惫和快乐得精疲力竭了；齐娜依达在分别时紧紧地握住了我的手，又莫名其妙地悄悄一笑。

我觉得有一股清香而潮湿的夜的气息向我那热辣辣的脸上扑来。看来，大雷雨就要降临了；乌云逐渐增多，在天空中飘浮着，它们那似烟如雾的轮廓明显地变化着。风在黑乎乎的树林里不安地颤动，隆隆雷声在遥远的天边某处好像在对自己愤怒地发出警示醒言。

我从后面台阶悄悄地回到了自己的屋里。我的老仆人睡在地板上，我不得不从他身上迈过去；他醒了，一看见我就说，母亲对我又十分生气，又要打发他来找我，可是父亲劝住了她。我从来没有不向母亲问声晚安，再向她祝福几句，才躺下睡觉的。可现在没有办法了，我对老仆人说，我自己会脱衣服睡觉的，我吹灭了蜡烛……可是我既没有脱衣服，也没有上床睡觉。

我坐到一张凳子上，像中了魔法似的坐了很久……我的感觉是那么新鲜，那么甜美。我坐着，慢慢朝四下望望，一动也不动，平静地呼吸着，只是意识到了什么，就无声地笑笑，有时想到我坠入了情网，爱的就是她，这就是爱情，我心头不禁怦怦乱跳了。

齐娜依达的俏脸蛋在黑暗中悄悄地绽放在我的眼前——它浮着，浮着就不动了；她的嘴边还挂着那种极其神秘的微笑，两眼有点倾斜地、温和地望着我，目光像在发问、若有所思……就和我跟她分离时那一瞬间的神情一样。最后，我站了起来，光着脚走到自己床跟前，小心翼翼地、没有脱衣服就把头倒在枕头上。似乎害怕剧烈的动作会惊动充满着我心灵的那一切……我躺下了，但连眼睛也没有闭上。我的房间里不断地射进来一道道微弱的反光，我稍微欠起身子，朝窗子看了一下，窗框和那神奇而模糊地发白的玻璃都可以清楚地分辨出来。“雷雨。”我心想。好像已经下过了，但它离得很远，所以听不见什么雷声。只是天空中还断断续续地闪现着不很明亮的、长长的、好像有许多枝丫的闪电。与其说它们闪现着，倒不如说它们像垂死的鸟儿的翅膀那样抖动着、抽搐着。我跳下床来，走近窗前，在那儿一直站到了天明……

闪电一刻也没有停止过。这是民间所说的一个“雀夜”[1]。我远望着那片寂然无声的沙地，那黑沉沉的、占地很广的涅斯库奇内公园，以及远处房屋正面有点儿发黄的墙壁，它们在每次稍弱的闪光中好像也在战栗……我望着、看着，无法离开了。这些无声的闪电、这些微弱的电光，好像跟我心中突发的那无声的、神秘的激情相呼应。

晨光渐微，朝霞像鲜红的瓦片出现了。太阳慢慢升起，闪电显得越来越淡了，越来越短了。它们颤动的间隔时间也越来越长了，终于沉没

[1]　最短的夏夜。

在使万物苏醒而必将到来的白天的阳光中，它们消失了。

我心中的不安也消失了。我感到特别疲乏，但心绪宁静……可是齐娜依达的身影仍然扬扬得意地在我心上飘荡。不过这个形象本身看来十分平静安祥，它像一只从沼泽草地中飞出来的天鹅，离开了它周围的丑恶环境。当我快要睡着的时候，我最后一次同它告别，并且怀着充分信任的激动心情拜倒在它的面前……

啊，温暖柔和的感情，和婉的声音，一颗动情的心灵的善良和宁静，那初恋的、令人陶醉的幸福，你们在哪里啊？你们在哪里啊！

八

第二天早晨我下楼去喝茶的时候，母亲骂我了，不过没有我想象的那么严厉。她一定要我陈述昨天晚上是怎样度过的。

我做了简短的答复，把许多细节都省去了，竭力把一切都说得无可指责。

“他们到底不是正经人家的孩子。”母亲说，“你不要常去他们那儿闲荡，你要准备考试，用功一些！”因为我知道母亲心系的是我的功课，她要说的不过是这么几句话，所以我认为用不着跟她辩解；可是喝完茶之后，父亲拉住了我的胳膊，同我一块儿到花园里去，非要我说一说我在扎谢金家所看到的一切。

父亲对我有一种奇怪的影响——我们的关系真是令人奇怪的。他几乎不过问我的学习，他也从来不担心我的感情；他尊重我的自由——他对我甚至很客气……如果可以这样描述的话。

他只是从来不让我跟他亲热。我爱他，我很佩服他，我觉得他是男人中的榜样——天哪！要不是我时常感到他的手在推开我，那我会多么热烈地爱他，可是只要他高兴，他只需用一句话或一个动作，几乎一瞬间的工夫就能在我的心灵里唤起对他的无限信任。我曾经打开过心灵——我跟他谈话如同跟一个明理的朋友，跟一个宽厚的教师谈话一样……后来他又突然把我放在一边，他的手又把我推开了，虽然用热切而温和的方式，但最后还是把我推开了。

有时他兴奋起来，那就会像小孩子似的和我跑呀跳呀，耍着玩（他喜欢各种剧烈运动）。有一次，也仅有这么一次！他对我这般温柔，以至于我就要哭了起来……后来他的高兴劲儿和那温柔的神情却荡然无存了，我们之间所发生的一切并不能使我对将来抱有任何希望，对我来说，这一切好像只是一场梦。

有时，我只要一看到他那聪慧、俊秀、欢乐的脸，我的心就会乱蹦起来，我的全部身心都会向往着他，他好像领悟到我心里在想些什么，他会安慰地随手拍一下我的脸颊，然后或是走开，或是去忙些什么事情，或是又突然心平气和了，那种怪怪的态度是他所特有的。而我也立刻心里平静，冷了下来。他难得对我表示关切，但这绝不是我那不动声色的恳求所激起的，这些爱抚的举动总是如约而至的。后来我细细地想了一下我父亲的性格，我得出了这样一个结论：他对我，对琐碎生活都不感兴趣；他另有所爱，并且完全流连忘返。

“你能够得到的东西，你就去拿，不要受别人牵制；你是属于自己的——生活这玩意儿就是这样。”有一次他对我那样说过。另一次我作为一个年轻的民主主义者，当着他的面谈过自由。

“自由，”他反复着，“什么能给人以自由，你知道吗？”

“是什么呢？”

“意志，自己的意志，它给予比自由更大的权贵。你如果有意志，那么你就会是自由的，你就能够指导别人。”

我父亲最先想要的，也是他最大的意志是生活——他已经生活过了……也许他预料到了他不会长久地享受生活这“玩意儿”。他四十二岁时就离世了。

我把采访扎谢金家的经过情形一五一十地讲给父亲听了。

他坐在长凳上，用手杖在沙土上来回戳着，好像很专心，又有点儿三心二意地听着我的叙述。他时而笑笑，似乎挺快乐而又有趣地不时看着我，还向我提出一些简短的问题和不同的意见来激励我说下去。起先我甚至不愿提到齐娜依达的名字，可是后来我忍不住了，便开始对她倍加称赞。父亲不时微笑着。接着他沉思起来，伸了一下懒腰，便站了起来。

我记得，他从屋里踱出去的时候，吩咐给他备马。他是个出色的骑手，善于驯服最野的马。

“爸爸，我能和你一同去骑马吗？”我问他。

“不，”他答道，脸上露出了平日那种既冷酷但又亲和的神情，“如果你要去，那就独自去吧，告诉马夫，我不骑马了。”

他转过身去，疾步走了。我目送着他的身影，直到他在大门外消失了。我看见他的帽子沿着栅栏移动着——他上扎谢金家去了。

在他们那儿，他待了还不到一小时，很快就上城里去了，直到夜晚才回家。

午饭后，我也上扎谢金家去了。在大厅里我只见到了老公爵夫人。她看见了我，就拿编织针挠挠包发帽下面的头皮，突然她问我，能不能替她抄写一份呈文。

“很愿意！”我答道，说着就在椅子边上坐下了。

“不过要留意，字要写得大一点，”公爵夫人轻声说，给了我一张不整洁的纸，“少爷，今天就抄行不行？”

“好，我今天就抄写，夫人。”

隔壁房间的门微微打开了点儿，齐娜依达的脸——一张红白的、顾盼生情的脸，头发随随便便地朝后梳着——在门缝里探了出来；一双大眼睛热烈地瞥了我一下，她把门轻轻地关上了。

“齐娜，齐娜！”老夫人喊道。齐娜依达没有答应。我把老夫人的要文带了回去，抄了整整一个晚上。

九

我那热烈的爱情就从那天上演了。我记得，当时我就有一种近似初次上任去办公的人必定会有的感觉：我已经不再是个无知的孩子了，我已经沉入了情网。我说过了，我那强烈的爱情是从那天开始的。我还应当说明一句：我的伤感也是从那天开始的。不在齐娜依达身边，我就觉得特别苦恼。我无法思考，无法做事，整天一个劲儿地思念她……我痛苦不堪……可是她在身边时，我的心情也不觉得放松。我妒忌，我意识到自己是沧海一粟，我傻里傻气地不理人，傻里傻气地献殷勤。一种无法言明的力量还是诱使我去爱她。我每次跨过她房间的门槛时，就没有来由地快乐得战栗起来。齐娜依达立刻就想到我爱上她了，而我也不想隐瞒。她拿我的爱寻开心，挑逗我，娇纵我，折磨我。能成为别人极大的快乐和最深的痛苦的唯一源泉和绝对顺从的根由，是令人高兴的。可我在齐娜依达的手中却像一块柔软的蜡。不过，爱上她的不止我一个人，上她家去的所有男生都为她而神魂颠倒，她把他们一个个都绑在自己的脚边了。

她时而唤起他们的希望，时而使他们提心吊胆，随心所欲地支配他们，而她就以此取乐，可他们都不愿反抗，都愿意听从于她。在她那整个充满活力的、魅力的身上，狡黠和无私、造作和天真、文静和开朗特别迷人地交合在一起。她所做的一切和所说的一切，在她的每一个举动上面都有一种微妙的、轻柔的美，处处都显示出她那奇特的、惊涛骇浪的力量。她的脸变化无穷，表情也随之而变化，它几乎可以同时透露出嘲笑、沉静和热情的神态。各种各样的感情，就如同在阳光灿烂的刮风日子里的云雾，不时地在她的眼睛和嘴唇上轻快地闪过。

她的每个倾倒者都是她所需要的。她有时称呼别洛夫佐罗夫为“我的野兽”，而有时干脆叫“我的”。为了她，他哪怕粉身碎骨也在所不辞；他对自己的智能和其他优点是缺乏信心的，因而一味向她求婚，并向她暗示，别人只不过是不当真而已。马依达诺夫能和她那富有诗意的心弦共鸣：这个感情相当冷漠的人，几乎像所有的作家一样，极力使她相信，或许也使自己相信，他特别爱她，他用没完没了的诗歌来歌颂她，并以一种又像做作，又像真诚的欢喜表情给她吟诵这些诗句。她既同情他，但有时又稍微地取笑他；她并不信任他，在听够了他的内心表白之后，就命令他朗诵普希金的诗，据她说，这是为了净化空气。卢申这个医生，爱嘲笑人、言谈粗俗，比其他人更了解她，也比其他人更爱她，虽然在背后和当面经常骂她。她尊敬他，却并不宽纵他——有时带着特别的、幽默风趣的高兴劲儿让他感觉到，他也在她的手掌之中。

“我是个玩弄风情的女人，我没有爱心，我是个天生的演员。”有一次她当着我的面对他说。

“啊，好吧！那么您伸给我一只手，我把大头针刺进您的手里，您在这个年轻人面前会觉得羞臊的，您会觉得痛的，您这个好好先生，不过还要叫您笑笑呢。”卢申微红了脸，转过脸去，咬紧了嘴唇，但片刻后把手伸给了她。她刺了一下他的手，他果真笑起来了。她也笑了，并把大头针刺得更深，一边望着他那徒然朝四下张望的眼睛。我最不了解的是齐娜依达与马列夫斯基伯爵之间的关系。

他风度翩翩，英俊、机灵而又聪慧，可是连我这个十六岁的孩子，也觉得好像他身上有着某种怀疑和虚假的东西。齐娜依达居然没有觉察到这一点，我也为之怀疑。或许她也觉察到了这种虚假，只是不感到恶心罢了。错误的教育，奇怪的结交和习惯，母亲常常在身边，家境贫穷，家里乱成一团——这所有从这个花季少女享有的充分自由，意识到她优越于周围的人为起点，就在她身上渐渐发展成一种鄙夷、无所谓的玩世不恭的生活态度了。平时不论什么事情——有报告说糖用完了、外面有什么不好的消息、有客人争吵起来等——她仅仅是将头往后一甩，说：“没事！”这一切她都满不在乎。

可是每当马列夫斯基走到她面前，犹如泥鳅一样摇动着身体，并将身体靠过来，不怀好意地将脸贴在她的耳旁说起悄悄话来，而她却把双手交叉在胸前，含情脉脉地带有一脸笑意地望着他，我周身血液沸腾了。

“你为什么要接待马列夫斯基先生呢？”有一次我问她。

“马列夫斯基有那么漂亮的小胡子。”她答道。

“这方面您当然不会懂得的。”

“要是以为我爱他，”另一次她对我说，“不，我不会爱上马列夫斯基！我瞧不起这样的人。我需要的是一个能使我屈服的白马王子，要我今世遇到这样的人，感谢上帝！不要让我活在不爱的人的享乐中。”

“那么，您永远不恋爱了吗？”

“可是难道我不爱您吗？”她说完，就用手套的指尖碰我的鼻子。

齐娜依达经常拿我开心。三个星期来，她好像并不注意我，很少跟我交往。那天齐娜依达和他们谈得很巧妙，而且意味深长。我不再做功课，也不再看书了，我甚至不到附近的地方去散步、骑马了。我像一只被缚住了脚的甲虫，常常在那间我所喜爱的小厢房周围转来转去：我似乎要永远生活在那儿……但这是不可能的，母亲常常抱怨我，齐娜依达本人有时也把我撵了出来。于是我就在自己屋里闭门不出，或者到花园的尽头去，爬到一间已废弃不用，但还完好无缺的高高的石砌暖花房上面，两腿耷拉在临街的墙上。我一连坐上几个钟头，望着，望着，可是什么也没有看到。在我身边，一群红蝴蝶在尘封的荨麻上面懒洋洋地飞来飞去。一只可爱的麻雀飞落在不远的一块半毁坏的红砖上生气地叽叽喳喳直叫，还不停地扭动身子，舒展着尾巴，那些对我还有怀疑的乌鸦高高地栖息在一株桦树的光秃秃的树梢上，偶尔呱呱地叫几声。阳光与风悄悄地在桦树的稀疏的树枝间约会、嬉戏；有时飘来了顿河修道院那平静而憔悴的钟声。可我坐着、望着、听着，全身充满一种难以名状的感觉，这里面蕴含着一切：伤心、快乐，对未来的预感、愿望，以及对生活的恐惧。可我当时对此一点也不清楚，我也无法对我心中的一切骚动，安个名称，或者就用一个名字：齐娜依达，来称呼这一切更为恰当吧。

可是齐娜依达老是玩我，就像猫儿捉弄老鼠一样。她一会儿向我卖弄风骚，于是我神魂颠倒了，一会儿又出乎意料地把我推开了，我却不敢去靠近她，也不敢对她瞥上一眼。

我记得，她一连几天对我都很冷漠，我牵挂极了，偷偷摸摸地往他们的厢房跑去，尽力设法待在老公爵夫人身边，尽管这时候老公爵夫人在不可理喻地叫嚷着什么，好像是说她那些期票官司进行得很不理想，她已经向警察局分局长解释过两次了。

有一次在花园里我翻越那道熟悉的栅栏时，见到了齐娜依达：她用两臂支撑着坐在草地上，纹丝不动。我本想轻轻地走开，可她猛然抬起头来，向我做了个命令式的手势。我待在原地不动了，我起先不懂她的意思，她又做了个呼唤我的手势。我立即跳过栅栏，急匆匆地跑到她跟前去了，可她用目光阻止了我，向我指了指离她有两步路的一条小路。我害羞得不知如何是好，就在小径的边上跪了下去。她的脸色是那么苍白，表情是那么痛苦和悲伤，脸上的每一根线条都显得那么无精打采，为此我的心受伤了，我不由得咕哝了一句：“您怎么啦？”

齐娜依达伸出了一只手，拔了一根草，把它咬了一下扔掉了，扔得稍远些。

“您很爱我吗？”她居然问我了，“真的吗？”

我什么也没有回答，可我又何必回答呢。

“真的？”她又说了一遍，依然像刚才那样望着我，“是这样吗？”

同样的答语，她补充了一句，然后沉思起来，并用双手捂住了脸。

“一切都让我厌烦，”她低声说，“真想到天涯海角去，这我可受不了，对付不了……我的前途如何呢？咳，我很痛苦……天哪，多么痛苦啊！”

“为什么？”我怯生生地问。

齐娜依达没有回答我，只耸了耸肩。我还是双膝跪在那里，神色特别忧伤地望着她。她的每一句话就这样刻印在我心里了。这会儿我觉得，只要她不再伤心，我甘愿献出自己的生命。

我望着她，虽然我还是想不通，她为什么觉得痛苦，但我仍然设身处地为她着想。她突然感到一阵不可抑制的悲伤就往花园里走去，接着好像被镰刀割下似的倒在地上了。四周很明亮，而且苍翠欲滴；风在树叶间沙沙作响，偶尔摇曳着齐娜依达头顶上那株木莓的长长的枝条。鸽子不知在什么地方咕咕地叫着，蜜蜂在那稀疏的草地上低低地飞来飞去，发出嗡嗡的声音。我们的上方是一片令人无忧无虑的碧空，可我却那么忧伤……

“给我朗诵一些诗歌吧。”齐娜依达低声说，用一只胳膊肘支撑着身体。

“我想听您朗诵诗。朗诵起来像在唱歌，不过这没关系，这是因为您还年轻。请您给我朗诵《格鲁吉亚的山上》，不过您先坐下。”

我坐下了，朗诵了《格鲁吉亚的山上》。

“它不可能不爱，”齐娜依达把这句诗也念了一遍，“这就是诗的奇妙之处：诗能把不存在的事物告诉我们，它不仅比现有的更美，而且更符合实情……它不可能不爱，心里想不爱，但不可能！”

她又沉默了，全身突地抖动了一下，站了起来：“我们走吧。马依达诺夫坐在我母亲那儿呢；他给我带来了自己所填的一首长诗，可我却把他扔在那儿。他现在也很伤心……有什么办法呢！您总有一天会知道的……不过别生我的气。”

齐娜依达急忙握了我的手，马上往前跑了。我们走回厢房。马依达诺夫就把他刚出版的诗集《凶手》朗诵给我们听，可我并没有听他朗诵。他拖长着声调抑扬顿挫地朗诵着自己那四韵脚的抑扬格诗。诗韵像小铃铛的声音响亮而毫无节奏地更替着，而我一直盯着齐娜依达，使劲儿地想要理解她的最后几句话的意思。

也许，难道有一个神秘的情敌
出乎意外地征服了你？

马依达诺夫忽然用鼻音大声朗诵着，而我的目光和齐娜依达的目光遇上了。她闭了闭眼睛，两颊绯红。我看到她的脸发红，又惊又喜，浑身发热。我早就为她醋劲大发，但只是在这一时刻，我的脑海里才冒出她已坠入情网的念头：“天哪！她有意中人了。”

十

从那以后，我真正的烦恼就开始了。我绞尽了脑汁，反复思索，并且坚持不懈地，不过尽可能不露声色地暗中观察着齐娜依达。她变了，这是显而易见的。她经常独自去漫步，而且漫步的时间很长。有时她不出来见客，整整几小时待在自己的房间里。以前她可没有这样的习惯。我忽然变得，或者我自以为变得目光异常锐利了。

“是不是他呢？或者是他吧？”我常常自问，没日没夜地想着，从她的一个爱慕者分析到另一个爱慕者。我暗暗地觉得，马列夫斯基伯爵比其他人更阴险。

我的判断力太差，连鼻尖以外的事都看不见，虽说不露声色，大概也瞒不过任何人，至少卢申医生不久就把我猜透了。不过他最近也变了，他清瘦了，还是那样常常发笑，但不知怎么的笑声更深沉了，更带恶意了，更短促了。他身不由己地、神经质地爱发脾气了，以前那种轻松的讽刺和假装的粗俗已不见踪影。

“年轻人，您为什么常常到这里来？”有一次，只有我俩待在扎谢金家的客厅里的时候，他对我说。（公爵小姐到外面散步去了，还没有回来，公爵夫人的叫骂声在顶楼上响了起来——她在训斥女仆。）

“您应该用功读书才对，现在您还很年轻，可是现在您在干些什么呀？”

“您怎么知道我在家里是不是用功。”我不以为然地答道，态度有点蛮横，但神情稍微有点慌乱。

“这算用什么功呀！您在心里想的肯定不是功课。嗯，我不和您争论……像您这样的年纪，这是理所当然的事。可您的选择很不适当。难道您看不懂，这是个什么家庭？”

“我不明白您的意思。”我反驳道。

“您不明白吗？那么会让您更倒霉的。我认为我有爱心提醒您。我们这些老不死上这儿来还没有什么：对我们没有什么影响，我们都是久经考验的人，不会被任何情况吓倒，可您的皮肉还很娇嫩；这里的空气会对您有害的。请相信我的话：您会被传染的。”

“怎么会这样呢？”

“就是如此。难道您现在很健康吗？难道您是处于一种正常的状态吗？难道您现在感觉到的一切对您有利、有好处吗？”

“我感觉到什么了？”我问道。可我心里知道，这位医生的话是正确的。

“哎呀，小伙子，小伙子，”医生接着往下说，他带着那样一种神态，好像在这两句话里蕴含着对我的极大羞辱，“您哪能耍滑头？谢天谢地，要知道，您心里所想的事全表现在您脸上了。”

“不过，说有什么用呢，”卢申医生咬紧了牙关，“倘若我不是这样的怪人，那我自己也就不会上这儿来了。只是我觉得纳闷：‘您很聪慧，怎么看不出您周围所发生的事呢？’”

“可是发生什么事了？”我接着他的话说，并且全神贯注，警惕起来。

医生带着一副好笑而又惋惜的神情瞥了我一下。

“我总归也是一个好人，”他小声地说，又好像是自言自语，“把这话说给他是十分必要的。总之，”他提高嗓音补充了一句，“我再向您说一遍：这里的空气是不适合您的。您如果觉得待在这里很开心，但乌烟瘴气的什么都有，虽然暖花房里也香味扑鼻，让人陶醉，可是那儿不能住人。唉！听我说，还是重新去读卡依达诺夫的教科书吧！”

公爵夫人走进来了，向医生诉说自己的牙痛之苦。紧跟着，齐娜依达也来了。

“您看，”公爵夫人补充说，“医生先生，您要训斥她一顿才行。她整天地喝冰水——她的身体太弱，难道这对她的健康有好处吗？”

“您为什么要这样做？”卢申问道。

“这会发生什么事吗？”

“发生什么事？您会受凉的，还样会死去。”

“是真的吗？难道真的会这样？”

“那又能怎么样呢，活该呗。”

“原来是这样啊。”医生埋怨着说了一句。

公爵夫人走了出去。

“原来是这样，”齐娜依达也说了一遍，“活着难道就如此快乐吗？请看看四周……难道——很好吗？或者您认为我连这一点也不懂，甚至觉察不出来？我觉得喝冰水非常舒服，您也可以一本正经地告诉我，为贪图一时的快乐，拿我的生命去冒险非常不值得——可是我现在已经没有幸福可言了。”

“可不是嘛，”卢申说，“这两个词儿——任性和自以为是——是对您的一个总结：这两个词可以充分地表达您的全部性格。”

齐娜依达像发神经一样地大笑起来。

“亲爱的医生，您的意见有些过时了。您的观察力也太差，您不新潮了。请您戴上眼镜吧，现在的我哪里还顾得上任性呢？我戏弄你们，也戏弄我自己，那是十分快乐的事吗？至于说到自以为是……沃尔杰马尔，”齐娜依达忽然补充说，并跺了一下脚，“不要做出一副闷闷不乐的样子。我真受不了别人对我的怜悯。”她一下子就走开了。

“这儿的空气对您是有害的，有害的，小伙子。”卢申再一次告诉我。

十一

那一天的傍晚，常客们都欢聚在扎谢金家里。我就是其中的一员。

话题又转到马依达诺夫的长诗上去了；齐娜依达真心地称赞这首诗。

“可是，您不知道，”她对他说，“如果我是一个诗人，我可能会用别的题材的。也许，这一切都是信口开河，但有时我的头脑里会出现一些怪怪的念头，尤其是天亮之前，我睡不着的时候，那时天空开始呈现出粉红色和银白色。我就会，比方说……你们不会笑话我吧？”

“不！不会的。”我们都异口同声地高声叫道。

“我只会描写，”她把两手交叉在胸前，接着往下说，眼睛凝视着一边，“一些妙龄少女在夜里乘坐一艘大船，在平静的河面上行驶着。月光皎洁，她们身上都穿着白色的衣服，头戴白色花冠，哼着歌曲，听我说，好像是唱着赞美诗一类的歌曲。”

“我明白，我明白，请您继续往下说吧。”马依达诺夫好像已经沉入了幻想一样，意味犹长地低声说。

“忽然，岸上响起了一片吵闹声和欢呼声，出现了火把，传来了咚咚的鼓声……一群酒神的女祭司一边奔跑一边唱歌，又叫又喊。描写景色就是您的事了，诗人先生……不过，我特别想把火把描绘成红色，冒着浓烟，让女祭司们的眼睛在花冠下面闪闪发光，而花冠应当是深色的。可是您一定不要忘记虎皮和酒杯，还有黄金，那么多那么多的黄金。”

“黄金应该放在哪儿呢？”马依达诺夫一边问，一边把他那平直的头发向后甩去，还张了张鼻孔。

“放在哪里啊？放在她们的肩上、胳膊上和脚上，放在哪里都行。据说，古代的妇女踝骨上都戴着金脚环。女祭司们招待船上的姑娘到她们那儿去。姑娘们无法再唱下去，不再唱赞美诗了，但少女们一动也不动：大家顺流往岸边驶去。这时，突然间她们中间有一个姑娘悄悄地站起来，这可要好好地描写一番：她在月光下怎么悄悄地站起来，她的女伴们又怎么的吃惊……她过了船舷，女祭司们把她团团围住了，迅速地把她拉进黑夜里，拉到黑暗中去了……这儿您可要想象一下那缭绕的烟雾，以及一片混乱的场面。这时，只听见女伴们的尖叫声，可是她的花冠还留在岸上。”

齐娜依达不说话了。

“啊，她坠入情网了！”我又想道。

“只有这些吗？”马依达诺夫问道。

“只有这些。”她答道。

“这不能成为一首完整的长诗的题材，”他认真说，“不过我可以借用您的构思来作一首抒情诗。”

“浪漫主义的吗？”马列夫斯基问道。

“当然是浪漫主义的，用拜伦的诗体来作。”

“据我个人认为，雨果比拜伦要强，”年轻的伯爵顺口说道，“而且写得特别有趣味。”

“雨果是声名卓著的小说家，”马依达诺夫表示了异议，“我的朋友东柯什耶夫，在他的西班牙文长篇小说《我的情人》里……”

“啊，你说的就是那本问号都颠倒的书吗？”齐娜依达打断了他的话语说道。

“是的。这是西班牙人的写作习惯。我想说东柯什耶夫……”

“嘿！你们又争论起古典主义和浪漫主义来了，”齐娜依达再次打断了他的话语，“还不如让我们来玩玩……”

“玩方特游戏吗？”卢申接她的话锋说。

“不，方特游戏玩腻了。来玩比喻吧。”

她来到了窗子跟前。太阳才刚落下，天空中高高地升浮着长长的、嫣红的云彩。

“这些云彩像什么？”齐娜依达问道，没等到我们回答，她就说道，“我认为它们像克列奥帕特拉[1]去迎接安东尼[2]的一艘金船上的朱帆。马依达诺夫，您是否还记得，前不久您给我讲过这个故事？”

我们大家都像《哈姆雷特》里的波洛涅斯，都认为这些云彩和这些朱帆正是一模一样，我们还认为谁也没有找到最合适的比喻。

“那时的安东尼有多大年纪？”齐娜依达问道。

“可能是个年轻人吧。”马列夫斯基说道。

“对，是个年轻人。”马依达诺夫肯定地证实说。

“对不起，”卢申大声叫道，“他已经四十多岁了。”

“四十多岁了。”齐娜依达也重复了一遍，目光倏地向他扫了一眼，就回家了。

“她坠入了情网，”我不由自主地小声说，“但是她会爱上谁了呢？”

十二

几天过去了。齐娜依达变得越来越奇怪，越来越让人不可思议了。有一次我去找她，看见她坐在一张藤椅上，头紧靠着它的尖角。她身子坐得笔直，满面泪痕。

“啊，是您！”她的脸上带着冷酷的微笑，说道，“请到这儿来。”

我走到她跟前；她把一只手放在我的头上，猛然一把揪住我。

“啊！好痛！”

---

[1]　克列奥帕特拉(前60—前30年)：古埃及末代女皇。

[2]　安东尼（前83—前30年）：古罗马执政者之一，著名军事家。

“可我不觉得痛吗？不觉得痛吗？”她连声说。

“哎哟！”

看见我的一小绺头发被她硬生生扯下来了，她忽然高声叫道。

“我干了些什么呀？可怜的沃尔杰马尔。”她小心翼翼地把扯下的头发弄直，绕在一个指头上，把它揉作一团，“我要把您的头发藏在我的颈饰里，挂在脖子上。”她说，眼里噙着泪花。

“这也许会使您稍微得到些宽慰……”

可是现在齐娜依达要回家了，在家里碰上了一件不愉快的事。母亲劝导着父亲，齐娜依达因为那件事在责备他，可他还像往常一样，冷冷地，但父亲避不作答，不久就走开了。我听不清楚母亲在说些什么。可是我也顾不上那种事，我只记得她劝导完后，就叫我去她的房间里，她对我时常上公爵夫人家里去极为不满，用她的话说，公爵夫人是不太正派的人。我走到她跟前吻了一下她的手，就到自己的屋里去了。齐娜依达的眼泪把我完全弄迷糊了。我根本不知道该拿什么主意，我自己也想痛哭一顿：我总归还是个孩子，虽然我已经十六岁了。我从此不再关注马列夫斯基，尽管别洛夫佐罗夫一天天地变得越来越暴戾可怕了，他像狼看绵羊似的观察着狡猾的伯爵；可我既不想思考什么事，也不想关心任何人。我已经丧失了思考能力，总想找个僻静的地方。我特别喜欢那间没有人在的暖花房。我常常爬到那堵高墙上坐下来，像个不幸的、孤单的、忧伤的少年那样坐在那儿，觉得自己怪可怜的，这种忧伤情绪使我心里美滋滋的，我简直为之沉醉了。

有一次我坐在墙上，平望着远方，一边听着钟声……突然有个什么东西在我身上掠过——既不是一阵微风，也不是一阵痉挛，好像是一股气流，似乎是有人走近的感觉……我低头朝下面看去，看见齐娜依达穿着一件轻飘飘的粉红色连衫裙，肩上靠着一把撑开的天蓝色遮阳伞，正沿着下面那条路急忙忙地走来。她看见了我，就停住了脚步，把草帽边往上一推，抬起了她那双迷人的眼睛直瞅着我。

“您坐在这么高的地方干什么呀？”她问我，脸上带着一种奇怪的微笑，她继续往下说，“您总是要让我相信您很爱我。要是您当真爱我，那您就跳到路上来迎我吧。”

齐娜依达还没有来得及说完这些话，我已经飞也似的跳下来了，好像有人在背后推了我一下。这堵墙约莫有两丈高。我心想：一个什么都干得出来的女人。

两脚刚落地，但由于冲力过大，我没能够站稳脚就摔倒了，有一会儿工夫我似乎失去了知觉。等到我醒来时，就觉得齐娜依达站在我身旁，而我没有睁开眼睛。

“我那可爱的孩子，”她说着，向我顿下身来，她的嗓音里透露出一种焦急不安的柔情蜜意，“你怎么能这样做，你怎么会这样听话……要知道我是爱你的……站起来吧。”

她的胸脯就在我身旁起伏着，她的双手抚弄着我的头发，居然那时我交上好运啦！她那柔软鲜艳的嘴唇在我的整个脸上狂吻起来……她的嘴唇凑在我的嘴唇上……天哪！虽然我的眼睛还没有睁开，但是齐娜依达大约凭我脸上的表情就猜到我已经清醒过来了。她倏地抬起身子，低声说：

“嗯，站起来吧，淘气鬼，傻孩子，您怎么还躺在尘土里呢？”我站起来了。

“去把我的伞给我拿来，”齐娜依达说着，“您瞧，我把伞不知扔到哪儿去了；别那样望着我……多么傻呀？您没有受伤吧？大概您给荨麻刺痛了？我对您说，别看我……他一点也不懂，也不答话，”她补了一句，似乎在自言自语，“回家去吧，我的沃尔杰马尔，把身上收拾收拾干净，不许跟着我，要不我会生气的，再也不要……”

她还没有把话说完，就慌慌张张地走了。可我却在路上坐下了……两腿不听使唤。荨麻刺痛了我的手，浑身酸痛，头晕目眩，但是我当时所体会到的那种幸福感在我这一生中却一去不复返了。这种幸福感像一种甜蜜的痛苦塞满了我的全身，最应该以欣喜若狂的蹦跳和叫喊来抒发发泄这种情感的。的确，我还真那样做了。

十三

那一天我一直那么兴奋，那么骄傲，我脸上还是那么强烈地感受到齐娜依达的亲吻。一时回想起她的每一句话，我就会幸福得痉挛起来，我非常爱惜我那意想不到的幸福，甚至觉得害怕起来，甚至不敢看见她——这个使我重新燃起了爱情火焰的女子。我觉得此生再不能向命运要求什么了，现在应当“好好地咽下最后一口气，然后死去”。

可是第二天我到厢房里去的时候，我却觉得特别忐忑不安，我徒劳地竭力将这种窘态掩藏在温文尔雅的洒脱自然的风度中，就是一个想让别人知道他是善于死守秘密的人所需要的风度。齐娜依达招待我时态度很自然，毫不羞愧，只是点点指头吓唬我一下，并且问我：身上有没有乌青伤痕？我那装腔作势、洒脱自然、神神密密的样子，一下子全都消失了，连我那副神态也随之而消失了。

诚然，我并没有什么特别的愿望，可是齐娜依达那泰然自若的神态好像浇了我一身冷水：我这才明白了，我在她眼里不过是个孩子，我心里多么难过！齐娜依达在屋里来回走着，每次她瞥我一眼时，脸上就急速掠过一丝微笑；但她的心思却在远处翱翔，这一点我看得很清楚。

“我要不要提昨天的事，”我在心里寻思着，“问问她吧，可她那样着急地上哪儿去了，也好弄个水落石出……”可我只在一个角落里坐下了。

别洛夫佐罗夫走进来了，我瞧见他很高兴。

“我还没有给您找到一匹驯服的坐骑，”他一脸正经地说，“弗列依塔格答应给我找一匹，可我没有把握，我担心。”

“请问，您担心什么？”齐娜依达问道，“要知道您不会骑马。千万别出什么事！您怎么突然想出这个怪念头！”

“哦，这和您没关系，我的美人宝贝。”“如果是这样，我会去找彼得·瓦西里耶维奇……”（彼得·瓦西里耶维奇是我父亲的名字。）

我觉得奇怪的是，她那么轻浮、随意地提到他的名字，好像她相信他愿意为她效力似的。

“原来是这样。”别洛夫佐罗夫说道。

“您要同他一起去骑马？”

“同他或同别人一起去——这和您没关系。只是不跟您。”

“不跟我？”别洛夫佐罗夫也说了一遍。

“随您的便。好吧，我给您找一匹马来。”

“不过您要注意，我可不要一头母牛。我预先警告您，我要去跑马。”

“您要去跑马，那好吧。您跟谁，是不是跟马列夫斯基一起去？”

“为什么不能跟他一起去，武士？嗯，请放心，”她补了一句，“眼睛不要忽闪忽闪的。我也带您去。您知道，现在马列夫斯基对我说来——呸！”她摇了摇头。

“您说这话是为了安慰我吧？”别洛夫佐罗夫恼怨着。

齐娜依达稍微眯缝起了迷人的大眼睛。

“这话让您感到有些安慰吗？噢……噢……噢……武士，”末了她说，好像找不到别的话可说了，“可是您，沃尔杰马尔，您愿意跟我们一块儿去骑马吗？”

“我不喜欢……跟大伙儿一起……”我嘟嘟囔囔地说着。

“没关系，好吧，那就各走各的路，”她叹着气，接着又叹了一口气，低声说，“您去吧，别洛夫佐罗夫，去想想办法。明天我就需要一匹马。”

“嘿，可是哪来这笔钱？”公爵夫人出来干预了。

齐娜依达皱了一下眉头。

“我不会向您要钱的，别洛夫佐罗夫请相信我的话。”

“会相信的，会相信的……”公爵夫人埋怨着，忽然她扯着嗓门大叫起来，“杜尼娅什卡，我的心肝，我给过您一个小铃！”

“杜尼娅什卡！”老妇人又叫喊道。

别洛夫佐罗夫告辞了，我和他一起走出来……齐娜依达没有挽留我。

十四

第二天早晨，我起得十分早，给自己削了一根手杖，然后就去城外了。我对自己说要出去散散心。这天天气特别好，阳光灿烂，不太热，凉风习习，令人神清气爽，那风恰到好处地喧闹嬉戏着，它吹拂着所有的物体，但也没有惊扰到什么。我在山上、在树林中溜达了很长一段时间；我并没有觉得自己十分幸福。我从家里出来就是故意让自己陷入一个苦闷的境地；可是青春、美好的天气、清新的空气、自由自在游玩的快乐、一个人躺在茂密的草地上的那种安闲，那种舒适，都对我起到了作用。

对那些难忘的话以及那些亲吻的回忆再一次一起涌上心头。想到了齐娜依达对我的决心以及勇气毕竟不能不说一句公道话的时候，我感到特别欣慰。在她眼里，别人都要比我好，我琢磨着：“让她这样去想吧！但是别人只会空谈他们将要干什么，可是我已做到了，我是否还能再为她做一些事情……”我的想象力突然活跃了起来。

我开始想象着，我将如何把她从敌人的手上救出来，我将如何浑身是血地把她从监狱中搭救出来，我又如何倒在她的脚下死去。我想起挂在我家客厅里的一幅画：马列克·阿杰利带走马蒂尔达[1]。一只十分大

[1] 马列克·阿杰利和马蒂尔达是一部法国小说中的两个人物，该小说在当时的俄国贵族中十分流行。

的花斑啄木鸟的出现马上把我的注意力给吸引开了，这只啄木鸟正在顺着桦树的细树干忙碌地朝上爬着，时不时地忐忑不安地从树干后面探头看看，一会儿向右看，一会儿向左看，仿佛一位音乐家从大提琴的颈部后面朝外看似的。

然后我唱起了《不是白雪》，我还唱了一首在那时十分有名的抒情歌曲《我在等你，当西风吹拂时》，然后我大声地朗诵了霍米亚科夫的悲剧中的叶尔马克对着天上的星星的一段呼吁。

我原本打算写一首让人伤感的诗，还想出了应该作为全诗结尾的这样一行诗："啊，齐娜依达！齐娜依达！"但没写成。

吃饭的时间到了。我下山来到山谷中；山谷中有一条狭窄的沙土路逶迤地通向城里。我沿着这条小路走了过去……在我身后面响起了一阵十分低沉的嘚嘚的马蹄声。我回头看了看，不由自主地站住了，并且摘下了制帽：我看到了我的父亲以及齐娜依达。他们两个人肩并肩地慢慢走着。父亲朝她弯着身子，在跟她讲话，撑在马颤上，他笑着。齐娜依达默不作声地听着，表情严肃地。

我睁着眼睛，紧闭着双唇。我一开始只看到他们两个人，只是又过了片刻。别洛夫佐罗夫出现在山谷的拐弯处，他穿着一身带短披肩的骠骑兵的制服，骑着一匹汗涔涔的黑色大马。这匹良种马摇动着脑袋，喷着鼻息，不断跳跃着：骑马人将它勒住了，并且用马刺去刺它。我朝一边躲开。父亲勒紧了缰绳，然后离开齐娜依达，她缓缓地抬起双眼望着他，两人飞快地走了。别洛夫佐罗夫跟在他们的后面也疾驰而行了，军刀发出了锵铿声……

"他的脸红得像龙虾，"我心里想着，"可是她……她的脸怎么那么苍白？她骑了一早晨的马，所以脸色会是惨白的？"

我加快了步子，在吃饭之前正好赶回家。父亲已换过了衣服，也梳洗完了，精神焕发地坐到母亲的圈椅附近，他用平稳而又洪亮的嗓音正给她念《评论报》中的一篇小品文。但是母亲并没专心地听，一看到我就问我这一整天到哪里去了，并且补充道，她不愿意我去鬼才知道的地方，跟一些不知来历的人鬼混。

"我自己在散步。"我原本想这么回答，但是看了一下父亲后，不知为什么我一声不吭了。

十五

在以后的五六天当中，我差不多没有见到过齐娜依达。她说她病了，但是并没有妨碍这里的常客们——根据他们的说法——来值班，大家都来了，但是除了马依达诺夫，他通常没有寻欢作乐的机会，就会是垂头丧气，感到无聊的。

别洛夫佐罗夫一脸愁苦地坐在角落中，他把纽扣全扣上了，那张脸涨得通红。马列夫斯基伯爵那英俊的脸上时不时掠过不怀好意的微笑。他确实是失宠于齐娜依达了，所以十分卖力地讨好老公爵夫人，曾跟她一起搭乘一辆出租马车去拜访一位有将军头衔的省长，可是这一次出门好像一无所获，就连马列夫斯基本人都遇到了一件不高兴的事：有人跟他说起了一件与一些工程部队的军官们有所牵连的事情来，他只能为自己辩护说他当时还年轻而且无知。卢申每天会来两次，但是并不长时间留下。自从上次我们谈了一次话以后，我就有些害怕他了，同时又认为我打心里喜欢他。有次他跟我一起在涅斯库奇内公园里散步，他特别和善、亲切，还告诉了我各种各样的花草的名称以及特性，突然他敲敲自己的脑门，就像常言说的那样，牛头不对马嘴地大声叫道：

“可我这个大傻瓜，还觉得她是一个爱卖俏的女人呢，看来，对有些人来讲——牺牲自己也算是一件高兴的事。”

“您这话是什么意思呢？”我问他。

“我一点也不想告诉您。”卢申吞吞吐吐地答道。

齐娜依达总是躲着我：我一出现——我不能忽视这一点——就会让她十分烦恼。她总是不自然地转过脸去不搭理我，这是十分痛苦的事，这使我十分难过，可没有任何办法。我尽全力不让她看到我，只是远远地偷偷地看她，但是这点我也不是常常能做到的。她跟平常一样仍在不知道为什么地变化着：她的脸变了样，她完全变为另外一个人了，尤其是在一个暖和而宁静的傍晚，她身上的变化特别使我感到惊讶。

那天，我坐在接骨木树丛下的一条低矮的长凳上面；我特别喜欢这个地方，因为从这里可以看到齐娜依达房间的窗户。我在那里坐着，在我的头上，一只小鸟在慢慢暗淡的树叶中忙碌地不停地飞着；一只灰猫挺直了脊背，十分小心地溜到了花园里；刚刚出现的甲虫在那虽有一些昏暗但是还很明净的天空中发出低沉的嗡嗡的声音。我坐在那里望着窗子，并且等待着，看那扇窗子会不会打开：窗子果然打开了，齐娜依达站在窗子旁边。她穿了一件白色的连衫裙——她本人，她的脸和双肩与手臂也苍白得如同她的衣服一样。她待在那里，紧锁着眉头目不转睛地一直向前眺望着。我从未见过她的这般神情。接着她紧握双手，举到面前，突然伸出指头，重重地将头发掠到耳后，摇了摇头——神情坚决地又点了点头，"砰"地关上了门。

三天后，她在花园里碰见了我。我想躲开她，她却开口对我说话了，态度和以前一样亲切："咱们很久没见了。"

我瞟了她一眼，那明亮的眼睛里闪出一丝微笑——看上去似乎有点朦胧。

"您身体还没痊愈吗？"我问道。

"已经全好了，"她应道，摘下了一朵不大的红玫瑰，"就是最近有点累，不过很快就会好了。"

"您会和以前一样吗？"我又问道。

齐娜依达举起那朵红玫瑰贴在脸上，花瓣的反光好像投射到她的脸上。

"难道是我变了吗？"她问道。

"是的，您变了。"我低声嘟囔道。

"我知道，我对您很冷淡。"齐娜依达说，"可您不要介意……我没有别的办法……嘿，说这干吗！"

"您不愿意我爱您——事实就是如此！"我不由得激动起来，脸色很难看。

"我不爱您，也请您不要爱我。"齐娜依达说。

"不，不要这样！"我脸色阴沉地大声喊道。

"听我说，要明白我的年龄比您大很多，我可以做您姑姑了，真的；嗯，不能做姑姑，但至少可以做您的大姐吧。可是您……"

"我在您的心中只是一个孩子。"我打断了她的话。

"嗯，对呀，是一个孩子，而且还是个可爱的好孩子，一个聪明的、我特别喜欢的孩子。现在您清楚了吧？从现在起，我让您做我的少年侍卫，您可不要忘记，少年侍卫是不能离开他的女王的。"

"这就是您新的头衔的标志，"她补充了一句，并且把那朵玫瑰插到我那短上衣的纽扣孔中，"这个是我宠爱您的一个标志。"

"我从前还得到过您的另外一种宠爱。"我小声说。

"啊！"齐娜依达小声说，并从侧面看了我一下，"他的记性太好了！那好吧！现在我也要……"她朝我俯下身，在我的额上留下了一个纯洁而又平静的亲吻。

我只看了她一眼，可是她转过身去说：“跟我走吧，我的少年侍卫。”她往厢房走去。我跟在她的身后也走了，但是我始终是百思不得其解。

“莫非……”我心里琢磨着，“这个温柔的、懂事的姑娘就是我以前认识的齐娜依达吗？”我感觉她的步态更加稳重了，也显得更加端庄、更加妩媚……天哪！爱情又用十分强大的力量在我心中再一次燃烧起来了。

十六

午饭过后，客人们又重新聚集在厢房中。公爵小姐出来招待他们了。所有的常客都到齐了，一个也不少，就像那头一个让我无法忘怀的傍晚一样。就连尼尔马茨基也来了；马依达诺夫这一天来得特别早，他带过来几首新的诗。方特游戏又要开始了，但再也没有以前那样的怪诞不经的动作了，大家不再胡闹，也不再吵嚷，茨冈人的气质没有了。齐娜依达让我们的聚会有了新的情趣。我以少年侍卫的权利坐到了她的身旁。顺便说一下，她提议玩游戏输了受罚的人要讲述一个自己做过的梦。

但是这个办法不行。梦讲得不是枯燥乏味（别洛夫佐罗夫梦到他用鲫鱼来喂养自己的马，而那匹马的头是用木头做的），就是不自然，胡乱编的……马依达诺夫给我们讲述了一个完整的故事：里面有墓穴，以及弹七弦琴的天使，还有从远处传来的声音，但是齐娜依达不让他讲下去了。“如果都讲编造的故事的话，”她说，“那就让每个人都讲一件必须是虚构有趣的故事。别洛夫佐罗夫又轮到第一个讲。”

“我什么也编造不出来！”他扬声说道。

“您已经结婚了，就给我们讲一讲您跟您夫人一起生活的故事吧。”

“如果您夫人对生活感到厌倦了，对您不忠诚了，她逃跑了呢？”

“我会去追她的，仍然会杀死她的。”

“是这样的。嗯，假如说我是您的妻子，那您该如何办呢？”

别洛夫佐罗夫不再说话了，齐娜依达不由自主地笑了起来。

第二个轮到了齐娜依达。她抬头看着天花板，思考了起来。

“现在请听好了，”她终于开口说话了，“这个故事是我虚构的。

请你们大家想象一座金碧辉煌的宫殿，在一个夏天的晚上举行着奇妙而盛大的舞会。舞会是由一位年轻的女王来主持的。到处都是黄金、大理石、水晶、丝绸、灯光、钻石、鲜花、熏香，以及全部精心安排的奢华的场面……”

“您喜欢奢华吗？”卢申打断她的话。

“奢华是美的，”她回答道，“只要是美的东西我就喜欢。”

“那您喜欢比美要更加可爱的东西吗？”他问。

“您问得十分妙，不过我不明白您的意思。不要打岔。总而言之，舞会是奢华隆重的。这天嘉宾很多，他们都充满朝气、英俊、勇敢，他们都不可救药地爱上女王了。”

“嘉宾中难道没有女的吗？”马列夫斯基问。

“没有……或者等片刻之后——会有的。”

“都不美丽吗？”

“也十分妩媚动人……不过男人们都爱上女王了，她亭亭玉立，婀娜多姿……她那乌黑的秀发上戴了一顶小巧的金色皇冠。”

我看了一眼齐娜依达，在这一刻我感觉她比我们大家高贵许多。从她那洁白的脑门上面，从她那凝然不动的眉宇间流露出十分明达的智慧，无上的权威，我不由得暗暗想着：“你本人就是那位女王！”

“大家都簇拥着她，”齐娜依达接着说下去，“每个人都卖力地讨好她，并且大献殷勤。”

“她喜欢别人讨好她吗？”卢申问道。

“太让人讨厌了，老是打岔……谁不喜欢让人讨好啊？”

“我还有最后的一个问题，”马列夫斯基说道，“女王她有丈夫吗？”“这我倒是没想过。不，为什么要有丈夫呢？”

“当然啰。”马列夫斯基接过她的话说道。“为何要有丈夫呢？”马依达诺夫大声喊道，他的法语说得十分蹩脚。

齐娜依达接着说道：“总而言之，女王听着这些讨好的话语，听着音乐，但她对所有嘉宾都一眼不看。六扇窗户从上开到下——从天花板一直到地面，窗外的天空是一片漆黑，空中布满了大颗大颗的星星，那黑漆漆的花园中有很多参天的大树。女王看着花园。那里，在树木旁边有一个喷水池，它在黑暗中发出白光，显得十分长，长得像幽灵似的。女王在说话声以及音乐声中听到泉水的轻微的飞溅的声音，她边望边想着：‘你们这些老爷都十分高贵、聪明以及富有，你们都围在我的身边，你们都认真地听我说的任何话，你们也都愿意死在我的脚下，你们也都在我的掌握当中……可是那里，在喷水池附近，在那飞溅起的喷泉附近，我那个心爱的能支配我的人却是站在那里等待我。他没有穿华丽的衣服，没有戴珍珠宝石，谁都不认识他，但他是在等待着我，并且也相信我一定会去的——我会去的，任何一种力量都阻止不了我，我马上要去找他，要跟他待在一块，要跟他在那里，在花园的幽暗处，在树木的沙沙声以及喷泉的飞溅声中一块消失……”

齐娜依达不再说话了。

“这……就是你编的故事吗？”马列夫斯基狡黠地问。

齐娜依达连看也不看他一眼。

“先生们，”卢申突然说话了，“假如我们也在那些嘉宾当中，而且也认识站在喷水附近的那个幸福的人，那我们该怎么做呢？”

“等等，等一等，”齐娜依达插话道，“我将要告诉你们，你们该怎么做。您，别洛夫佐罗夫，您会向他发起挑战，要求和他决斗；您，马依达诺夫，您会写一首极短但是讽刺的诗来嘲讽他……不过，不——您不善于写讽刺的诗，那您就会为他写一首巴比埃体的长诗，并登在《电信》杂志上。您，尼尔马茨基，您会向他借……不，您会以高利贷的形式借钱给他；您，医生……”她停下来了，“我不知道您想要干什么。”

“我将会以御医的身份，”卢申回答说，“向女王进谏，当她不想招待嘉宾时，不要开舞会。”

“或许您做的是对的。那您呢，伯爵？……”

“我吗？”马列夫斯基露出了一丝恶意的笑容重复着。

“您将会端给他一些有毒的糖果。”

马列夫斯基的脸微微变了样，瞬间露出一副犹太人的表情，可他立刻就哈哈笑了起来。

“至于您嘛，沃尔杰马尔……”齐娜依达接着往下说，“不过，现在玩够了，让我们来做其他游戏吧。”

“沃尔杰马尔，您作为女王的少年侍卫，当她跑到花园里去时，您应该提着她那拖在地上的长长的后襟。”马列夫斯基恶狠狠地说。

我勃然大怒了，但是齐娜依达急忙用手按住了我的肩膀，她欠了欠身子，声音有一点发抖地小声说：“我绝对不会让您这位伯爵大人放肆无礼的，所以我要求您离开这里。”她向他指着门说道。

“请饶恕我吧，公爵小姐。”马列夫斯基小声地说，脸色泛白了。

“公爵小姐说得很对。”别洛夫佐罗夫大声说道，他也站了起来。

“我，说实在的，怎么也没有想到，”马列夫斯基接着往下说，“我的话里好像没有一丝这种意思……我脑海里根本没有想要侮辱您的想法……请您原谅我吧。”

齐娜依达向他投过冷冷的目光，同时还冷笑了下。

“那就在这里待着吧，”她小声说，十分随便地做了一个手势，“我和沃尔杰马尔都不应当生气。您是以刺激我们来取乐的……好，那请便吧。”

“请您原谅我。”马列夫斯基又重复了一遍。可我回想到齐娜依达那一刻的举动，又在心里想着，就算是一位真正的女王也没有她那么威严地向一个失去礼数的臣子指着门，让他出去的。

这场小风波发生以后，方特游戏又继续了不大一会儿。大家都感到有些尴尬，与其说是由于这场风波造成的，倒不如说是另一种有点朦胧但是却相当沉重的心情。这种心情谁也没谈过，但每个人都在自己的身上和在其他的常客的身上感觉到这种心情。马依达诺夫把他自己写的诗篇朗诵给我们听——马列夫斯基太过热情地夸奖了这些诗。

“现在他十分想显示一下他是一个好人。”卢申对我小声说。

我们慢慢散了。齐娜依达突然陷入沉思当中，公爵夫人派人来传话，说她头疼，尼尔马茨基也开始一直抱怨起他的风湿症来。

我久久无法入睡，齐娜依达的故事让我感到十分诧异。

“莫非这个故事里有什么暗示吗？”我自言自语道，“那她是暗指谁呢？又在暗指着什么呢？假如真的暗示了什么的话，那该如何是好？不，不，这是不可能的。”我低声说道，同时也翻了一下身子，把发烫的面颊从一边翻到了另一边……

我回想着齐娜依达讲故事的时候，她那脸上的表情……回想着卢申在涅斯库奇内公园里脱口说出的感慨，回想着她对我的态度的突然转变，可是我实在是搞不清楚。

“他会是谁呢？”这几个在光线不足中形成的字好像历历在目。它就像一片低的、不吉祥的云挂在了我的头上，我已经感到它的压力，我在等待着，眼看它很快就要胡作非为了。

这段时间以来我对很多事情都已经习惯了，我在扎谢金家里看到过很多事情：他们家杂乱无章、荤油烛头、折断的刀叉、脸色阴沉的沃尼法季、衣着破烂的女仆们、公爵夫人的举止态度……这种让人奇怪的生活已不再让我感到惊奇了，可对于我现在在齐娜依达的身上朦胧地感觉到的东西却还是不能够习惯。我母亲有一次在谈起她的时候，把她叫作“女冒险家”。她——我的偶像，我的神——是一个女冒险家！听到这个称呼，我十分难过，我把头埋到了枕头里，竭尽全力不去想这个称呼，我十分愤慨……与此同时我又在想：只要我能变成喷水池附近的那个幸福的男人，那我会答应一切的，一切都能牺牲。

血在我的身体里沸腾起来，四处奔流着。“花园……喷水池……”

我想：“让我去花园里吧。”我急忙穿好衣服，从家里溜出来。夜色十分浓，树木微微发出沙沙的响声，空中降下来一股平和的寒气，从菜园中飘过来一阵茴香的味道。我走遍了花园中所有的小路，我那轻轻的脚步声让我既感到慌乱，也感到兴奋；我停住了脚步，在等待着，也听着我的心是如何跳动的——它剧烈而又急促地跳着。我终于走近栅栏，把整个身子都靠在了一根细木条上。

或许这是我的一种幻觉吧？在几步之外的地方闪过一个女人的影子……我竭尽全力往暗处凝神看去，我屏住呼吸……这是什么？我听到的是脚步的声音呢，还是我的心脏跳动的声音呢？

“谁在这里？”我模模糊糊地小声说了一句。这又是什么呢？也许是一阵压抑的笑声？或者是树叶的沙沙声？甚至是耳边的叹息声？我不由得害怕起来……“谁在这里？”我声音更轻地又问了一句。

突然刮起了风，天空中闪过了一道火光，一颗星星陨落了。

“是齐娜依达吗？”我想问，可声音把我的嘴唇给挡住了。突然间周围一片沉寂，在这三更半夜里这种万籁俱寂的现象是不稀奇的……就连树上的山雀也不再发出叫声了，只是在某处有一阵关窗户的声音。

我站了一会儿，接着又站了一会儿，就回到自己的屋子了，我躺在了自己那张冷冰冰的床上。我感到一阵无法说出的烦躁与不安，就如同我是应约去跟情人幽会似的，但是我孤孤单单地白等了一会儿，只好从别人的幸福旁走了过去。

十七

第二日，我见到齐娜依达，但是只有片刻的工夫，她和公爵夫人一起乘坐一辆出租的马车，到某处去了。可我见到卢申以及马列夫斯基了，卢申只是勉强地跟我打了一个招呼，年轻的伯爵咧着嘴微笑着，友好地跟我说起了话。小厢房的全部客人里只有他能够想出办法走进我家的门槛，并讨得了我母亲的欢心。父亲看不起他，竟然用侮辱性的礼貌来对待他。

“啊，”马列夫斯基开口说话了，“见到您十分高兴。您那位漂亮的女王在做什么？”他那神采奕奕的英俊的面孔让我十分讨厌，他又用一种鄙夷的带有戏谑的目光来看着我，所以我根本不去搭理他。

“您还在生我的气吗？”他接着往下说，“这可没有必要。您要知道并不是我叫您少年侍卫的，而需要少年侍卫的是女王。请容许我向您说一句，您并没有很好地尽职。”

“您怎么看出来的呢？”

“一个少年侍卫应该一步也不离开自己的女王，少年侍卫应该清楚女王所做的所有的事情，甚至应该监视着她，”他压低嗓音补充了一句说，“要日夜地监视她。”

“您说这话是什么意思呢？”

“我说的这话是什么意思吗？我认为我已经说得十分清楚了，日夜监视。那白天还不要紧，白天是明亮的，人也很多；可是夜晚就要防止出乱子了。我劝您晚上不要睡觉了，要监视，而且要尽力监视着。您一定记住，晚上，花园里，喷水池附近……这些都是一定要看守的地方。您会感谢我的。”

马列夫斯基不由得笑了起来，他转过身背对着我。他对我说的话好像并没有含特别的意思。他最臭的一个名声就是——大骗子。

在化装舞会上他最擅长愚弄别人了，他那全身流露出来的差不多是下意识的虚情假意更让他十分出名……刚刚他只不过是想要戏弄我；可他的每句话都犹如毒药一般流到我全身的血管里。血一直往我的头上涌了过去。

“啊！原来是这样的！”我对自己说道。

“好啊！这样一来，我被引到花园中并不是无缘无故的！绝对不能让这种事情发生！”

我高声喊道并用拳头捶了一下自己的胸膛，说真的，虽然我并不知道，绝不让发生什么事情。

“会不会是马列夫斯基自己跑到花园中？”我心里想（或者他在闲谈之间泄露了秘密：干这样的事他的脸皮可真厚）。

“会不会是其他人（我家花园的栅栏十分低，爬进来可是不费一点力气的），不过谁要是碰到我，他就会很倒霉的！我劝诸位，谁也不要碰到我！我要向全世界的人以及她这个负心的女人（我竟称她为负心的女人了）证明，我是会报复的！”

我回到自己的房间里，从写字台的抽屉中拿出一把前不久买的英国制造的小刀，我摸摸它那特别锋利的刀刃，皱了皱眉头，十分冷酷地下定决心，然后把它放入口袋，好像干这样的事对我来说已经不是什么奇怪的事了，也不是第一次了。我气愤到了极点，变得十分冷酷无情了。这天我一直到夜里都没有舒展过双眉，也没有张开过嘴巴，我不时地来回走动，一只手紧紧地握住藏在口袋中的那把已发热的小刀，准备要干一件十分可怕的事。这些从未有过的新的感觉把我给紧紧地攫住了，甚至让我感到快乐，居然在我脑海里连齐娜依达都出现得很少了。

我一直在想象着阿列科以及一个年轻的茨冈人，“上哪里去，年轻英俊的男子？躺下吧……”然后又问，“你全身血迹斑斑的……啊，你干什么啦？……”

“没什么！”我露出了冷酷的笑容，又重复一遍，“没什么！”

父亲不在家，而母亲从某一个时刻起差不多经常在暗中生气，她注意到我的那副大祸临头的样子，吃晚饭的时候就问我：“你怎么绷着脸，就好像一只偷米吃的老鼠一样？”

我只是傲慢地冷笑一下，以此作为回答，并且在心中寻思着：“假如他们知道了呢？”

时钟已敲过十一下，我回到了自己的房间里，但是并没脱衣服，我等待午夜降临。时钟终于敲了十二下。

“是时候了！”这句话从我的牙缝中小声地挤了出来，我把纽扣一直扣到了领口，甚至还把袖子给挽了起来，来到了花园中。

我已事先选了一个守候的地方：在花园的尽头，就是在把我们家的园子跟扎谢金家的园子隔离开来的那道栅栏以及两家公墙相连接的那个地方，那里还长着一棵孤零零的松树。站在它那低垂而茂密的树枝下面，我能够清楚地看见（不超过漆黑的夜色所提供的能见度）四周发生的所有事情。这里有一条我一直觉得十分神秘的、弯曲的小路，它就像一条蛇一样在栅栏的脚下延伸着，这段栅栏上很明显看得出有人爬过的痕迹；这条小路一直通到一座用洋槐枝条紧密地编成的圆亭子那里。我费了很大的劲才走到那棵松树跟前，靠在它的树干上守候起来了。

夜还是那样安静，就像前一夜那样，但是天空中的乌云却少些了，灌木的轮廓，甚至就连高处的那些花都显得更加清晰了。刚开始等的时候，我感到烦闷难受，甚至害怕起来。我决定不顾一切了。我只想着：我应当如何行动？要不要大叫一声：“往哪里走？站住！如实招来，不然的话就要了你的命！或者直接一刀刺过去……”

每一种声音、每一阵沙沙的声音和簌簌的声音，我都觉得十分重要、非同寻常……我准备着，我向前弓着身子，可是半小时过去了，一小时过去了，我的血液流动得十分平稳了，热度也已经降了下来，我开始感觉到我干的这一切都是毫无意义的，我甚至感觉自己十分滑稽可笑，马列夫斯基是在跟我开玩笑的。我离开了那个埋伏的地方，在花园里绕行了一圈。但是任何地方都没有听到一丝声音，好像有意气我一样，周围万籁俱寂，就连我家的狗也蜷缩在便门旁边睡着了。我爬到已经废弃的暖花房上，看到了前面一大片的田野，我想到了和齐娜依达的一次见面，不知不觉沉思起来……

我突然吓了一跳。我好像听到吱呀一下的开门声音，然后传来一阵树枝被压断的轻微的咔嚓声。我跳了两次就从暖花房上面下来了，我站在地上一动不动。花园中清晰地响起一阵急促而轻快的，但是小心翼翼的脚步声……声音离我愈来愈近了。

“就是他……他到底来了！” 这个想法在我脑中掠过。

我颤抖地把小刀从口袋中掏出来，又颤抖地把它扳开来，红色的火花开始在我面前旋转，我恐惧和生气得连头发都直立起来了。 这个时候一阵脚步声向我径直逼过来，我弯下了身子，慢慢地迎了上去……一个人出现了……上帝哪！这是我的父亲，我马上就认出他了，虽然他全身裹着一件黑色斗篷，帽子拉到了脸上。他小心翼翼地从我身旁走了过去。他没发现我，虽然没有东西把我遮住；可是我抖得那么厉害，蜷缩成一团，就好像快与地面看齐了一样。一个嫉妒的，准备杀人的奥赛罗这个时候突然变得陌生……

父亲的忽然出现让我十分惊讶，一开始我甚至没有发现他是从哪里来，往哪里去的。等到周围又安静下来的时候，我才挺直了身子，心里道：“父亲为何三更半夜还在花园里走动呢？”

我在极度恐慌中把小刀掉在了草地上，我感到相当羞愧，甚至不想去寻找它。我马上清醒过来了。不过在回家时，我还是走到了接骨木树丛下的那条长凳子前，往齐娜依达卧室的小窗户瞅了两眼。小窗户上那些不时很大的、稍微凸出的玻璃在夜空中投射下来的微光映照下呈现出淡蓝色。忽然间，它们的色泽开始有了变化……在玻璃的后面，我看得十分清楚，那白色的窗帘小心翼翼地慢慢放下了，一直垂到了窗台上，就这样一丝不动了。

“这是什么情况啊？”当我又不由自主地来到了自己房间时，我差不多是情不自禁地大声喊道，“是梦，是偶然的巧合，或者是……”突然在我的脑海中涌现了这些猜测以及假想，它们是如此的新奇，我甚至连想都不敢想了。

十八

早晨起来，我就感觉头痛。昨天的激动情绪不见了。但是取而代之的是让人痛苦的疑虑以及一种目前还不曾有的悲伤，就好像我身体里的某一个部分正在趋于死亡一样。

“为何您看起来像一只割去了半个脑袋的兔子一样？”卢申看到我时对我说。

吃早餐的时候，我一会儿偷偷地看着父亲，一会儿又偷偷地看着母亲，他跟平常一样镇定自若，而她也跟平常一样在暗中生气。

我在等着，父亲会不会像有的时候那样跟我亲热地谈起话来。可是他对我连平日里那冰冷的抚爱也没表示一下。

“把全部都告诉齐娜依达？”我在心里想着。要知道反正都是一样的，我们俩一切都结束了。

我去找过她了，可不但什么也没告诉她，就连跟她说话的机会也没有，虽然我十分想跟她说说话。公爵夫人的儿子今年12岁了，是武备中学的一名学生，他是从彼得堡来这里度假的。齐娜依达马上把她的弟弟托付给了我。

“托付给您了，”她说道，“我亲爱的沃罗佳（她还是第一次这样叫我），给您介绍个朋友。他也叫沃罗佳。我希望您能喜欢他。他还害怕陌生，不过他的心眼儿挺好的，带他去看一看涅斯库奇内公园吧，跟他一起去散散步，请您照顾好他。您会这么做的，对吗？您也是一个好孩子嘛！”她亲热地把双手按在我的肩膀上，可是我完全没有了主意。

这个孩子的到来让我也变为一个孩子了。我不说一句话地端详着这位武备中学的学生，他也在同样不作声地凝视着我。齐娜依达不由得纵声大笑起来了，把我们俩推在一起了。

“孩子们，你们来一个拥抱吧！”我们就这样拥抱了。

“用不用我带您到花园里去？”我问道。

“请吧。”他用沙哑的、十足的军校学生的声调回答道。

齐娜依达又开始纵声大笑了，我忽然发现，以前她的脸上还从没有这种迷人的红晕。

我和军校的学生一块出去了。在我们的花园里有一架老式的秋千。我便让他坐到一块狭小的薄板上面，帮他摇了起来。他纹丝不动地坐着，紧紧抓住绳子，他穿了一身镶着宽宽的金银絛带的簇新的厚呢的制服。

“您把领口给解开吧。”我对他说道。

“不要紧的，我们已习惯这样了。”他说着，还咳嗽了两声。

他跟他的姐姐一个模样，尤其是那双眼睛。我十分高兴能为他效劳。同时上面那个没有办法解脱的悲伤依然悄悄地撕裂着我的心。

“现在我果真是一个孩子了，”我心里思考着，“但是昨天……”我想起了昨天晚上小刀掉落的那个地方，并且把它找到了。军校学生跟我借去了这把小刀，他摘下一根茎特别粗的独活草，并且把它削成了一支笛子，吹了起来。可是傍晚的时候，齐娜依达在花园的一个角落找到他，当问他为何这么伤心时，他这个奥赛罗在齐娜依达的怀抱里哭了起来。我也泪如泉涌，她不由得大吃一惊。

“您怎么啦，您怎么啦，沃罗佳？”她连声问道，看到我没任何回答，也没停止哭泣，她就想要过来吻我那张被泪水浸湿了的脸颊。

可是我扭开脸去，一边号啕大哭，一边小声说：

“我全部都知道了。您为何戏弄我？……您要我的爱情来做什么？”

“我对不起您，沃罗佳……”齐娜依达小声说道，“咳，真的是对不起您……”她又补充了一句，握紧了双手，“我身上有很多坏的、阴暗的以及罪恶的东西……可是我现在并不是在戏弄您，我爱您，您不要猜疑，为什么……不过您知道了什么呢？”

我能对她说些什么呢？她站在我的面前看着我，只要她看我一眼，那我从头到脚就全部都属于她了……一刻钟之后，我和那个军校学生，还有齐娜依达一块争先恐后地奔跑了起来。我不再哭了，我笑起来了，虽然笑得那浮肿的眼皮又掉了。我把齐娜依达的绸带当作领结一样系在了我的颈脖上，当我能抱住她的腰部的时候，我就愉快得叫了起来。现在她能够随意地跟我玩各种各样的游戏了。

十九

如果有人一定要我仔细地讲述在我深夜远征失败之后的一星期里我的心情的变化的话，我会感到特别困难的。这是一个古怪的暴冷暴热的大波动的时期：心里相当乱。一些相互抵触的情感、想法、猜测、希望、快乐以及痛苦在这片混乱当中旋风一般地转动着。我恐惧探察自己的内心世界，如果一个只有十六岁的孩子能这样做的话。我恐惧弄明白事情的真相，我只是想尽快过完白天，然后在夜里我就睡觉了……少年不知道忧愁是什么滋味的脾性帮了我的忙。我不想知道人家是否爱我，也不愿意承认人家并不爱我。我时常逃避父亲，可我没有办法逃避齐娜依达……在她面前我就好像在火中燃烧似的……

但是我何必要清楚我在什么样的火中燃烧和熔化，好在我感觉熔化得十分舒服，燃烧得十分快乐。我沉浸在各种各样的感受中，并随之起伏，受其摆布，我自己欺骗自己，我不再回忆以前的事，对我感觉到即将要发生的事也是避而不见，这种苦恼可能不会维持太久，一声霹雳一下子就将一切结束了，同时也将我扔到了新的道路上。

记得有一次我散步了好长一段时间才到家吃午饭。当我知道父亲没在家，母亲身体有些不好，不想吃饭，在卧室里待着，只有我一个人吃饭时，我感到特别惊讶。从仆人们的脸色上我就已经想到了，肯定发生了非同寻常的事……我不敢问他们，但照顾我吃饭的年轻仆人菲里普是我的好朋友，他是个热情的诗歌爱好者，又是个弹奏吉他的好手，我就去跟他打听。我从他口中得知，父母之间有过一次特别厉害的口角（就是在女仆的屋子里每一句话也都听得清清楚楚，他们说得更多的是法国话，女仆玛莎在一个巴黎的女裁缝那儿干过五年，她完全能够听懂）。我的母亲责怪父亲不忠实，同邻居的小姐打得火热。父亲开始为自己辩护，后来生气了，也说了些“好像是有关于他们年龄”的刻薄话，母亲就哭了起来。

母亲还特别提到了期票的事，这张期票好像给了老公爵夫人。母亲说了好多有关她和她的女儿的特别难听的话，因此父亲对她进行了多次恐吓。

“这件事，”菲里普接着往下说，“是由一封匿名信造成的，不过没人知道这信是谁写的。否则，这件事如何会暴露呢，又没有其他任何原因。”

“莫非真有其事吗？”我吃力地说出这句话，同时我的手脚都有些发冷了，我心底里不由自主地起了一阵战栗。

菲里普像煞有介事地眨了眨眼睛。

“真有这样的事。这些事情是藏不住的。这次您父亲尽管特别小心，不过，比如说，他一定要雇马车或做其他的什么事情，没有仆人帮他张罗也不行呀。”

我让菲里普走了，就倒在床上。我没有号啕大哭，也没有失望悲观；我没有问自己，这一切是何时发生的，又是如何发生的；我并不感觉奇怪，为何我以前，为什么我这么久都没有想到；我甚至不怪罪父亲……对于我所知道的这件事，我是无能为力的，由于这件事的突然暴露也同时将我毁了……一切都结束了。我心灵里的一切花朵一下子彻底被摘了下来，它们在我的周围散落，受到践踏的厄运。

二十

母亲第二天宣布要搬回到城里去住。父亲早上就到母亲的卧室里去了，而且跟她单独在一起坐了很久。没有人听见他对她说了些什么，但是母亲没有再哭了。她慢慢安静下来，嘱咐仆人给她送早点，不过她没有走出房间，也并没有改变自己的想法。我清楚地记得，这天我整日无目的地踱来踱去，不过没有到花园里去，也没有对那间厢房看过一眼，但是傍晚时我却成了一件咄咄怪事的见证人。

我的父亲拽着马列夫斯基伯爵的胳膊走过大厅，走到了前室，他当着一个仆人的面冷冰冰地对他说："前几天，阁下在某人家里收到过逐客令，但是现在我不计划跟您进行一番说明性的谈话，但是我幸运地通知您，假使您再到我这儿来，我就要将您从窗口扔出去。我讨厌您的笔迹。"伯爵把头低下了，牙关也咬紧了，缩紧了身子，偷偷溜走了。

我们开始收拾行李搬回城里，我们在阿尔巴特街有一处房子。父亲本人可能也已经不计划再住在别墅里了。看来，他已经阻止了母亲不再将事态扩大。全部都悄悄地、不紧不慢地进行着。母亲甚至安排仆人去向公爵夫人问候，对她表示歉意，说她因为身体不好，没有去向她辞行。我像狂人一样地到处走着，我的希望只有一个：让这一切尽早地结束。

当时在我的脑海里一直萦绕着一个念头：她这位青春的小姐如何能——嗯，还是个公爵小姐呢——下定了决心如此做，既然她明白我父亲是个有家室的人，她能出嫁，哪怕，比如说，嫁给别洛夫佐罗夫？她企图什么呢，为何不怕毁了自己的前途呢？我心想，是啊，这可能就是爱情嘛，这就是炽热的爱情，这就是伟大的爱情……我想起了卢申的一句话：为别人去牺牲，自己会是快乐的。不知为何命运让我看到了一样白色的东西在厢房的一扇窗口上停留……

"难道这就是齐娜依达的脸？"我心想……这应当是她的脸。我着实忍不住了。

我要跟她告别一下才能和她分手。我找了个合适的机会，去厢房里了。

公爵夫人在客厅里用她平时那种随便、豪放的态度招待了我，朝我问好。

"这是为什么呢，少爷，你们如此早就着急搬回去？"她小声说，一边将鼻烟盒插到鼻孔里去。

我看了她一下，心里觉得踏实了。菲里普说的期票这个词儿我听了特难过。她却一点也没起疑心，至少我那时有这种想法。齐娜依达从旁边房间里走出来了，一件玄色连衫裙穿在了她身上。

“公爵小姐，我是来跟您告别的。”

“是啊，我听说了。谢谢您的光临。我可不是那类人。我会爱您，崇拜您，一直到我生命的最后一刻。”她朝我转过身来，张开了大大的两臂，把我的头抱住了。

然而我已经感受了它的甜蜜，我明白这样的再见。

“再见……”我连声说。

她挣脱了身子就走开了。我也离开了厢房。我没法表达我离去时的感受。我并没希望以后有一天再有如此的心情，我向来没有感受过如此的心情，那我就会觉得自己是个不幸的人了。

我们搬到城里去住了。我没有很快忘记过去，也没有马上着手复习功课。我的创伤是逐渐地愈合的，但是说真的，我对父亲没有丝毫恶感。相反地，他在我的心目中好像更高大了……让心理学家借着他们的知识来说明这种矛盾心理吧。有一次，我走在一条林荫道上，碰到了卢申，心里有种无法形容的开心。

我欣赏他那真诚率直的性格，并且就凭他在我心里唤起回忆这一点，我也认为他是个可亲可敬的人。我向他跑了过去……

“啊呀！”他小声说，皱了皱眉头。

“是您啊，年轻人，好好让我看看您。您脸色依然发黄，但是眼睛里总算没有以前那种邪气了。”

“您看上去像个大人了，不像一条看家狗。这不错。嗯，您如何？在埋头努力吗？”

我叹了一口气。我不想撒谎，而我又不好意思实话实说。

“嗯，没有关系，”卢申接着往下说，“别担心。最重要的是应当过正常的生活，别沉湎在迷恋中。要不，有何好处呢？无论浪头把您卷到哪儿去，还不是一样差劲。一个人就算站在石头上，也要凭自己的两只脚站得稳。我要咳嗽一下……但是别洛夫佐罗夫的情况您知道吗？”

“什么事情？我不知道。”

“他毫无音讯，不知所踪了。听说，他去高加了。年轻人，这对您应当是个教训。所有问题由于不会及时抽身，冲破罗网。您好像顺利地脱身了。要注意，可千万不要再自投罗网了。再见。”

“放心，我不会陷进去了……”我心想，“我再也不会看到她了。”

不过命中注定，我再次见到了齐娜依达。

二十一

每天我父亲骑着马出去。他有一匹带斑纹的棕灰色英国良种公马，脖子又细又长，腿也特别长，它不知疲劳，天生凶猛。大家都叫它爱列克特里克。除了父亲，谁也没法骑它。有一次父亲心情很好地走到我跟前，他好长时间没有这样开心过，他计划骑马出去，已经给马戴上了马刺。我希望他带我一块儿去。

“那最好我们去玩跳背游戏，”父亲跟我说，“如果你骑着你那匹德国马，是跟不上我的。”

“我也把马刺戴上，我会跟上的。”

“嗯，那也好。”

我们上路了，我骑着一匹长毛黑色矮种马，四腿粗壮且有力，跑得特别快。诚然，当爱列克特里克飞速奔跑的时候，它就只得拼命地赶了。但我总算没有落在后面。我没有看过像我父亲那样的骑手；他骑在马上看上去如此英俊、如此潇洒、如此灵活，甚至包括他的坐骑好像也有这种感觉，而且还以他为荣呢。我们走过了全部的林荫道，来到了一块少女地，还跃过了几道栅栏（开始我不敢跃过去，但是父亲看不起胆小的人，因此我不再恐惧了），两次涉过莫斯科河，我还想我们要回家了，况且父亲说我的马太累了，但他突然然掉转马头离开了我，向克里米亚浅滩那边折去，而且沿着河岸飞驰而去。我在后面玩命地追赶他。当跑到了一个堆得特别高的旧木料堆前边时，他猛地从爱列克特里克的鞍子上纵身而下，并且叫我也下马，他将自己的马缰绳递给了我，让我在木料堆旁边等他，但他自己却拐进一条小巷不见了。我牵着两匹马。顺着河岸来回地走，嘴里责怪着爱列克特里克。它边走，边不时地晃动着脑袋，抖动着身子，还喷着鼻息，大声嘶叫；待到我站住了，它就用蹄子轮番地刨土，还咬那匹德国马的脖子，刺耳地嘶叫着，总之，它不能适应显示自己是一匹被宠坏了的莫斯科郊外的一片平坦的田野。

父亲还没回来。一股令人难受的潮气从河面上冒出；天空中偷偷地下起了细雨，在那些我觉得特别厌恶的、笨重的灰木料上面产生了很多小黑点（我在那些木料旁边来回走动无数次了）。我焦躁不安，但是父亲还没有回来。一个芬兰族岗警，浑身也是灰乎乎的，头上戴着一顶样子像瓦罐一样的很大的旧高筒军帽，手拿一根长柄戟（我心想：莫斯科河河岸上为何要设岗警），向我身边走来了，他将那张老太婆似的、满是皱纹的脸对着我，小声说道：“少爷，您牵着两匹马在这儿做什么？让我来帮您牵着吧。”

我没有理他，他向我要烟抽。为了尽快摆脱他的纠缠（另外，我也等得不耐烦了），我向父亲行进的方向走了几步，然后我穿过那条小巷，走到尽头，在拐角上又转了一个弯，就停住了。我父亲背对着我在街上一座小木屋的一扇开着的窗子跟前站着，距我大概有四十步远，他将胸部靠在窗台上。一个穿黑色连衫裙的女人在那座小房子里坐着，被窗帘遮住了半个身子，她正在和父亲谈话，这个女人就是齐娜依达。

我惊呆了。说实在的，这件事我无论如何也没有料到。我第一想法就是逃开。“父亲肯定会回过头来的，”我心想，“那我就麻烦了……”

但是一种奇怪的情感，一种比好奇心还要强烈，甚至比恐惧、比妒忌更要强烈的情感，制止了我。我开始注意着，投入地认真细听着。父亲好像坚持着某种主张。齐娜依达好像不同意。她那张脸此时还历历在目。这是一张严肃、忧郁、俏丽的脸，脸上流露出没法用笔墨描述的忠贞不渝、伤痛、爱恋，包括某种失望的神态，我真是找不出其他的字眼来描绘了。她说的都是单音节的字，她并没有抬起眼来，只是微微微笑——顺从地、执拗地微笑着。

就凭这一微笑，我就看出了我那以前的齐娜依达。父亲耸了耸肩膀，重新整了整头上的帽子——这些动作向来是他表明极不耐烦的习惯……然后我听到了这句话：“您应该离开这个……”齐娜依达把身子挺直了，一条胳膊伸了出来……突然在我眼前出现了一件令人费解的事：父亲突然举起那条他用来拍掉自己长礼服下摆上灰尘的短皮鞭，然后我听到了他在她那裸露到臂肘的胳膊上使劲地一抽的鞭打声。我勉强忍住了，并没有尖叫出声来。但是齐娜依达全身一颤，静静地瞥了一下我的父亲，不慌不忙地将自己那条胳膊举到了唇边，吻了下胳膊上那条泛红的鞭痕。父亲将那条短皮鞭扔在一边，连忙跑上台阶，冲进木屋里去了。齐娜依达扭过身去，两臂张开，将头向后一仰，也从窗口消失了。我呆住了，连气都喘不上来，心里充满困惑莫解的恐慌跑回去了。我走过小巷（差点儿将爱列克特里克放走了）又回到河岸上。我一切都没搞清楚。我明白我那向来冷静沉着的父亲偶尔也会大发脾气，可是我还是无论怎样也无法理解我所看到的这一情景……但我这时还感觉到，无论我活多久，要我忘记齐娜依达的这个动作、她的眼光和微笑是不可能的了。她的模样，这个新的、猛然呈现在我眼前的形象，一辈子铭刻在我心上了。我木然望着河面，眼泪不由自主地涌了出来。“她挨打啦，”我心想，“挨打啦……挨打啦……”

“喂，你这是怎么啦，把马给我牵来。”父亲的声音在我身后响起。

我麻木地把缰绳交给了他。他一纵身就骑上了爱列克特里克……这匹冻坏了的马抬起了前蹄，向前跃了一丈半……可是父亲马上就降服了它；他用马刺刺了一下它的腹部，用拳头揍了一下它的脖子……

“哎哟！短皮鞭没有了。”他嘟囔了一句。

我想起了刚才这条短皮鞭的刺耳的抽打声，不禁颤抖了一下。

“你将它放到什么地方了？”过了一会儿，我问父亲。父亲没有搭理我，他策马往前飞驰而去。我赶了上去。我想要看看他的脸色。

“我不在，你是不是觉得无聊？”这句话从他的牙缝里挤了出来。

“有点儿。你将自己的短皮鞭落在哪儿了？”我又问他。

父亲猛地瞥了我一眼。

“我不是失落，”他小声说，“我将它扔了。”

他沉默起来了，低下了头……这是我第一次，可以说也是最后一次看到他那严肃的面孔能够表现出些许温柔和怜惜之情。

他又飞驰而去，我再也没追上他。我比他慢了一刻钟才回到家里。

“这就是爱情吗？” 晚上我坐在已经摆好笔记本与书籍的写字台前，又自言自语地说着，“这就是炽热的爱情。通常说来，遇到不管任何人的鞭打甚至最亲爱的人的鞭打，如何能不气愤，怎么能忍受得了呢！不过看来是可能的，假使你产生了爱情……但我呢？”

我就幻想着……这一个月以来，我成熟得多了。我感觉我那蕴含着各式激动情绪与痛苦的爱情和另一种我所不知的，差不多无法想象到的，并且像一张我竭力想在朦胧中看清晰，可却没能如愿以偿的美丽且威严的陌生面孔如此使我害怕的东西相比较起来，我看到我的爱情居然那么渺小，那么幼稚，那么可怜！

当天晚上我做了个怪异而又恐怖的噩梦。我梦到自己走进一间昏暗而低矮的屋子……父亲手里握着一条短皮鞭立在那里，还不停地跺着脚；齐娜依达紧贴着角落——一条发红的鞭痕没有打在她的胳膊上，而是打在她的额头上……浑身鲜血的别洛夫佐罗夫在他们俩背后立了起来，他张着苍白的嘴唇，愤怒地吓唬着父亲。

在两个月后我上大学了。又过了半年，我的父亲在彼得堡（由于中风）去世了，他和母亲同我刚搬到那儿时间不长。在他去世前两天，收到一封自莫斯科寄来的信，这封信让他感到异常的激动……他向母亲请求过什么，听说，他——我的父亲——好像还哭了，他在中风那天早上，还使用法语给我写信，只是刚起头：“我的孩子，”他在信上向我写道，“对女人的爱情，对这种幸福，对这种有害的东西你要心存戒备……”他去世后，母亲寄了一笔相当可观的钱到莫斯科去。

二十二

过去四年了。我从大学刚毕业，还不太清楚我应当做什么，从哪儿着手，应该从事哪一类工作。现在我还闲着，无事可做。在一天傍晚，天气不错，我在剧院里碰到了马依达诺夫。他已经结婚了，有了工作，但我看不出他身上有任何变化。他还是莫名其妙地一会儿高兴，一会儿又那么出乎意料地沮丧起来。

“您可明白，”他向我说，“顺便跟你说一下，多尔斯基太太也在这儿。”

“哪个多尔斯基太太？”

“莫非您忘了吗？就是原来那位公爵小姐扎谢金娜，我们都喜欢过她，您也不例外。您还记得涅斯库奇内公园旁边的那座别墅吗？”

“她嫁给了多尔斯基？”

“对呀。”

“她在这儿吗？也在剧院里？”

“不，没在这儿，她在彼得堡，几天前她才到这儿，计划出国去。”

“她的丈夫是个怎样的人？”我问道。

“一个特别好的年轻人，特别有钱，是我在莫斯科时的同事。您可明白，自打发生了那场风波以后,这一切您肯定十分清楚，”马依达诺夫意味深长地笑了笑，“她好容易为自己找到了一个丈夫，终于有了归宿……但是凭她的聪明才智，什么都是能办到的。您上她那儿去看看吧，她见到您肯定会很高兴的。她比以前还要漂亮。”

马依达诺夫把齐娜依达的地址给了我。她住在迪米尤思旅馆。旧时回忆在我心头涌了起来……我想第二天去拜访我以前的“恋人”。但是碰上了一些事情，耽误了一星期，又耽误了一星期，最后我终于到迪米尤思旅馆去了。我在打听多尔斯基太太时，听说她四天前差不多是突然地由于难产而去世了。

我心里好像有个东西狠狠碰了一下。我原本能够见到她，可是没有见到她，以后我永远也见不到她了。这个想法，这个令人痛苦的想法深深地、令人无法宽恕地责备着我，深深地刺痛了我的心。“她死了。”我呆呆地望着看门人，又说了一遍，就慢腾腾地走出旅馆，走到街上，我也不知道往哪儿走。所有往事都一下子在我的眼前浮现了。曾经那年轻的、热情奔放的、光辉灿烂的生命就如此结束了。原来这就是她匆忙而不安地努力追求的最终结果吗？我这样认为，我想象着那曾经可爱的面容、那双眼睛、那头卷发，此时一切都安放在埋葬在黑暗且潮湿的地底下的一具狭窄的棺木里了。就在这儿，距现在还活着的我很近，可能离我父亲也仅有几步路……我想着这所有，我投入地想象着。

从淡漠的双唇我得到她的死讯，
我也淡漠地聆听着这音讯——[1]

这些诗句在我心灵里响了起来。啊，青春啊！青春！你一切都不关心，好像你拥有宇宙间的所有宝藏，甚至忧愁也让你感到安慰，甚至悲伤对你也很合适，你自信且又果断，你说：看哪，只有我才活着，而你的日子一天天地流逝着，消失得一丝痕迹不留。你身上的所有好像阳光下的蜡和雪一样……在慢慢溶化，或者你的魅力的一切奥秘不在于你能做全部，而在于你能够认为一切你都可以做到。正是在于你白白地浪费了精力，你不善于将精力用在别的方面。也正是由于我们每个人都细心地认为自己是个浪费者，认真地认为自己有权利说：“啊，要是我不无辜地浪费了时间，那我一切都能做得到！”

就拿我来举例吧，当我只是用叹息声和凄凉的心情费了半天的力气送走我那昙花一现的初恋的魔影时，我期望过什么吗？我有过什么等待吗？我想到过什么辉煌的前程吗？我所愿望的一切有多少能实现呢？此时，当黄昏的阴影已经笼罩我的生命之时，对我而言还有什么比那快速消逝的晨雨、春雷的回忆更珍贵、更新鲜的呢？

但是我为何诽谤自己呢。那时，在那无忧无虑的青年时代，对那朝我呼吁的悲伤的声音，对那从坟墓里传出的庄严的声音，我并没有充耳不闻、无动于衷。我想起，在我知道齐娜依达的噩耗那天后，又过了没几天，我在一种无法克制的感情的冲动下内心自愿地去吊唁与我们同住在一所宅子里的一个贫苦的老妇人。

她身上盖着破烂儿，在坚硬的木板上躺着，一只布袋在头下枕着，看样子，她死得很困难，也十分痛苦。她这一辈子都在为每天的生活而痛苦地挣扎着。

---

[1] 见普希金诗《在她的祖国》（1826年）。

她既不懂得欢乐，也没有感受幸福的甜味。由这些可以看出，她为何会不乐于一死，不乐于解脱与安息呢？但是当这个老妇人的衰老的身体还在硬撑着，她那被一只冰冷的手沉重地压在上面的胸脯还在痛苦地不停地起伏着，在她还没有放弃掉最后一丝力气的刹那，她还不停地在画十字，还在一直不停地小声说："上帝啊，饶恕我沉重的罪孽吧……"她眼睛里那担忧死亡的恐怖表情只是跟着意识的最后几朵火花的熄灭而逐渐消失……我记得就在那里，在那穷苦的老妇人的床边，我代齐娜依达担心起来，我要为她、为父亲也为我自己进行祈祷了。

1860年

阿 霞

一

那时我大约二十五岁，您知道，那是很久以前的事了。我刚挣脱羁绊获得自由，就出国了，出国的目的并非当时所说“完成我的学业”，其实很简单，只是想看看这个大千世界。我身体健康，年轻力壮，快快活活，兜里的钱也不少，为生活操劳之事还来不及光顾我，我无忧无虑，绝不瞻前顾后，想要干啥就干啥；总之一句话，血气方刚，像一朵盛开的鲜花。我脑子里从来不想，人可不是一株植物，开花的时节绝不会长久。年轻人吃金黄色的蜜饼，竟以为这便是天天有得吃的粗粮。可是，时候一到，总有一天连粗粮也得去乞讨。但是，扯这些闲话，说了等于没说。

我到处游历，漫无目的，又无计划，觉得哪里好，就在那里停下，一旦又想看看新的面孔(只是想看看新的面孔)，便收拾行囊就出发，前面有的是路。我只对人感兴趣，讨厌奇异的古迹、著名的文物，一看见千人一面的向导，我就心烦气闷。参观德累斯顿画廊，我差点发疯。自然景色倒令我赏心悦目，但我不喜欢所谓著名的胜景、奇峰、悬崖与瀑布。我不喜欢大自然盛气凌人，束缚我的心胸。可是，人的面孔，活人的面孔，还有活人的说话，活人的一举一动，活人脸上的笑——没有这些，生活便难以支撑。与人群交往，我感到轻松自如，心里快活。别人走，我也走；别人喊，我也喊。心里因此而兴奋，同时又悉心观赏他们大喊大叫，这等观赏，出于某种永远饥渴的好奇心。这是题外话，暂且按下不表。

话说回来，二十五岁之前我居住在莱茵河左岸德国小镇。我但求孤独，因为最近一个青年寡妇伤透了我的心：我与她是在温泉相识的，她是个美人儿，人也聪明，但爱跟众人调情，当然其中也包括我这个有罪之人。

起先，她挑逗我；过后，为了一个面颊红润的巴伐利亚中尉，她狠心把我一脚踢开。应该说句老实话，她给的伤害并不太深。不过，我却自认为有责任暂且献身于愁闷与孤独一下，青春真会大做文章啊！

于是乎我便在这座小城住下。我很喜欢这座小城，它位于两座高山之麓，城墙破败，古塔森然，上百年的菩提老树苍翠欲滴，输入莱茵河的一条小河上面，架了一座陡拱小桥，更为重要的是这里盛产葡萄美酒。此时正值六月，小街小巷里到处是如花似玉的金发德国女郎，她们碰到外国游客，便用悦耳的嗓音低声打个招呼：“Guten Abend！”[1]她们中有的还久久不肯离去，直到月上东山，从古老屋宇的尖顶后面冉冉升起。

那时，月光如水，照彻小巷路面上一个个鹅卵石。这个时候，我喜欢到处游荡。一轮明月，从纯净的天空俯视，好像特别看得起这座小城；小城也好像心领神会，静谧而富有灵气，全城都沐浴在宁静、沁人心脾的月光里，哥特式钟楼高耸；那尖顶上的信风鸡金光点点，黑暗光泽的河水也银光粼粼。石板屋顶下的小窗子里，细细的蜡烛(德国人处处节约)谦逊地为人们照明。葡萄藤从石砌围墙内神秘地探出卷曲的绿胡须，三角广场上，一口古井旁不知什么东西的影子一闪而过。忽而响起更夫睡意未醒的吆喝。一只心地善良的狗懒洋洋地叫了几声；微风轻轻地吹拂着，让人心旷神怡；菩提老树芬芳，都是醉人的芬芳；这个时候这个情景，不自觉地敞开胸膛，深深地呼吸了一口气，甜蜜缠绵一个名字“葛莱卿”[2]，像是一声长叹，一声天问——不禁从嘴里倾泻而出。

小城离莱茵河不远，我经常去观赏这条波浪壮阔的大河，很长的时间都坐在一株孤孤单单的白蜡树下的石凳上，心里充满悔恨地想着那个负心的寡妇。一座圣母小雕像从这棵树的枝头凄惨惨地望着外面，她长着一张新鲜的脸，胸口有一道被剑刺伤的疤痕。河的对岸是小城，比我住的这座小城还要大一些。有一天黄昏，我坐在最喜欢的石凳上，时而望望河水，时而看看天空，时而看看葡萄园。有条小船被拖到岸上，底朝天，涂了柏油，两群黄头发小孩往上爬。几叶微微鼓起的风帆缓缓移

---

[1]　德语：晚上好。

[2]　歌德的巨著《浮士德》中的女主人公。

动，碧波从船边流逝，划出一道水纹，溅起水花。忽然有人奏乐，我竖起耳朵听。河对岸勒城里在演奏华尔兹舞曲。大提琴若断若续，小提琴如泣如诉，听不太清，笛声悠扬。

“这是怎么回事？”我问一位朝我走过来的老头，他穿着棉绒坎肩，蓝长袜和带扣的皮鞋。

“这是，”他把烟斗从嘴的一角移到另一角，然后说，“这是城里来的大学生开联欢会。”

“我倒要去看看这个联欢会，”我心想，“恰好我还没有去过勒城。”我找了个摆渡的船夫便过河去。

二

或许有的人还不知道，所谓“大学生联欢会”是什么玩意儿。这是一种自成一格的盛大宴会，参加者是大学生中间的同乡或同乡会成员。联欢会上，几乎全都穿上自古流传下来的德国大学生制服：匈牙利式短上衣，大皮靴，带某种颜色帽箍的小帽。这种大学生宴会通常由一位高年级的头头当主席，他们开怀畅饮，通宵达旦，抽烟，唱唱Landesvater[1]和Gaudeamus[2]，痛骂凡夫俗子，有时还请了乐队。在勒城举行的正是这种大学生联欢会——在一个挂着“太阳”招牌的旅社的临街花园里举行。旅社和花园上空旗帜飘扬。修剪整齐的椴树下面，大学生们围着桌子坐下，一张桌子底下趴着一条硕大的虎头狗。旁边一个常春藤的凉亭里，乐师们正起劲地奏乐，不时喝喝啤酒提提神。街上，短篱笆前，聚拢来许多人：本城好心的公民不想错过机会看看外来的客人。我也挤进人群里。看着这帮大学生的面孔，我心里痛快；他们拥抱，喊叫，无伤大雅地打情骂俏，用火辣辣的眼光看人，无缘无故纵情大笑(这是世界上最美的笑)——这一切，便是血气方刚、快活无量的生命在沸腾，是奋发向上的冲动——不论它冲向哪里，只要奋发向上就好。他们心地善良，热情奔放而毫无顾忌，这一点使我感动，并且心头发痒。

“要不要加入他们？”我问自己。

“阿霞，看够了吗？”忽然听到背后有人讲俄语。

---

[1] 德语：旧时大学生爱唱的拉丁文歌。

[2] 位于罗马，拉斐尔的壁画《加拉捷娅》就在那里。

“再等一等。”另一个回答，女人的声音，也说俄语。我急忙回过头一看……看到一个漂亮的年轻人，他戴便帽，穿一件宽大上衣，挽着一个姑娘的手。姑娘身材不高，戴顶草帽，草帽遮住了她上半截脸。

“你们也是俄国人吗？”我脱口而出。

“对，是俄国人。”

“我万万没料到，在这个偏僻的地方……”我刚开口说。

“我们也没料到，”他打断我的话，“怎么，这不更好吗？请让我做自我介绍：我叫加庚，而这位是我的……”他迟疑了一下，“她是我的妹妹，请问可以知道您的大名吗？”

我说出了自己的名字，于是便跟他交谈起来。我得知，加庚跟我一样，以旅行为消遣，一星期前来到这座小城，便住下不走了。说老实话，我真不想在国外碰到我的同胞。单凭走路的姿势、衣着，特别是脸上的表情，从老远就可以认出他们。那种气派，扬扬得意，瞧不起人，又常常居高临下想驾驭别人，但陡然间可以变得缩手缩脚，可怜巴巴，忽然如临大敌，眼珠转几圈：“老天爷！莫不是我说走了嘴？别人会笑话我吗？”他那浮游的目光好像这么说。再过片刻，又恢复原状，又是一副不可一世的架势，偶尔还显出痴不痴呆不呆的一脸傻相。真的，我回避俄国同胞们。但这位加庚，却立刻使我喜欢他。世间真有幸运的脸：这张脸谁也爱看耐看，好像一团火使你温暖，好像一只手轻轻抚摸。加庚正好有一张这样的脸，亲切，温情，一对柔和的大眼睛，一头柔和的鬈发。他说话，即使你不看他的脸，单凭语调，你也会感到他的嘴巴在微笑。

那个他称之为妹妹的姑娘，看第一眼我就觉得她非常美。她身上好像具有某种特别的自成一格的东西，她圆圆的脸蛋，鼻子小巧，两颊几乎像孩子般稚嫩，黑眼睛乌亮有神。她身材苗条，但好像发育尚未充分。

“上我们那儿去看看好吗？”加庚对我说，“我们看这帮德国人好像也看够了。如果咱们俄国人，在这样的长河里喝，肯定会摔椅子，砸玻璃，这帮德国佬真是规规矩矩的了。怎么样，阿霞，咱们回去吧？”

姑娘同意了他的建议。

“我们住在郊外，”加庚又说，“在葡萄园里一栋单独的家产的小屋子里，在很高的地方。那儿很好的，你去参观一下吧。女房东应允了给我们准备酸牛奶。天马上就要黑了，而您，月光下横渡莱茵河更有感觉。”

我们便去了。我们穿过低矮的城门，到了一望无际的原野：古城墙环抱，鹅卵石砌成，望楼全都还在耸立着。我们再沿着城墙走百来步，就看到了一个小小的门，停下。加庚打开门，带着我们走陡峭的小路上山。两旁梯形山坡上种满葡萄。太阳刚刚落山，一抹红彤彤的晚霞与青翠欲滴的藤蔓交相辉映，霞光满地，照彻葡萄架高高的木桩，照彻铺满大小石板的干燥地面，照彻我们攀登的山顶上那栋小屋的粉墙。这小屋有倾斜的黑屋梁，开了四扇小窗。

“我们就住在这里。”我们刚走近小屋，加庚大声说，女房东端酸牛奶来了。

“晚上好，太太！”我们立刻坐下来吃饭，他再补一句，“不过，您先得看看四周的环境，景色怎么样？”

景色的确美极了。莱茵河就在眼前，一片银光闪烁，两岸浓荫苍翠，一点水面反照金光万道，红得发紫。坐落河岸的整座小城，街道屋宇，尽收眼底。山岗田野连绵，一望无际。地上景色固然好，天上则更好，天宇澄澈纯净，越看越深，空气透明，一尘不染，令我心中如醉。清新的和风悄悄地吹，微波荡漾似的一阵阵飘拂，在这山顶高处，和风好像也更自由舒畅。

“您找到了好住所，真出色！”我说。

“是阿霞找到的，”加庚回答，“喂，阿霞！”他接着说，“去关照一下。把东西端到这儿来。我们就在露天吃饭吧。这儿音乐听得更清楚。您有没有发觉，”他又朝我说，“在近处听华尔兹不行，听起来那声音庸俗粗糙，但隔远些再听，就大不相同，美妙极了！那音浪能拨动你罗曼蒂克的心弦。”

阿霞本名叫安娜，但加庚叫她阿霞，也允许我叫她阿霞吧。阿霞回屋里去了，又跟女房东一起回来。她两人抬来一个大托盘，上面放着牛奶罐、勺子、碟子、白糖、水果和面包。我们便坐下吃晚饭。阿霞摘下帽子，她满头黑发剪短，像个大男孩，黑头发起大卷波，纷披于脖子和耳边。起初她有些害羞，但加庚对她说：“阿霞，别害臊！他又不咬人。”

她微微一笑，过了一会儿便主动找我说话了。我还不曾见过比她更好动的人。她没有片刻安安静静地坐一坐。她时而站起来，跑进屋里又跑出来，嘴里低声哼着歌曲，常常自己一个人发笑，很古怪：她并非听到好笑的话而发笑，而好像是她脑子里涌出各种念头而暗自好笑。她一双大眼睛发亮，大胆地直勾勾地看人，但有时眼睑又稍微眯起来，这时，眼神便忽然变得深沉而温柔。

我们海阔天空地聊了两个来小时。白天早已过去，黄昏时候，起初是霞光满天，继而清朗绯红，往后便若明若暗暮色苍茫了。黄昏偷偷溶入黑夜，而我们却坐在户外继续高谈阔论，说话像四周的空气那样平静而投机。加庚叫人拿来一瓶莱茵酒，我们慢慢地喝。音乐依然飘过来，好像更温柔悦耳。城内与河上都掌灯了。阿霞忽然低下头，因而鬈发垂下来遮住眼睛，她不说话了，叹一口气，然后说她犯困便进屋去了。可是，我看到，她并没有点燃蜡烛，在没有打开的窗前站了好久。终于，月亮出来了，照在莱茵河上，一切都变了，银光泻地，又处处暗影森森，甚至桌上雕花玻璃杯里的酒也闪闪烁烁，透露出神秘的色泽。风停了，好像鸟儿收了翅膀。土地散发出芬芳温暖的气味。

“该走了！”我大声说，“再不走，怕找不到摆渡的船夫。”

“是该走了。”加庚说。

我们沿小路下山。身后有小石子滚下来：原来是阿霞赶来了。

“你还没有睡？”她哥哥问，可她不回答，从我们身边跑过去了。

小旅社花园里大学生们点燃了灯，最后几盏灯行将熄灭，灯光从下面照射在树叶上，造成过节的奇幻景象。我们发觉阿霞站在岸边。她正跟船夫说话。我跳进船舱，跟两位朋友道别。加庚答应明天来看我。我跟他握手，又把手伸向阿霞，但她只看着我，摇摇头。小船离岸，沿着湍急的河水漂过去。摆渡的船夫是位健壮的老人，他把桨深深插进黑色的水里，使劲划。

“您游进月光里，把它打碎了。”阿霞朝我大声说。

我低头俯视水面，小船四周，波浪翻滚，黑黑的。“再见！”又响起她的声音。

“明天见。”加庚跟着说。

船停了。我跳下船向后一看，对岸已经没有人了。月光反照，就像是一条金链子一样横亘江面。兰纳的华尔兹舞曲随着风传了过来，好像有惜别之意。加庚说得对：这个时候我才真正感觉到，这远处飘送来的优美的旋律确实触动了我内心深处。我经过昏黑的田野回家，一路上慢慢呼吸甘甜空气。回到自己房里，我感到懒洋洋的，我感到，我在期盼，但是漫无止境，毫无对象，可还是期待着，这让我惆怅了起来，而心里却感到很甜蜜。我觉得自己幸福极了……但是，是什么让我感到幸福呢？因为我别无他想，啥也不想……所以我幸福。

由于快乐印象太多，美好的情感过剩，我差点笑出声来。倒在床上，闭上眼睛，又突然想起来了，今天晚上我竟然没有想念我那位狠毒的美人儿哩。“这是怎么回事？”我问我自己，“我不是迷恋她吗？”但是，问题虽已提出，而我却像婴儿躺在摇窝里慢慢睡着了。

三

第二天早晨，我已经醒了，但还没有起床，有人拿手杖敲打我的窗子，并且唱道：你在睡觉吗？我弹吉他把你吵醒……一听声音，我知道是加庚。

我连忙起床开门。

“你好呀！”加庚说，走进房，“我一大早就来把你吵醒，可是你看，多好的早晨，空气新鲜，有露水，云雀在唱歌……”他满头鬈发光亮，衣领敞开露出脖子，面色红润，他本人也和这清晨一样新鲜。我穿好衣，便跟他去小花园，在一条板凳上坐下，叫人端来咖啡，于是开始聊天。加庚说了他将来的打算，他拥有可观的产业，无须仰仗别人。他想献身于绘画事业，只是后悔起步太晚又白白浪费了许多时光。我也说了我的打算，顺便也把我那倒霉的爱情的秘密信赖地告诉了他。他宽容地听着我讲，但我看得出，我并没有激起他对我的恋情的强烈的同情。出于礼貌，他叹息三两声，然后提议到他那里去看看他的画稿。我立刻同意。

我们没有碰见阿霞。女房东说她上“废墟”去了。距离勒城两俄里，有一座封建城堡的遗迹。他把画稿都拿出来让我看。画稿中，处处有生命有真实，具有自由豪放的气派，可是，没有一件作品是完工的，好像是信手乱涂，笔触很不准确，我坦率地说出我的看法。

“说得对，对，”他叹息一声，“您说得对，这些画很糟，很不成熟。有什么办法？我没有下苦功学习，斯拉夫人该死的惰性控制了我。每当你幻想要干事的时候，你真好比一只老鹰展翅翱翔，简直可以玩转大地，等到一动手，你就蔫了，四肢无力。”

我便给他鼓劲，他摆摆手，收拢画稿握成一团，往沙发上一扔了事。

“要是有恒心，总会搞出点名堂的。”他说，“就是没有恒心呀！做个不学无术的贵族傻少爷。了此残生算了。走吧，找阿霞去。”

我们便去了。

四

去古迹的路蜿蜒于草木丰茂的山谷间。谷底有条小溪，清泉潺潺，奔流于崖石间，好像急切想跟大河汇合在陡峻的山脊的阴影之下。那条大河展现另一幅天光水色。加庚叫我注意看那边几处阳光特别明媚的风景。从他的言谈之中可以听出，即使他不是画家，起码也是个艺术悟性很强的人。不久古迹便呈现在眼前。光秃秃的悬崖顶上，巍然耸立一座方塔，通体黑沉沉，还很坚固，但一丝裂纹从上到下纵贯塔身。长满青苔的一堵砖墙与塔毗连。有几处长春藤缠绕，弯弯曲曲的小树从灰色炮眼里或颓败的拱门上倒挂悬空。石彻小径直通保存尚好的大门。我们走近大门时，前面忽然一个女人的身影闪过。她快步跳过一堆乱石残砖，登上一处突出的墙头，下临悬崖绝壁。“那不是阿霞吗？”加庚惊叫，“真是疯婆子！”

我们走进大门，来到一个小院子里，地面一半长了野苹果和荨麻。石阶上坐着的果然是阿霞。她朝我们转过脸，笑了，但不起身。加庚向她伸出一个指头以示威胁，我却大声责备她太大意。“得了！”加庚小声对我说，“别惹她，您还不了解她。她大概还要爬到塔顶上去的。您最好还是来看看本地居民脑子有多灵活吧！”我朝四周看看。院子一角，有个小小的木板售货亭，一位老太太坐在里面织袜子，她从眼镜上方斜眼看着我们。她向游人出售啤酒、姜饼和矿泉水。我们坐在长凳上，喝着笨重锡杯里的相当冷的啤酒。阿霞依然坐着不动，盘着腿坐着，薄纱巾包着头。望过去，以晴朗的蓝天为背景，她秀丽的身姿，轮廓分明，更加气韵生动。但我却心生嫌隙地望了她一眼。昨天我早就看出她身上有某些过分匆忙不太自然的东西……“她想让我们吃惊，”我想，“为什么要这么干？乳臭未干，孩子气十足！”她好像正好猜出了我的思想，朝我投过来迅速的一瞥，好像把我看穿，然后绽出微笑。三跳两跳，从墙头跳下，走到老太太面前，向她讨一杯水。“你以为我要喝水吗？”她向她哥哥说，“不，墙头上有几朵花，该浇点水了。”

加庚不加理会。她端着杯子又去爬废墟，不时停下来，弯下腰，给花浇水的时候既一本正经又很顽皮，水珠反照太阳，闪闪发光。她这一连串动作，好看极了，但我仍然看不惯她，虽然不由自主在欣赏她的身段的灵活与轻巧。在一个十分危险的地段，她故意尖叫，然后哈哈大笑……我没有放在心上。“她像山羊爬坡。”那位老太太嘟囔，暂时也不织袜子了。阿霞终于倒光了一杯水，摇摇摆摆地走到我们面前。怪模怪样的微笑牵动她的眉宇、鼻孔和嘴唇。乌黑的眼睛眯了起来，好像很开心。“您以为我的举动不合礼仪，”她脸上的表情好像这么说，“没有关系，反正我知道您是喜欢我的。”“你真行，阿霞，真有本领。”加庚低低地说。

她忽然害臊，长长的睫毛垂了下来，安安静静在我身边坐下，就像做错了事情一样。我这才第一次好好观察她的脸，我从未见过表情如此丰富的脸。没过多久，这张脸已经一脸苍白，神情专注而忧郁；我觉得，她的容貌显得更成熟，更严肃，更纯朴。她完全沉静了。我们围绕古迹走了一圈(阿霞跟在后面)，欣赏各处景色。吃午饭的时间快到了。加庚付钱给老太太，再要了一杯啤酒，转身对我扮了个鬼脸："祝您心上人健康！"

"难道他有……难道您有心上人了？"阿霞忽然问我。

"谁会没有心上人呢？"加庚反问。阿霞沉思片刻，她的脸又变了，脸上显出挑衅似的近乎无礼的冷笑。回家的路上，她大笑的次数更多，更淘气。她扳下一根长树枝，当成一杆枪扛在肩上，拿头巾包着头。我记得，一路上碰到好些全家出游的英国佬，他们头发淡黄，态度古板，他们好像服从统一口令，一个个都瞪着呆滞的眼睛，带着冷漠的惊异神色目送阿霞走过去。而她，好像故意要气气他们，竟大声唱起歌来，回到家，她立即进自己房里去了，直到吃午饭才出来，穿上自己最好的衣裳，头发精心梳过，束了腰，戴上手套。吃饭时，她举止彬彬有礼，甚至有点古板，只吃一点点东西，端起小杯子喝点水。显而易见，她想在我面前又扮演一个新的角色——文质彬彬、知书识礼的淑女。

加庚不去管她，看得出，他事事依她，也已习惯。只是他不时善意地瞧瞧我，微微耸耸肩膀，好像说："她还是个小孩，您得宽容些才是。"刚吃完饭，阿霞便站起来，向我们行个屈膝礼，戴上草帽，便问加庚："我想去看看露易斯太太，可以吗？"

"你几时向我请示要求批准？"他回答，依然微笑，但这一次笑得有点窘态，"你跟我们在一起感到无聊吗？"

"不，可我昨天已经答应了露易斯太太去看她的。并且我想，你们两位在一起更自在。H先生(她指着我)或许还有什么话要对你讲。我走了。"

"露易斯太太，"加庚说，尽力回避我的目光，"是已故的本镇镇长的遗孀，是位心地善良，同时又头脑简单的老太太。她非常喜欢阿霞。而阿霞则喜爱跟下层的人们交往，我看得出，她这么做无非是出于骄傲。您看，她被我宠坏了。"他等一等，又说，"可是您叫我咋办？我对任何人都不苛求，对她更甭提了。我对她非宽容不可。"我不吭声。加庚改变话题。我对他知道得越多就越喜欢他。很快我就了解他的为人了。他是个地道的俄罗斯人，正真，诚恳，纯朴，只可惜有点发懒筋，缺乏锲而不舍的劲头，心里少了一团火。青春缺了活力，并不像一股清泉那样往上涌，只不过闪烁些宁静的光。他很聪明，很可爱，但我无法想象，等他年岁大了，他将是个什么模样？当个画家吗？舍不得下苦功，害怕长年累月的艰辛劳动，休想当个画家。看看他软绵绵的神态，听听他优哉游哉的谈吐，要他下苦功，办不到！你害怕下苦功夫，你不会为艺术呕心沥血。可是话说回头，要不爱他简直是不可能的，一颗心早已被他吸引过去了。我跟他面对面待了四小时，时而坐在沙发上神聊，时而在屋前缓缓漫步。过了这四小时，我们已成了知心朋友。太阳落山，我该回去了。阿霞还没有回来。“这只野猫子，她太任性了。”加庚嘀咕，“要不要我送你一程？顺路可以上露易斯太太家里去，看看她在不在那儿。拐的弯不大。”

我们下山进了城，然后折进一条弯曲的小巷，在一栋有两扇大窗子的四层楼门前停步。这房子第二层临街凸出，第三层四层更加凸出，房子饰有古老的浮雕，两根大圆柱支撑，砖砌尖屋顶，门楼像鸟喙向前突兀，整栋房子，像是弓起背正待展翅的大鸟。

“阿霞！”加庚站在下面大叫，“你在这儿吗？”

三楼一个亮着烛光的窗子响了一下，打开了。看见了阿霞黑头发的脑袋。她背后探出德国老太太的脸，瘪嘴，几乎像个瞎子。

“我在这儿，”阿霞说，撒娇地将两肘倚着窗台，“这儿很好。给你，接住！”她扔给加庚一枝天竺葵，又说：“你不妨设想，我就是你的心上人。”

露易斯太太笑起来。

“我要回去了，”加庚说，“他来跟你告别。”

“真的吗？”阿霞说，“那么，把我那枝花送给他。我马上就回去。”

她砰的一声关上窗子，随后好像亲吻了露易斯太太。加庚默默地把花枝送给我，我默默地接了，放进衣兜。我走到渡口，过了河道，到了河对岸。我记得，回家的路上我什么也没有想，但心情异样的沉重，突然之间，传来了一股刺鼻的强烈气味，这在德国非常稀奇，而我却早已闻惯了。我停了下来，看见道旁长了一丛大麻。它带来草原的气息，忽然引起了我的相思之情，开始思念故乡。我恨不得立刻就呼吸俄罗斯的空气，立刻行走在俄罗斯的大地上

“我在这儿干吗？为什么要在异国他乡流浪。”我叫起来，心里石头般沉重之感忽然变成灼热的痛苦，如波涛汹涌，很久才平复。与昨晚不一样，我回到家，心头涌上了不一样的感觉。我烦躁不安，久久不能释怀。一种似曾相识的惆怅侵袭了我，撕肝裂胆。最后我坐下来，有意去想我那位狡猾的寡妇（思念此寡妇已列为我每天的议事日程），找出

她写的一张便笺。但我甚至还没有展开那纸笺，心里便想到别的去了。我想……想阿霞。我想起加庚在说话过程中曾经暗示过有某种缘由妨碍他返回俄国……“很清楚，她不是他妹妹。”我大声说。我脱衣上床，尽力想睡着。一小时过去了，我又坐起来，就坐在床上，两肘倚靠枕头，又再思念这个“面带绷紧的笑容淘气的小女孩”。

“她这个人，长得真像法涅济纳宫[1]内拉裴尔画的加拉蒂阿[2]，”我低声说，“对！她不是他妹妹。”

寡妇写的便笺落在地板上，纹丝不动，月光照着它，显得特别白。

五

第二天早上我又去勒城。我自以为是去会见加庚，其实内心深处却真想看看阿霞在做什么，是不是像昨日一样“淘气”。我看到他们两个都在客厅里。真奇怪！——是否因为昨夜和今晨我想俄罗斯想得太多——阿霞在我眼前变成了一个地道的俄罗斯姑娘，对，一个朴素的俄罗斯姑娘，而不是女仆。她身穿老式俄罗斯裙衫，头发往后梳，规规矩矩坐在窗前，低头刺绣，谦恭文静，好像一辈子没有干过其他事情。她几乎不开口说话，安安静静地专心做手上的女红，神色恬静，完全是日常姑娘家的气派，令我想起土生土长的卡嘉或玛莎。更有甚者，她还轻轻哼着俄罗斯民歌《妈妈，亲爱的妈妈》。我看她嫩黄平静的小脸蛋，回忆昨晚种种幻想，心头不禁有点凄凉。天气非常好，加庚宣布，今日要出去写生。我问他，可否让我陪他去，会不会妨碍他。

“不会，”他说，“正好相反，您可以给我提出好意见。”

他戴上名画家凡一戴克式的大圆帽，穿上工作服，腋下夹着画幅便出发，我从容随后。阿霞留在家里。临走时，加庚嘱咐阿霞，菜汤切忌太稀。阿霞答应到厨房里去督促。加庚走进那个我已去过的山谷，往石头上一坐，便动手画一株老橡树，老树满身窟窿，枝丫盘曲。我躺在草地上，摸出本书，看书，书没看到两页，而他满纸胡乱涂抹一气；接着我们便高谈阔论起来，依我看，我们的谈论颇有见地，谈到人应该奋发有为，谈到有的事情应该尽力回避，有的事情应该全力坚持，又谈到我们时代的艺术家的使命，等等。最后加庚说，他“今天没有兴头”，于

[1] 希腊神话中女海神。

[2] 德国诗人歌德的长篇叙事诗。

是便跟我并排躺下，于是年轻人的言论便放浪形骸，自由奔泻，时而热情洋溢，时而忧患满怀，时而又信心百倍，但总之离不开俄国人惯用的模棱两可的字眼。海阔天空，闲聊尽兴，两人便心满意足，好像已经做了一件了不起的事情，大功告成，可以回家去了。回到家，我发觉阿霞还是我们离家时的那副样子。无论我如何努力观察，她身上绝无一丝一毫卖弄风情的影子，绝无一丝一毫忸怩作态的痕迹，这一次可不能说她装模作样了。

“啊哈！”加庚说，“持斋祷告，她在惩罚自己了。”

黄昏时分，她毫不做作地几次打哈欠，便早早回房休息。我不久便告辞回家。这一天，我记得，临睡时，我不由得说出声来：“这个姑娘可真是一条变色龙！”想了想，我又说：“她绝不是他妹妹。”

六

又过了整整两个礼拜。我天天去拜访加庚兄妹，小阿霞好像总是回避我。但是在我们刚认识的头两天令我非常惊讶的那些顽皮的举动，她一次也不做了。她好像深感痛苦或者深感困惑。她也不大笑了。我怀着好奇心观察她。她法语和德语都说得非常好。但从种种迹象可以看出，她并非从小长于妇人之手的人，她所受的教育是奇特的。不正规，跟加庚大不相同，虽然加庚头戴凡戴克式的圆帽，身穿工作服，但他身上却仍然具有大俄罗斯贵族温柔娇贵的气派，而她却不像一位小姐，她一举一动都焦躁不安，这是嫁接不久的两株野生树苗，这是正在发酵的一坛美酒：她从小就很腼腆，但她为自己的害羞而难过，因而迫使自己放肆大胆，可是，她并不总能实现。有好几次我跟她说起她在俄国的生活和她的过去，她的回答都不情不愿。可是我知道，出国之前她在乡下住了很长的时间。有一次我见她在读一本书，她两手指撑着头，手指深深插进头发里，贪婪地看着书。

“好极了！”我走过去，说，“您这么用功啊！”

她抬起头，严厉而傲慢地望了望我。

“难道您觉得我只会傻笑吗？”她说，想走开。

我看了一眼书名，这是一本法国小说。

“我不得不说，您不太适合读这本书。”

“不读这个读什么呢？”她叫起来，将书本往桌上扔了过去，然后又说，“难道要去胡闹？”于是她便跑进花园。

这天晚上，我给加庚朗读歌德的《格尔曼和多罗泰》。阿霞一开始的时候只是在我们身边转悠，后来忽然站住，用心细听，偷偷地在我身旁坐下，一直到我读完。第二天，我突然觉得她很陌生，哪里知道，她是忽然要学窦绿苔，一心操持家务，老成持重。总之一句话，我觉得她是个谜样的人物。她自尊心强到极点。然而即使令我生气的时候，她还是吸引着我。我越来越深信不疑，她不是他的妹妹。他对她不像做哥哥的对待妹妹，过分宠爱，过分迁就，同时又有点不大自然。一个罕见的机会显然证实了我的猜疑。

一天晚上，我走近加庚住宅的葡萄园，发觉园门关闭。我不假思索，找到那个我已熟知的围墙倒塌之处，便跳了进去。离这儿不远，小道旁有一个爬满金合欢的小凉亭。我朝那儿走，正要走过……陡然阿霞的声音令我一惊。她热情地、带着哭腔说出如下的话语："不！别人我都不爱，只爱你。不，不！我只爱你一个人，永远爱你。"

"得了，阿霞！安静些，"加庚说，"你知道，我相信你。"

他两人的声音从凉亭传来，我透过稀疏的树枝看见他们，他们没有发觉我。

"爱你，只爱你一个人。"她又说，一把搂住他的脖子，吻他，痉挛地痛哭，紧贴他的胸口。

"够啦！够啦！"他再三说，轻轻抚摸她的头发。

我呆呆地站了一会儿……忽然我全身一颤。

"要不要走到他们跟前去？……不行！"我脑子里这个念头一闪。三步并作两步我慌忙回到围墙边，跳过去，到了大道上，跑回家。我笑着，搓搓手，这个机会来得好生奇怪，忽然证实了我的猜测(我从未怀疑我的猜测是对的)。但同时，我心头感到非常痛苦。"可是，"我想，"他们装扮得真是天衣无缝啊，但为什么要这么干？他们蒙骗我干吗？我没有料到会这样……那深情的倾诉又是什么呢？"

七

我睡得很不好。第三天清早起床，告知房东太太说晚上不必等我回来，背起行囊就出发，步行上山，沿着流经勒城的小河向上游走去。这群山是名叫狗脊山脉的支脉，从地质学方面考察，是很有意思的。它们特别是以玄武岩层的构造整齐和质地纯净著称，但我无意做地质学的考察。我心头发生了什么事，我还说不清，但有一种感觉是清楚的：不想和加庚兄妹见面。我说服自己，对他们产生反感的唯一原因是责怪他们不老实。有谁强迫他们冒充同胞兄妹呢？我尽力不去想他们，不慌不忙漫步于山间谷底，在乡村小店里一坐就是老半天，跟过往行人和掌柜闲聊，或者躺在晒热的石板上，仰望浮云来去，多亏天气好得很。如此这般，我消磨了三天，并非毫无乐趣——虽然心头不时隐隐作痛。我的思想情绪跟那里和谐宁静的自然景色正好合拍。

天赐良机，静观其妙，我心身似有所悟。诸般景象从容变换，纳入我心头，三天来所见、所闻、所感，最终汇合成一个总的感受。林间树脂异香扑鼻，啄木鸟啄剥有声，然后尖声叫唤；小溪潺潺，不断呢喃细语，水清见底，斑驳的小青蛙出没其间；山峦不太峻峭，岩石森然；整洁的村庄历历在目，古老的教堂令人骤起虔敬之心；几只白鹭觅食于水草丛中，风车当空，轮叶缓缓转动，看了乡亲们一个个面色开朗朴实，穿着蓝坎肩和灰长袜，大车套上肥马或黄牛，慢慢吞吞地走，令人心尖舒坦，吱吱呀呀；大道上时有徒步旅人往来，一个个留着齐肩的长发，道旁栽种了苹果和梨树，枝叶繁茂，浓荫匝地……时至今日，回想起当年种种印象，心头还是非常惬意。祝福你，德国土地上那小小的一隅，你丰衣足食，并不稀奇，全靠一双勤劳的手，全靠耐心从容的劳动，祝福你，祝你赢得和平！第三天傍晚我才回家。我忘了说，由于对加庚兄妹深感遗憾，我试图复活那位狠心的寡妇在我心目中的形象，但这个企图失算了。我记得，有一次我正开始想她的时候，我看到眼前站了个五岁的乡下小女孩，圆乎乎的小脸蛋，瞪着天真的小眼睛，她天真无邪地望着我……她纯洁的眼光令我内疚，我不愿在她面前自欺欺人，于是彻底告别了曾经的爱人。

回到家，我看到加庚给我留的便条。他对我出乎意外的外出感到非常吃惊，抱怨我不带他一起去，并且叫我一回家就马上去他那里。我很生气地读了这张字条，可第二天我还是到勒城去了。

八

加庚热情地款待了我，又不停地责备我。可是，阿霞好像有意的一样，一看见我便就没来由地笑了起来，然后像往常一样跑开了。加庚有点尴尬，看着她离开，低声说她是疯子，请我不要见怪。说实话，我对阿霞感到很失望，更何况我本来心情就不好，现在又碰到了这古怪的举动和不自然的大笑。可是，我装作一点也不介意的样子，然后向加庚详细说明了我这回短期旅行一路的感受。他对我说了我不在的时候他都干了些什么。但我们话不投机。阿霞走进房里又走出去。我终于说，我有急事，该回去了。加庚先是希望我留下来，过后看了看我，说要送我离开，走到前厅，阿霞忽然跑到我面前，向我伸出手来，我轻轻握了握她的手指，微微点头鞠躬。我和加庚渡过莱茵河，经过白蜡树下圣母雕像旁，便在长凳上坐下，观赏景色。我和他之间进行了一场不平常的谈话。一开始的时候我们短短交谈了几句，然后都不作声了，望着清澈的河水。

“请您谈谈，”加庚忽然开口，脸上带着他惯常的微笑，“您对阿霞有什么看法？您觉得她有点儿怪，是不是？”

“不错。”我回答，心里并非没有犹豫。我没有料到他会谈起她。

“要责备她就得先好好了解她，”他说，“她心地非常善良，可头脑爱出花样。跟她相处很困难。不过，要是您了解她的身世，您就不会责怪她了。”

“她的身世……”我打断他的话，问，“她不是您的……”

加庚瞟我一眼。

“难道您以为她不是我妹妹吗？不！”他不顾我的窘态说下去，“她的确是我妹妹，她是我父亲的女儿。您听我说下去。我信任您，我要把一切都告诉您。

“我父亲是个十分善良、聪明、受过良好教育的人，但是非常不幸，命运对他并不比对待许多别的人更坏。第一个打击他就受不了。他结婚很早，是恋爱结婚。他妻子，我母亲，很早就去世了。她死的时候我才六个月。父亲把我带到乡下，整整十二年他哪里也不去。他亲自教育我。要不是他的弟弟，我的亲叔叔下乡来看我们，父亲和我是会永远不分离的。我叔叔长期住在彼得堡，担任非常重要的职务。他劝我父亲把我交给他照管，因为父亲无论如何不肯离开乡下。叔叔劝告他，说是像我这个年龄的男孩子与世隔绝，是有害的，跟随像我父亲那样整天郁郁寡欢沉默寡言的老师，我一定会大大落后于我的同龄人，我的习性也很容易被扭曲。父亲久久不肯听从他弟弟的劝告，但终于还是让步了。跟父亲告别，我哭了，虽说我从未见过他脸上有过一丝微笑，但我爱他。可是，到彼得堡，我便很快将那个阴郁寡欢的巢穴忘得一干二净。我进了士官生学堂，毕业后，入了近卫军团。每年我回乡下住几个星期，发觉父亲一年比一年变得更加忧郁、更内向、更瞻前顾后，以至于到了胆小怕事的地步。他每天进教堂，几乎不会说话了。有一次我回乡下(那时我二十岁出头)，我第一次在家里看到一个瘦瘦的黑眼睛的十来岁的小女孩，名叫阿霞。父亲告诉我，她是个孤儿，他领来抚养——他就是这么说的。我没有特别注意她，她很怕生，也很机灵，不说话，像只小野兽。每当我走进父亲喜爱的那个大房间——母亲在其中过世，阴森森的，白天也点上蜡烛，阿霞便立即躲闪开去，藏到靠椅后面或书柜背后。往后三四年，由于公务缠身，我不曾去乡下。每个月我收到父亲一封短信，信中很少提到阿霞，要提也只带上一笔。他已经五十开外，但看上去还很年轻。因此，您可以想象我是何等惊恐：忽然我收到管家的信，告知父亲病危，如若再想见他一面，我必须赶快回去。对此我毫无思想准备。我昼夜兼程，到家时父亲还活着，不过已经奄奄一息。见到我，他喜出望外，伸出瘦骨嶙峋的手拥抱我，久久注视着我的眼睛，似担心，似央求；等我答应他最后的要求之后，他吩咐老仆人把阿霞带来。老头儿把她带来了，她几乎站不稳，浑身发抖。

“这就是，”父亲费力地说，“我的女儿，你的妹妹，我交给你了。一切内情，你问雅可夫便知。”他指指那位老仆。

阿霞痛哭，扑倒在床上……再过半小时，父亲死了。

“事情就是这样。阿霞是我父亲跟我母亲以前的贴身女仆达吉雅娜的私生女。我现在还清楚地记得这位达吉雅娜，她身材修长苗条，有一张漂亮、聪明、端庄的脸，黑色的眼睛很大。这个姑娘非常高傲并且难以接近。我从雅可夫恭敬有礼的吞吞吐吐的言谈中得知，父亲在母亲去世几年后跟达吉雅娜发生了关系。那时她已经不住在主人的房子里，而是跟她嫁做人妇的姐姐，一个挤奶妇一起住在茅屋里。父亲对她用情很深，甚至打算正式迎娶她，但她没有答应他的恳求，拒绝做他的妻室。

“已去世的达吉雅娜，”雅可夫站在门槛边反操着手对我说，“样样事情都考虑周全，她不想使令尊为难。她说，我算您什么妻子？我能算个夫人吗？当着我的面，她就是这么说的，少爷！”达吉雅娜甚至不愿搬到我家来住，还是住在她姐姐家里，跟阿霞住在一起。我小时候只是在过节的时候在教堂里看见过她。她头上扎着黑头巾，肩头披着黄色披肩，站在人群中，靠近窗子——她端庄的侧面清晰地反照在明净的窗玻璃上。她虔诚地，谦逊地祈祷，照老派礼仪深深地弯腰低头。叔叔带我离家的时候，阿霞才两岁，她九岁就失去了母亲。

“达吉雅娜一死，父亲就把阿霞接到家里。他早就表示要把她放在身边抚养，但达吉雅娜连这点也拒绝了。请您想想，当把阿霞接到老爷家里的时候，她心头有什么感想？她时至今日仍然不能忘记那一刻：第一次给她穿绸衣、第一次有人吻她的手。她妈妈在世的时候，对她管教很严。而父亲却让她彻底自由。他成了她的教师，除了他，她谁也见不到。他并不娇宠她，就是说，并不亲自照看她。但他热爱她，对她百依百顺：他心里认为对不起她。阿霞很快就懂得，她是家里的主角；她知道了，老爷就是他父亲，但不久她便懂得，她处于十分尴尬的境地。自尊心发展出格，困惑也跟着产生。坏习惯生了根，纯朴天性消逝了。有一次她对我亲口说过：她想要让全世界都忘掉她的出身；她为自己的母亲深感羞愧，为自己而羞愧，又为自己的母亲深感骄傲。您看，过去和现在，她知道得太多了，她这个年纪是不该知道的……难道这是她的过错？年轻的活力在她身上勃发，热血在沸腾，身边又没有一个人加以点拨。各方面她都绝对自由，这种自由谁经受得起？她渴望做得不比别的小姐差，于是拼命读书。结果有什么好处？她的生命开始就不正常，只好继续不正常地发展下去，但她的心灵没有变坏，智力完整无损。

“就这样，我这个二十来岁的小伙子忽然要去照看一个十三岁的小姑娘。父亲去世后的头几天，她一听到我说话的声音就发抖，我的爱抚使她痛苦，后来她才逐渐适应我。的确，后来当她确信我把她认作亲妹妹并且像爱亲妹妹那样爱她以后，她便热情地依恋我了。她的情感是动真格的，绝不半心半意。

“我把她带到彼得堡。跟她分手我很痛苦，但我无论如何绝不能把她带在身边。我让她进了所最好的女子寄宿学校。阿霞懂得我们必须分开，但起初她因此病得几乎死掉。后来她好不容易忍受下来，在寄宿学校度过了四年。可是，跟我的期望相反，四年过去，她还是‘依然故我’。寄宿学校校长常常向我诉苦，处罚她不行，对她好也不起作用，阿霞悟性极强，成绩优异，超越全体同学，但是，她耻于降低到一般水平，我行我素，孤芳自赏，落落寡欢……我不能完全责怪她，因为依她的处境，只能是要么恭顺听话，要么就我行我素，别无选择。所有的女同学中间，只有一个跟她要好，那是个受人欺侮的难看的女孩子，家境寒微。学校里其余的小姐大都是名门闺秀，都不喜欢她，挖苦她无所不用其极。阿霞挺身而出，分毫不让。有一次上神学课，老师谈到罪恶。‘谄媚和胆小，是世界间最坏的罪恶。’阿霞大声说。总之一句话，她继续走她自己的路，只是她的举止有所改善，但这方面进步也不大。终于她满了十七岁，再让她在寄宿学校待下去已经不可能了。我左右为难；忽然，我想出一个好主意：干脆退伍，带她出国，在国外住上一两年。这么想就这么干了。于是，我和她便来到这莱茵河畔，在这里，我绘画，而她，一则瞎胡闹，继续我行我素；现在，我恳请老兄对她不要过分苛求。虽然她装作满不在乎的样子，其实她对别人的意见是重视的，特别是您的意见。”

加庚又油然地微笑，我紧紧握住他的手。

“就这样，”加庚又说，“跟她在一起一定得小心谨慎。她是一桶火药。至今她没有爱恋过任何人，万一她爱上了谁，那可不得了！有的时候，真不知道该拿她怎么办。前几天她忽然异想天开，硬说我待她比以前冷淡了，她说她只爱我一个人，并且这辈子只爱我一个人，一边说还一边哭。”

“原来是这样……”我脱口而出，赶忙闭嘴。

“请告诉我，”我问加庚，我跟他已经可以无话不谈，“难道她没有喜欢的人？在彼得堡她不是遇到过好多年轻人吗？”

“她一个也看不上。不！阿霞要一个英雄，一个伟大优秀的人，或许，要一个画纸上山谷间的牧童。好了，不跟您胡说了，耽搁了您的时间。”他站起身来说。

“听我说，”我说，“咱们上您那儿去吧，我不想回家了。”

“您的急事怎么办？”

我没有说话。加庚会心地笑了一下。于是我们回到城里。又见熟悉的葡萄园和山上粉白的小屋，我心头像吃了蜜一样甜——好像有人把大把的蜂蜜往那里头倒了进去。听了加庚说的话，我心里顿时轻松了。

九

阿霞在大门口迎接我们，我以为又会听到她的欢笑声，但是她迎面走过来的时候脸色苍白，不说话，低低地垂着眼睛。

“他又来了，”加庚说，“你看，是他自己要回来的。”

阿霞困惑地看看我。我朝他伸出了手，这一次，我紧紧地握住了她冰冷的手指。我特别同情她。现在我知道了她身上许多我以前所不理解的东西：她内心骚乱，不善自持，炫耀自己，这一切现在都一清二楚。我体察这个灵魂、发觉潜在的压力始终紧逼着她，但是，她的全心身都向往真理……我明白了，这个古怪的小女孩为什么吸引我。她吸引我，不仅因为她那充盈于纤巧的身躯的近乎野性的魅力，我更喜爱她的心灵。加庚动手翻阅他的画稿。我请阿霞跟我去葡萄园里散步。她当即欣然同意，随我安排。我们下山，到了半山腰，在一块宽石板上坐下。

“不跟我们在一起您不寂寞吗？”我反问。

阿霞从侧面瞥了我一眼。“是的。”她回答，“您去的那些山上好玩吗？”她又往下说，“山高不高？比白云还高吗？把您所看到的那些都讲给我听听吧。您讲给哥哥听了，我一点也没听到。”

“您干吗要走开呢？”我说。

“我是走开了，因为……现在我总没有走开吧，”她说，声音里带着信任的柔情，“您今日生气了。”

“我吗？”

“就是您。”“干吗生气，您想到哪里去了……”

“我不知道，可您是生气了，气冲冲地走了。您那样一走，我很难过。现在您又回来了，我就开心啦。”

“我回来，我也高兴。”

阿霞耸耸肩，就像小孩子得意时经常有的举动。

“啊！我能猜到，”她又说，“过去，爸爸在隔壁房里咳嗽一声，我就能猜到他对我满意不满意。”

这以前，阿霞一次也没有提到过她父亲。我很惊讶。

“您爱您爸爸吗？”我脱口而出，后悔莫及。

她不回答，脸红了。我们两个都不说话。

莱茵河远处一艘轮船冒烟驶过。我们便望着那艘船。

“您怎么不说话啊？”阿霞低声说。

“您今天一看见我就大笑，为什么？”我问。

“我也不知道。有时候我想哭，结果却笑了。我做了什么事，您不该责备我。哎呀！关于罗累莱的故事，是怎么一回事？我顺便问问。您看，那边就是她的岩石吧？据说，她起先把所有的船夫都淹死，后来她爱上一个，自己就投水淹死了。我喜欢这个故事。露易斯太太给我讲各种各样的故事。露易斯太太有一只黑猫，黄眼睛……”阿霞抬起头，摇动鬈发。

“哎哟，我真快活！”她说。

这时，传来若断若续的单调的歌声。几百人齐声歌唱赞美诗，节拍分明。一群香客带着十字架和旌幡在山下的大道上鱼贯前进。

“真想走到他们中间去。”阿霞说，专心倾听着歌声。

“您真那样信神吗？”

“到某个地方去，走得远远的，去祈祷，去干一番艰苦的事业，”她继续说，“要不然，一天天过去，生命也就完了。我们有什么作为呢？”

“您很有抱负，”我说，“您不愿虚度年华，要在身后留下足迹。”

“难道不可能吗？”

“不可能。”我险些说出口来，但我瞥一眼她一双发亮的眼睛，便说：“试试看吧！”

“请告诉我，”阿霞沉默片刻，一道阴影掠过她业已苍白的脸，“您很喜爱那位女士吗？您还记得吗，我们相识的第一天，在废墟上哥哥为她干杯？”

我笑起来：“您哥哥在开玩笑。我没有喜爱过某位女士；至少直到今天我没有喜欢过一位女士。”

“女人身上您喜欢什么？”阿霞将头往后一甩，怀着天真的好奇心问道。“好一个古怪的问题！”我大声说。

阿霞有点窘态。

“我是不是不应该提这样的问题？原谅我，我心直口快。因为这个，我都不敢说话。”

“看上帝的情面，不要害怕，大胆说吧！”我鼓励她，“我很开心，您终于不再逃避我了。”阿霞低垂着眼睛，安静地笑了，我还没有见过她这么笑。

“好了，您给我讲讲吧！”她抚平衣裙，盖在膝头上，似乎想要在这里坐很久，接下去她说，“您就念点什么或者讲点什么吧！您给我们诵读过《奥涅金》的片段……”

她突然像是在思考什么……

如今唯有十字架和树影萧森，
在那儿守护着我可怜的母亲！

她轻轻地说。“普希金不是这么写的。”我指出。“我心甘情愿地做那个达吉雅娜，”她继续思考着，说，“您就讲点什么吧！”她突然活泼了起来。

但是我没有心思说故事。我看她沐浴在阳光里，显得那么安静可爱。周围的一切，都充满了生机，天空、土地、河水以至空气都灿烂光辉。

“您看，多美啊！”我说，情不自禁地说。

“是的，真美！”她也轻轻回答，不看我，“假设我跟您变成两只鸟——我们就会飞起来，振翼翱翔……我们就会出没在这无尽的碧空……可惜我们不是鸟儿。”

“我们会长出翅膀的。”我说。“怎么会呢？”她问。

“您活下去就会知道的。世间有些情感会把咱们从地上高高举起。

别担心，您会长出翅膀的。”

“那么您长过翅膀吗？”

“怎么对您说呢……直到今天我还没有飞过。”

她又陷入沉思。我稍微俯向她。

“您会跳华尔兹舞吗？”她忽然问我。

“会跳。”我回答，有些迷惑不解。“那我们就走，回去吧！我要哥哥弹华尔兹舞曲。我们跳舞，想象在飞，我们都长了翅膀。”

她住家里跑，我跟着她跑。不一会儿，来到小房间里，我和她在兰纳的悦耳的华尔兹舞曲声中翩翩起舞。阿霞的华尔兹舞跳得很美，如醉如痴。她处女的脸上忽然透露女性温柔的魅力。事过好久，我手上仍残留着触摸她柔弱腰肢的感觉；事过好久，她那急促的贴近我的呼吸仍在耳边回响；事过好久，她那鬈发飘绕的苍白而生动的脸上一双黑眼睛半开半闭，好像仍然在我眼前闪烁不定。

十

这一整天过得很好，好到不能再好。我们快快活活，简直像三个孩子。阿霞非常可爱，非常纯朴。加庚望着她，也非常高兴。我回家很晚。船到河中央，我要求船夫让船顺流漂去。老头儿收起桨，大河便托着我们漂荡，环顾四周，听一听，想一想，回忆回忆，我忽然感到心头隐隐不安……抬眼望天——天上也不平静，满天星斗，天宇在运行，在动，在抖，在微微战栗。再低头看看河水。

一会儿，在这黑暗寒冷水流的深远之处，星星更加摇晃，更加抖动。我感到上下四方，无处不是令人不安的骚动的势头——焦虑在我心头滋长。我肘膀撑在船舷上……微风吹过，呼呼地响，船身击水，其声潺潺，都令我心生惶惑，波浪的噼啪声也不能使我心头平静。一只夜莺在河岸上唱起歌来，那歌声甜蜜的毒汁灌进我耳朵，我哭起来，泪水涟涟止不住。这可不是茫无对象的欢乐之泪。我此刻所感到的，不是那种朦胧的，前不久当我敞开胸怀，吐纳万物，觉得世界上一切都了解，一切都可爱的时候所体验到的无所不包的欲念的感受……不！我心头燃起了对幸福的渴望。我还不敢直呼它的名字——但那就是幸福，幸福到顶？我要的就是这个，为之苦恼的也是这个……可是，小舟泛、彼中流，老船夫坐着打盹，脑袋俯靠着双桨。

十一

她，她的命运我极其关注，我为我们意想不到的亲近而心花怒放。我觉得，只是从昨天开始我才认识了她，这以前她一直回避我。这一下，她忽然显露出她的本来面目，那么迷人的光芒照亮了她的形象，对我来说，这是个全新的形象，神秘的魅力羞答答地若隐若现……我走在熟悉的小路上，劲头十足，不停地遥望远处那栋白房子。我不去想未来，也不想过去，心头十分得意。我走进屋里，阿霞脸红了。我发觉，她梳妆打扮过了，但她的神色跟她的装束不大协调。她的神色是忧伤的，而我却快活无比！我甚至觉得，按照她的老脾气，她又打算跑开了，只不过费力控制住了自己，留了下来。加庚正处于艺术创作高潮和如醉如痴的奇特状态之中——那些未入门径者，每当他们自以为好不容易逮住了大自然的尾巴的时候(用他们的术语)，那种状态就会发作，忽然控制他们。他头发蓬乱，满身油彩，站在画布前，大笔飞舞，恶狠狠地向我点点头，倒退两三步，眯起眼睛端详一番，又专心画他的画去了。我没有打扰他，就在阿霞身旁坐下。她的黑眼睛看着我。

"您今天跟昨天不一样呢？"我想要逗她都没成功，便说了这样的话。

"是，是不一样。"她说，冷静淡定，语言低沉，"没有关系。我昨晚失眠了，整整想了一夜。"

"想什么呢？"

"哎呀，想了好多事情呢！这是我的老习惯了，从我跟妈妈在一起的时候起……"

她艰难地说出"妈妈"这个词，后来又重复了一次。

"当我跟妈妈住在一起的时候……我经常会想象，为什么谁也不知道以后会发生什么呢；有时候明明知道会有困难，但却无济于事：为什么永远都会有谎言？后来我想，我是什么都不知道，应该好好学习。我应该重新接受教育，我没有接受很好的教育。我不会弹钢琴、不会绘画，连女红也很差。我没有一技之长，跟我在一起，是很枯燥乏味的。"

"您对自己太不公平了，"我说，"您读了许多书，您有学问，您很聪明……"

"我聪明？"她怀着天真的好奇心问，我不禁笑起来，而她毫无笑意，"哥哥，我聪明吗？"她问加庚。加庚不回答，继续作画，一支一支倒换画笔，一只手高高举起。

“我自己有时也弄不明白，我脑子转什么念头，”阿霞继续说，若有所思，“有时我害怕我自己，天哪！唉，我真想……”

“据说女人不应该读书太多，是吗？”

“是不该太多，不过……”

“告诉我，我该读些什么书？告诉我，我该做些什么事？您说的，我都要做到。”她怀着天真的信赖对我说，我真不知怎么回答她。

“您跟我在一起不觉得枯燥乏味吗？”

“怎么会呢！”我说。

“啊，谢谢您！”阿霞说，“我原来以为，您会觉得枯燥的。”

她伸出滚热的小手紧紧握住我的手。

“H！”加庚这时叫起来，“您看这背景是不是太晴了？”

我向他走过去。阿霞起身走开了。

十二

过了一小时，她回来了，站在门口，叫我过去。

“听我说，”她说，“要是我死了，您会可怜我吗？”

“怎么搞的，您想到哪里去了？”我大声说。

“我觉得我快要死了，有时候我以为周围的一切都在跟我告别。这么活着，还不如死掉。唉！别这样看我，真的，我不是装的。要不然，我又会怕您了。”

“以前您真的怕我吗？”

“如果我真的这么古怪，那也不要责怪我，”她说，“您看，我连笑也笑不出来了……”

直到晚上她都愁容满面，心事重重。她身上发生了大变化，我还不了解。她的目光常常滞留在我身上。被这谜样的目光盯着，我的心一下一下紧缩。她外表平和。我看着她，真想对她说，千万别激动。我欣赏着她，我发觉她惨白的面容和举棋不定的缓缓的举止之中自有动人心弦的魅力。而她不知为什么竟以为我情绪低沉。

“听我说，”我临走前不久她对我说，“我以为您把我当成一个轻佻的女人，这个念头折磨着我，请您今后永远相信，我对您说的都是真心话，不过也请您对我敞开胸怀。我以后会永远对您说真话，我发誓。”

这个“发誓”又使我不由得好笑。

“哎呀！您不要笑，”她赶快说，“不然的话，我会用您昨日对我说的那句话回敬您，”停了片刻，她又补充说，“昨天您谈到翅膀的话您还记得吗？我已经长了翅膀，但是，飞往哪里呢？”

“别担心，”我说，“您面前有的是路。”

阿霞直勾勾地逼视着我。

“今天您对我的印象很坏。”她说，皱起眉头。“我？对您！印象很坏？”

“怎么你们两个都垂头丧气？”加庚打断我的话，“要不要我弹华尔兹舞曲，像昨天那样？”

“不，不要！”阿霞捏着手说，“今天没有必要。”

“我不勉强您，放心吧！”

“没有必要。”她又说，脸色发白。

“难道她爱上了我？”我心里想，向莱茵河走去，河里黑沉沉的波涛汹涌。

十三

“难道她爱上了我？”第二天我一醒来就问自己。我不愿看自己的内心。我觉得，她的形象，“有着绷紧的笑容的少女”的形象业已挤进我的心坎，我难以很快摆脱她。我去了勒城，在那里待了一整天。但阿霞只露了一下面。她生病了，头疼。她下来待了一会儿，包着额头，一脸惨白，人也消瘦了，眼睁不开，她有气无力地笑笑，说道：“会过去的，没有关系，一切都会过去的，是不是？”说完就走了。我感到寂寞，心里不踏实，但我久久不想离去，很晚才回家，没有再见她一面。

第二天早上在朦胧如梦的状态中度过。我想动手做点什么，什么都不想什么都不干……连这点也办不到。我满城晃荡。

“您是H先生吗？”身后传来了小孩的声音。我回头一看，面前站着一个小男孩。“这是安奈特小姐给您的。”他这么说，递给我一张字条。

展开字条，我认出阿霞潦草的难看的笔迹。

“我一定要见你，”她写道，“今天下午四点的时候请来废墟附近大道旁石砌小教堂。我犯错了……看在上帝的分上，您要来，来了您会知悉一切……对来人说一声‘是’就可以。”

“有回信吗？”小孩问。

“你就说‘是’吧。”我回答。小孩跑开了。

十四

回到房间，坐下来思考。我的心快要跳出来了。我一遍又一遍地阅读阿霞的字条。我看看表：还不到十二点，门打开，加庚走进来。

他看起来脸色不好。他紧紧地抓住了我的手。他显得非常激动。

“您怎么啦？”我问。加庚拖过一把椅子，坐在了我的对面。

他笑得很勉强，犹豫地说：“我告诉您的故事让您吃惊，今天我会让您更吃惊的。要是对别人，我一定不敢……不敢开诚布公……而您是个伟大的人，您是我的朋友，是吗？请听我说：我妹妹，阿霞，爱上了您。”

我全身战栗，站了起来。

“您妹妹，您是说……”

“对，对，”加庚打断我的话，“我告诉您，她发疯了，也会逼得我发疯。可是，幸好她不会撒谎，她信任我。唉！这个女孩子，有颗怎样的心灵啊！她会把自己毁掉，毫无疑问。”

“您弄错了吧！”我说。

“不，准没错。您知道，昨天她差不多躺了一整天，什么也不吃，但也没有说哪儿不舒服……她有病从来不说。今日凌晨两点，房东太太把我叫醒，说去看看您妹妹，她好像是病了。我跑到阿霞跟前，见她没脱衣服，发高烧，满脸泪痕，额头很烫，牙齿打磕。‘你怎么啦？病了？’我问。她扑过来一把抱住我的脖子，央求我带她赶快离开这儿，如果我希望她还活下去的话……我莫名其妙，尽力安慰她……她哭得更厉害了……忽然，透过呜咽之声，我听出来了……唉，一句话，我听出了她爱上了您。我相信您，您和我都是有理智的人，我们简直无法想象，她的情感多么深厚，并且这情感以怎样不可思议的强力在她身上表现出来。突如其来，势不可挡，真是迅雷不及掩耳。您是位非常可爱的人，”加庚继续说下去，“可是，她为什么这么爱您。这点，坦白说，我实在不明白。她说，她对您一见钟情。因此，前几天她哭诉着向我保证，除了我，她谁也不愿爱。她以为，您瞧不起她，您一定已经知道了她是什么样的人，她问我有没有把她的身世告诉您。我当然说没有，但是她敏感得要命。她只希望离开这里，立刻离开。我陪她坐到早晨，她要我答应她，今天就离开这里，我答应了，她才入睡。我考虑再三，这才决定找您谈谈。我以为，阿霞是对的，最好的办法，就是我和她赶快离开这里，要不是我脑子里冒出一个念头阻止了我，我今天就一定带她走。有可能……谁知道呢？——您喜欢我妹妹。要是那样，我又何必带她走呢？我这就下定决心，厚着脸皮……况且我好像也有所觉察……我毅然决然来找您探问……”可怜的加庚语无伦次了，“请您原谅。”他再补上一句，“我真不会处理这种伤透脑筋的事情。”

我握住他的手。

“您是想知道，”我坚定地说，“我是不是喜欢您妹妹？是，我喜欢她……”

加庚看我一眼。“可是，”他迟疑地说，“您是不会跟她结婚的吧？”

“叫我怎么回答您这个问题呢？您想想，我能够现在就……”

“我知道，我知道，”加庚打断我的话，“我无权要求您回答我这个问题，这是非常失礼的……但叫我怎么办？玩火是不行的。您还不了解阿霞，她真的会生病、逃跑、找您幽会……换了别的女孩子会不动声色，耐心等待，她可不是那种人。这是她平生第一次——这就更糟！要是您看到她今日扑倒在我膝下痛苦的情景，您就会理解我的苦衷。”

我暗自思忖。加庚说的“找您幽会”这句话正刺中我心窝。我觉得，不以坦率来回报他真诚的坦率，那是可耻的。

“对，”我终于说，“您猜对了，一小时以前我收到您妹妹的一张字条。请看！”

加庚接过字条，匆匆浏览一遍，两手颓然垂膝。他脸上吃惊的神色十分可笑，但我已无心去笑了。

“我再说一遍，您是个高尚的人，”他说，“但现在该怎么办？怎么办？她自己提出要走，可为什么又要给您写信，责备自己犯了错……她怎么会有时间写信呢？她想从您这里获得什么东西？”我劝他不要着急，我们应该冷静考虑应该采取什么应对措施。

我们最后商量出了结果：为了避免出事，我应当去赴约，向阿霞诚心诚意地说明；加庚必须坐在家里，假装什么也不知道关于这封信的事情；晚上我们再商量。“我把自己交给您了。”加庚说，紧握我的手，“原谅她，也原谅我，而我们明天一定会离开。”他站起来，又说，“我觉得您是不会跟阿霞结婚的。”

“给我一点时间，晚上我们再商量。”我说。

“没问题，可您是不会跟她结婚的。”

他走了。我倒在沙发上闭目养神。我头昏脑涨，印象纷至沓来，一下子塞进了脑子里。我埋怨加庚太诚实了，也抱怨阿霞：她的爱让我很快乐，也使我感到不安。我不知道，是什么道理使她把一个哥哥急得火烧眉毛，得争分夺秒，马上做出决定。“胆战心惊地跟她那种脾气的十七岁的小女孩结婚，这怎么可能？”我站起身来说道。

十五

快到约定的时候，我渡过莱茵河，遇到的第一个人、就站在河对岸迎着我的，便是早上给我送字条的那个小男孩，看来他是来接我的。

“安奈特小姐给您的。”他低声说，又递给了我一张字条。

阿霞通知我约会的地点做了改变，要我一个半小时以后不去小教堂，而是上露易斯太太家里。

“还是说‘是’吗？”我问小孩。

我说好的，沿莱茵河岸走了过去。

“你看，你看，”坐在那儿的一位红脸肥胖公民说，“我们的汉卿今天很伤心，未婚夫当兵去了。”

我看看她：她龟缩在角落里，手托腮帮，泪珠儿沿着手指头一滴一滴往下滴。有人叫啤酒，她便端一杯送上，又归原位。她的哀愁影响了我；我便思考等着我的约会，但我的脑子充满焦虑，并不快活。如约赴会，我心头并不轻松，面临的并非互相热恋的大欢乐，我必须履行诺言，完成十分困难的任务。

“跟她玩火是不行的”——加庚这句话，像一支利箭，穿透我的心胸。可是，三天前，坐这同一条小船随波逐流，我不是苦苦渴望过幸福吗？而今，幸福就在眼前，但我却动摇狐疑，推开它，不得不将它狠心推开，一掌推得远远的……幸福来得好快！我心乱如麻，应付不了！阿霞本人，伴随着她那一团火一样的脑袋瓜，她的身世，她的学识，这一切都令人心醉，但同时她又是个怪物——坦白说，我怕她。两种情感久久在我心里搏斗。约会的时间快到了。

“我不能够跟她结婚，”我终于断然下定决心，“她还不知道，我也爱上了她。”

我站起身，放了一个银币在可怜的汉卿的手掌心，甚至没等她说一声“谢谢”，便上露易斯太太家。夜色已经笼罩四野，昏暗的街道上一条狭窄的天空，晚霞反照，红艳艳地耀眼。我轻轻敲门，门打开。我跨过门槛，觉得周遭一团黑。

“请走这边！”听见老太太的声音说，“正等您哩！”

我伸腿试探着走了两步。一只瘦瘦的手抓住我的手。

“您就是露易斯太太吗？”我问。

“是我，”同一个声音回话，“是我，我的漂亮的小伙子。”

老太太领我上楼，沿陡峻的楼梯登上去，在三楼楼梯停下。小窗射过来的烛光微弱，我看见这位镇长遗孀布满皱纹的脸。讨好的微笑过分甜腻，弄得她那张瘪嘴更瘪，弄得她昏暗的小眼睛眯成一条缝。她对我指指一扇小门。我的手发抖，打开门，随手砰地关上。

十六

我进去的那间小房很黑，因而我一时没有看见阿霞。她裹着一条大披肩，坐在窗前的椅子上，她扭过头去，好像要把头藏起来，就像只惊魂不定的小鸟。她呼吸急促，浑身发抖。我真有点可怜她。我走到她面前。

“安娜尼古拉耶夫娜！”我说。

她忽然挺直身子，想要抬头看我一眼——她办不到。我抓住她一只手，手冰凉，像死的一样，在我的手心里。

“我希望……”她说话了，使劲想笑，但嘴唇却失去了控制，“我想……不！我怎么能够……”她口里犹豫地说着。真的，她每说一句话就停顿了。我就坐在她的身旁。

“安娜尼古拉耶夫娜。”我又说了一遍，其他的也不知道说什么。

沉默。僵住了。我继续抓住她的手，望着她。她还是蜷缩在一起，艰难地呼吸着，使劲咬住下嘴唇，控制自己的哭泣，眼泪似乎马上就要流出来了……我望着她：她那胆战心惊、一动不动的姿态，显得那么楚楚可怜，隐隐让人动心，好像她已经累极了，使劲全身力气才走到椅子旁边；一屁股坐下去就不起来了。我心软了。

“阿霞！”我说，声音轻得几乎听不见。她慢慢抬起眼睛看我。哎哟！热恋中的女人，那双眼睛，天下没有人能够描述。这双眼睛啊，似恳求，似信赖，似探问，好像把整个生命一股脑儿全都交给了你！这铺天盖地而来的诱惑，我无法抗拒，无力承受。好像一根根烧红的针尖扎遍我全身，心头隐隐着火；我弯下腰吻她的手。

忽听得轻轻抖动的声音，像是一声骤然的叹息，我感觉到一只颤抖的手像是秋风中的落叶似的轻轻抚摸我的头发。我抬头，看到了她的脸。这张脸瞬间完全变了！惊恐的神色一扫而光，眼神好像遥望远方并招引我而去，嘴唇微微张开，额头白得像云石，鬈发飞扬，好似迎面有

“不在家。”

“她没有回来过？”

“没有。都怪我。”加庚说，“我忍不住了。我违背我们的诺言上小教堂去过；她不在那里。这么说，她没有去？”

“她没有去小教堂。”

“您也没有见到她？”

我只得承认看到了她。

“在哪里？”

“在露易斯太太家里。一小时以前我才跟她分手。我以为她回家了。”

“再等等看吧！”加庚说。

我们走进屋里，挨着坐下，都不开口。我们两个都很尴尬。我们不住地回过头看看门口，竖起耳朵听。最后加庚站起来。

“这真不像话！”他叫起来，“我真心烦，一团乱麻。她要了我的命！……好了，我们去找她。”

我们走出门。外面完全黑了。

“您到底跟她说了些什么？”加庚问我，把帽子拉了拉。

“我跟她见面总共不到五分钟。”我回答，“我是按照我们事先商量好的话跟她说的。”

“我看这么办吧，”他说，“我们最好分头去找，这样我们可能会更快碰上她。不管怎么样，一小时以后您到这儿来。”

十九

我飞快从葡萄园下山，直奔城内。我急匆匆走遍所有街道，到处张望，连露易斯太太的小窗子也没放过，然后走到莱茵河畔，沿河岸一路跑过去。时有女人的身影闪过，但不见阿霞。此刻已经谈不上垂头丧气了，简直是心惊肉跳，隐隐的恐怖折磨着我，也不单纯是恐怖……不！我深感后悔和怜悯，火烧肉痛，还有爱情——对！是爱情，最温柔的爱情。我绞痛自己的手，我呼唤阿霞，暮色苍茫，我先是轻轻地喊着她的名字，后来声音越来越大；我重复了上百遍，说我爱她，发誓跟她永不分离，只要能再次握住她冰凉的手，只要能再次听到她微弱的声音，只要能再次看见她站在我面前，我会把世间的一切全都抛弃，心甘情愿……她对我本来那么亲近……她毅然决然，对我天真信赖，全心全意，热情如火，向我献出尚未触动的青春……而我也曾把她搂过来紧贴我胸口，我已经丧失了那幸福的时刻，已经无缘再次看到她那有如鲜花盛开洋溢着由衷的狂喜之情的面庞了！这样一想，真要使我发疯！“她上哪儿去了？会不会寻短见？”我绝望了，束手无策，高声喊叫。忽然，河水边有个白东西一闪。我知道那个地方，那儿，有个七十年前淹死的人的荒冢，一个十字架埋在土里，上面刻了古老的碑文。我的心凉了半截……我跑到十字架前；白色身影不见。我大叫一声：“阿霞！”我粗野的叫声吓了我一跳，但没有人答应。

我决定去看看加庚有没有找到她。

二十

我沿着葡萄园的小径赶快往上爬，看见阿霞房里有灯光。我稍微放心了。我走到屋前，下层的大门关着，我敲门。楼下那扇没亮灯光的窗子悄悄打开来，我看到了加庚的头。

“找到了没有？”我问他。

“她回来了，”他轻轻地回答我，“她在自己房里，正在脱衣服呢，像往常一样。”

“谢天谢地！”我心里的石头终于落地了，“谢天谢地！一切都没事了。可您要知道，我跟她应该再说点什么。”

“以后再谈吧，”加庚说，轻轻地向后拉着桌子，“以后再谈，现在应该分手了。”

“明天见，”我说，“明天一切都会有结果的。”

“再见。”加庚又说，关上窗子。

我差点要去敲窗子。我想马上告诉加庚，我要向他妹妹求婚。但这个时候就这样去求婚，未免……“那就明天好了。”我想，“明天我就是幸福的……”

明天我就幸福了！又有谁知道呢，幸福没有明天，幸福也没有昨天，幸福忘却过去，幸福不盼望未来，幸福只确认现在——就在今天，并且还不到一整天，只在此时此刻，一瞬间。

我记不得是怎么回到勒城的。不是两条腿走回去的，不是小船载我回去，而是长了两扇雄健宽广的翅膀，腾空飞起，载我飞回去的。我走过灌木丛，那里有只夜莺在叫，我站住听了好久：我以为，她正歌唱我的爱情和我的幸福。

二十一

第二天早晨，我走近那栋熟悉的房子，一见那景象，为之愕然。一个个窗户洞开，大门也开着，门前纸屑随风飘舞。一个女仆手拿扫帚在门口露面了。

我走近她。

“他们走了！”我还没有来得及问加庚在不在家，她就冒冒失失地说。

“都走了吗？”我说，“怎么就走了，上哪儿了？”

“一清早就走了，六点，没有说去哪儿。等一等，您好像就是H先生吧？”

“我就是H先生。”

“有封给您的信在房东太太那儿。”女仆上楼去了，手里拿了一封信回来，“这就是。”

“这不可能……怎么会这样？”我嘀咕。

女仆木然地看我一眼，动手扫地。

我拆开信。信是加庚写给我的，阿霞没有写一个字。信的开头，加庚请求我不要因为他忽然不辞而别而生他的气；他相信，我经过深思熟虑以后定会赞同他的决定。考虑到将变得更棘手和危险的处境，他没有别的出路。“昨天晚上，”他信中写道，“当您和我默默坐着等阿霞的时候，我终于坚信，我们非离开不可了。我尊重某些先入为主的偏见，我明白您不会跟阿霞结婚的。她把一切都告诉了我。为了使她安心，我只得对她再三坚决地要求让步。”信的末尾，他对我们的交往如此短促就结束表示遗憾，他祝愿我幸福，友好地握我的手，并恳请我不要去找他们。

“什么叫先入为主的偏见？”我叫起来，好像他真能听到，“简直是胡说！是谁给他这个权力把她从我身边夺走？”我两手抱头。女仆高声叫房东太太，她的惊慌使我清醒过来。我脑子里冒出一个念头：去找他们，走遍天涯也值得。承受这个打击，跟这种结局妥协，是不可能的。我从房东太太那里得知，他们早上六点乘坐轮船去莱茵河下游。我赶到售票处，那里的人告诉我，他们买了去科隆的船票。我回到家里，打算收拾行囊就出发，乘船去追赶他们，我顺路走过露易斯太太家……忽然听到有人叫我。我抬头一望，见到昨晚我跟阿霞会面的那房间的窗口露出镇长遗孀的脸。她对我笑，笑得令人生厌，她向我打招呼。我转过身，想走开。但她在后面叫，说是有件东西要交给我。听了这话，我站住，进了她家。见到那同一个房间，感想如何，怎能表达？

“老实说，”老太太说，交给我一张小条子，“本应当等您主动来取，我才交给您。不过，您是这么一个漂亮的小伙子。拿去吧！”

我接过字条。

小字条上写了如下的话，铅笔草草写就：别了，今后我跟您不会再见面了。我走了。并非因为我高傲——不！我别无选择。昨晚当我在您面前痛哭，当时您要是说出一个字，只要一个字，我就肯定留下。您没有说出这个字。可见这样更好……永别了！那个字，我没说……咳！蠢材！那个字……昨晚我眼泪汪汪重复了千百遍，我站立荒野面对长风号叫……但我不曾对她说，没有对她说我爱她……当时我不能说出这个字眼。当我跟她在那间要命的小房间里见面的时候，我心头还没有清楚地意识到我的爱情；当我跟她哥哥默默无言乖乖地坐着十万火急等着她的时候，还没有意识到那就是爱情；当我因为害怕她想不开而胆战心惊，使劲寻找的时候，才知道那就是不可阻挡的爱情……但是，已经太晚了！

“这怎么可能！”有人对我这样说，我也不知道，到底可能不可能，我只知道，那是事实。如果阿霞有半点卖弄风情之意，如果她的处境不是那么难堪，她是会留在这里的。她不能忍受别的任何女孩能够忍受的压力，这一点我不懂得。当我在加庚湖南的小窗前跟他见最后一次面的时候，我心中的阴暗阻挡我将说到嘴边的话吐出来，这样的话，能够抓住的唯一一根细线，我亲手给摧毁了。再后悔也来不及了！这一天，我收拾行李回到了勒城，立刻乘船去科隆。我记得，轮船起锚了，我慢慢跟永远铭记在内心深处的一条条街道、一处处地方告别，在这个时候，我看见了汉卿。她坐在河边一条板凳上。她的脸色惨白，但没有伤心，一个漂亮的小伙子站在她身旁，说说笑笑。莱茵河对岸，我的那座圣母小雕像依然在白蜡树下绿荫丛中悲惨地凝视这个大千世界。

二十二

到了科隆，我打听到了加庚兄妹的行踪，他们去伦敦了。我又追踪前往，但是到了伦敦，我努力搜寻，竟毫无结果。我不死心，久久执拗地多方探寻，终于我只好不存指望了。

我从此再也没见过他们——再也没见过阿霞。有时也听到关于他真假莫辨的传闻，但对于我来说，阿霞却永远消失了。她是否活着，我也不得而知。前几年有一天，在国外一节火车车厢里，我匆促之间看见一位女士，她的脸蛋极其逼真地令我想起那个永志不忘的人……可是我大概是被相貌的相似蒙骗了。在我的记忆之中，阿霞依旧是那个小女孩，她还是在我一生中最美好的岁月里所看到的那副模样，她还是我最后一次看到她倚在矮木靠椅背上的那种姿态。

话说回头，我得承认，我并没有为她伤心太久。我甚至觉得，命运不让我跟阿霞结合，倒是件好事；我暗自庆幸，倘若我有了这个妻子，那就很难谈得上幸福了。那时我还年轻——至于将来，那短暂的、转眼即逝的将来，那时自以为是没有尽头的。

“已经过去的事，难道不能再来一次吗？”我想，“说不定更好更美妙。”后来我又结识了几个女人，但是，阿霞在我心里激起的情感，那如火如荼、温柔深厚的情感，已经绝不再来了。不！世间找不到另一双眼睛可以替代那双一往情深凝视着我的眼睛，世间找不到另一颗心，像她的那颗心那样依偎在我胸前，令人沉醉，跟我心心相印。命里注定我无家无室，孑然一身，做个老单身了此残生算了。我苦苦度过索然寡味的年年岁岁，可是，我至今仍作为圣物珍藏着她的便笺和一朵天竺葵，这朵花儿已经干枯，是她当年从窗口扔给我的。这朵花，时至今日仍残留着些香气，而那只赠花的手，那同一只我只吻过一次的手，很可能早已化作一抔黄土……而我自己又如何呢？我留下了什么痕迹呢？那些心花怒放而又胆战心惊的日子又留下了什么痕迹呢？那些正待展翅高飞的鸿图大志和憧憬又留下了什么痕迹呢？卑微的花草淡淡的香气超越了一个人的所有欢乐与悲哀——也超越了这个人啊！

前 夜

一

1853年一个酷热的夏日里，在莫斯科河畔一棵高大的菩提树下，两个年轻人舒宾和伯尔森涅夫正在讨论着有关雕像的问题。

“叶琳娜的胸像呢？”伯尔森涅夫问道，“有什么进展吗？”

“没有，我的兄弟，进展不下去了。就是那张脸，也够叫我无计可施。你打眼看过去，那些线条都是那么端正、严肃、纯洁，想着，做成雕像应该不难的。但是，根本就不是那么一回事……就像神话里的珠宝，可望而不可即。你有没有注意到她是怎么样来听人说话的？脸上的神色一点都不动，但是那双眼睛的表情却在不断发生变化，而整个面孔，也就跟着一起改变了。一个雕塑家，特别像我这么个没有才能的雕塑家，对于那样的脸，能有什么办法呢？她真是个不可思议的人……奇怪的人。”沉默一会儿之后，他又补充说。

“是的，她真是个不可思议的姑娘。”伯尔森涅夫也说。

“可她竟然是斯塔霍夫的女儿！要说族系，要说血统，这又从哪儿说起呢？有趣的是，她正是他的女儿，她像他，也像她母亲斯塔霍娃。我从心坎儿里尊敬斯塔霍娃，她是我的恩人；但是，她简直是一只母鸡。叶琳娜是从哪儿得来那么美丽的灵魂的呢？是哪一个点燃了她那心灵的火把的呢？”

两位朋友暂时沉默了。

“前一段时间我又碰见英沙罗夫了。”伯尔森涅夫开始说。

“我约过他到我这儿来，我很想把他介绍给你……和斯塔霍夫家族。”

“英沙罗夫是谁呀？哦，是啦，就是你跟我说过的那个塞尔维亚人，或者保加利亚人？就是那个爱国志士？”

“是的。”

“聪明？……是的。有才能？……我不明白，那可很难说。不是吗？那么，有什么了不起呢？”

“你将来会看见的。但是，现在，我想我们该走了吧。斯塔霍娃或许在等着我们。什么时候了？”

“三点了。咱们走吧。这里太闷热了！这次聊天使我热血沸腾。从前有一段时间你也……我这个艺术家可不是白当的，什么我都注意到的。实话实说吧，你内心深处是不是有了一个女人？”舒宾原本想窥探一下伯尔森涅夫的脸色，但是他却已经背过身子去了，走出菩提树荫了。舒宾紧紧跟在他的身后，开心地迈着他的那双小脚。伯尔森涅夫走起路来十分笨拙，耸着肩膀，脖子也向前伸着。但是，就算是这个样子，看起来，他却比舒宾显得有彬彬有礼得多。

两个青年人走下莫斯科河，顺着河岸走着。

就在这个时候，一个青年女人，戴着宽边草帽，肩膀上扛着一把粉红色的小阳伞，出现在两位朋友走着的小路上。

少女停了下来，向舒宾威吓地挥了挥手，等到两位朋友走近了来，就以响亮的、微带喉音的声音说道：

“怎么啦，先生们，怎么还不来吃饭呢？早都摆好啦。”舒宾说道：“难道是您，娇滴滴的卓娅姑娘，在这么老热的天冒着酷暑出来，亲自来找我们？”

“舒宾，我真会生气啦……叶琳娜原来也跟我一起来的，”她接着说，“但是在花园里就停下来啦。她怕热，但是我就不怕热。来吧。”

两位朋友跟着她，一会儿之后，就来到一家别墅门前了。一座带着粉红色阁楼的木造小住宅立在花园中央，从碧绿的浓荫后面天真地露出头来。卓娅第一个推开园门，跑进花园里去，高声叫道：“我把流浪的人们给找回来啦！”一个脸庞苍白而富于表情的少女从小路旁边的椅子上站了起来，门槛上则出现了一位穿着紫红色绸衣的太太，她用一条细麻布绣花手绢搭在头上遮着阳光，慵懒地、倦怠地微笑了。

二

那位少女是叶琳娜，太太是叶琳娜的母亲斯塔霍娃。舒宾是斯塔霍娃的远房侄子，这段时间居住在婶婶家搞雕塑。叶琳娜的父亲是一个无聊又放纵的家伙，他的不忠使斯塔霍娃大为难过。

“来吧，我们吃午饭去吧。”主妇用怨诉似的声音说，于是，大家来到了餐厅。

吃饭花费了不少的时间，伯尔森涅夫和叶琳娜谈大学生活，谈他自己的计划和希望；舒宾一言不发地听着，做着夸张的贪馋嘴脸。偶尔还对卓娅装出毫无办法的滑稽怪相来，而卓娅，则和先前一样，只是报他以浅笑。吃过饭后，叶琳娜陪着伯尔森涅夫和舒宾到花园里去。

叶琳娜把两位朋友引到了一座刺槐树亭子里，亭子中央有一个小小的木桌，四周则安着椅子。舒宾拿来了一块黏土，开始塑着卓娅的肖像，一面摇着头，一面对自己喃喃着，高声大笑。

“又是他那套老把戏。”望望他的作品之后，叶琳娜说着，转向伯尔森涅夫，和他接着谈吃午饭的时候已经开始的聊天。

“那么，您的志愿就是做个教授吗？”叶琳娜问伯尔森涅夫。

“是的，”他回答说，把通红的手夹在膝间，“这是我多年的梦想。当然，我很清楚，我还差得远，还够不上那么崇高的……我是说，我的造诣还不够。但是，我希望能得到许可，出国去留学；要是有必要，我打算留学三四年，之后……”

他止住了，垂下了眼睑，但是很快又抬起眼睛来，露出困惑的微笑，理了理自己的头发。伯尔森涅夫在和女人聊天的时候，说话就特别缓慢，发音也更不清楚了。

“你想做个历史教授吗？”叶琳娜问。

“是的，或者哲学教授，”他补充说，声音低下来，“要是可能的话。”

“您会完全满足那种地位吗？”叶琳娜又问，把头依着臂肘，直视着他的面孔。

“完全满足，叶琳娜，完全满足的。还有什么比这更高尚的事业呢？啊！只要一想到这样的一种事业，我就充满了欢喜和惶惑……是的，惶惑……惶惑是由于意识到我自己不行。我亲爱的父亲就祝愿过我，要我献身给这样的事业……我永远也不能忘记我的父亲的遗言。”

“您父亲是去年冬天去世的吗？”

“是的，叶琳娜·尼古拉耶芙娜，在腊月间。”

“听说，”叶琳娜接着向下说道，“他留下两部很伟大的遗稿，是真的吗？”

“真的。我的父亲是个很伟大的人。您一定会喜欢他的，叶琳娜·尼古拉耶芙娜。”

“我坚信我会喜欢他的。那部著作的内容是有关什么的呢？”

“只用简单的几句话概括那个内容，叶琳娜·尼古拉耶芙娜，是很困难的呢。我的父亲是一个学识渊博的人，他所用的术语有的时候是让人不太明白的……”

舒宾突然大笑了起来。

“您笑什么？”她严厉地，几乎是冷冷地说。

舒宾停止了笑声。

“得啦，不要生气了，”他停顿了一下，然后说，“确实是我的不对。但是，坦白讲，这是什么情况啊，我的天，在这样的天气，这样的时间里，在这样的大树下。怎么还有心谈这种事情呢？不如谈谈夜莺，谈谈玫瑰，谈谈漂亮的眼睛和清纯的笑颜吧。”

“嗯，还有法国小说和女人的打扮。”叶琳娜接了下去。

“那可不，”舒宾回答说，“要是打扮得漂亮，有什么不可以谈？”

“那可不！但是，万一别人不高兴谈女人的打扮呢？何况您一向自命为自由艺术家，那么，为什么要来妨害别人说话呢？”于是，他向已经塑成一个脑袋的黏土狠命打了一拳，就跑出花亭，径直回到自己的房里去了。

“真是小孩子。”叶琳娜说着，目送着他。

“一位艺术家呢，”伯尔森涅夫默默含笑地说，“所有艺术家都是这样的。人们得谅解他们的任性。那是他们的特权。”

“是的，”叶琳娜回答，“但是，无论从哪一方面看，舒宾还不能说就有权利享受这种特权。直到此刻，他做出了什么成绩吗？让我挽着您的手，我们顺着这林荫路走下去吧。他把我们的聊天都扰乱了。我们刚才谈的，是您父亲的著作。”

伯尔森涅夫挽住叶琳娜的手臂，傍着她走过花园，但是，那中途夭折的聊天却再也不能复活了。伯尔森涅夫于是又从头开始叙述他对于教授的事业和自己的前途的意见。他傍着叶琳娜慢慢走着，笨拙地移动着自己的身体，笨拙地挽着她的手臂，有的时候自己的肩甚至碰上了她的肩头，但是，她一次也不看他。他的话比较流畅，谈得简单、明确，而他的眼睛，当它们徐缓地掠过树干、沙路和草叶的时候，也闪烁着从崇高的心情所生出的宁谧的感动，他的沉静的声音，也显示着一种在所爱的人眼前倾吐了自己的积愫的喜悦。

叶琳娜非常关切地听着，微微侧身向他，一直注视着他的面孔，这张面孔此刻已经稍显苍白。她也注视着他的眼睛，这眼睛，现在也变得温柔而且亲切了，虽然它们闪避着她的视线。她的心渐渐打开了，一种温柔、公正、可爱的情感，好像陷入了她的内心，又似乎正从她的心底萌芽。

三

晚上的时候，伯尔森涅夫离开了叶琳娜的家，独自踏上归家的路途。

夜是温暖的，异样的静寂，似乎宇宙万物都在聆听着，期待着。而伯尔森涅夫，被包围在这无边的静夜里，就不自觉地站住了。他也开始聆听，期待。从近处的树梢不时有轻微的飒飒声传来，在伯尔森涅夫的内心深处唤起一种似甜而又似难受的感觉，近于恐怖。

他的面颊感觉着微微的痉挛，一丝眼泪使他的眼睛感觉着寒凉：他宁愿完全无声地走过，在黑暗中蹑足摸索。一阵冷风突然从侧面向他袭来——他微微抖了一下，于是，悚然伫立。但是，当他一想起叶琳娜，所有这些瞬间的感觉就马上消逝了，所留下的只是由暗夜的清静和夜行的寂寞所产生的新鲜的印象；而一个少女的面影就出现在他的整个灵魂里来了。伯尔森涅夫低头前行，回忆着她的话语、她的询问。突然，他觉得在他身后传来急促的脚步声。他聆听着：是有谁在他身后奔跑，追赶他；他听见喘息的声音，猛然间，从一株大树的一团黑影中间，舒宾突然出现在他的眼前了，蓬乱的发上不曾戴帽子，面孔在月光下面显得异常苍白。

“我很开心你也走这条路，”他喘着粗气说道，“要是我赶不上你，我会整晚都失眠的。把你的手伸给我。你这是要回家去吗？”

“是的。”

“我今天真是太傻了，是不是？”突然，舒宾问。

“坦白讲，是的。我一点也不了解你。我从没有见过你那个样子。你到底因为什么而生气呢，呃？那都只是一些小事啊！”

“哼，”舒宾喃喃道，“你认为是小事吧？但是，对于我来说，才不是小事呢。你看，”他接着说道，“我必须要告诉你，我……随便你把我想作个什么吧……我……啊，我爱着叶琳娜！”

“你爱着叶琳娜！”伯尔森涅夫重复说，突然停下脚步。

“肯定的，”舒宾装出一点也不在乎的样子，接着说，“那你惊讶吗？我还要告诉你：一直到今天晚上为止，我还奢望着，或许，有一天她会爱上我。但是，今天，我看清楚了：我已经没有希望了。她已经喜欢上了别人。”

“别人？谁？”

“谁？就是你呀！”舒宾喊道，拍了拍伯尔森涅夫的肩膀。

伯尔森涅夫倒退一步，站住了。舒宾目光炯炯地注视着他。

“那又叫你吃惊吗？你是个老成的青年。但是她就爱你……请你放心好啦！”

“你净扯些多么无稽的话呀！”终于，伯尔森涅夫以一种困恼的神情抗议了。

“不，一点儿也不无稽。我认识她，就算没有多久，难道我还不清楚她？我不会错的。你这种人就正合她的心意。第一，在她看来，像我这样的青年到底太轻浮啦，但是你呢，你却是个老成持重的人，无论在心理上，在生理上，都是规规矩矩的角色，你就是天生的忠厚热忱，真正典型的科掌祭司，那种人——啊，不是那种人，是那种性格——就正是俄国中层贵族公正地引以自豪的呀。第二，有一天，叶琳娜撞见我在吻卓娅的手膀儿。”

“肩膀儿？”

“哼，不错，肩膀儿、手膀儿，不全都一样？这种不检点的行为，在饭后给叶琳娜撞见了，恰好就在饭前我还当着她的面骂过卓娅呢。真不幸，叶琳娜竟不懂得这种矛盾该有多么自然。就在这个节骨眼上，你就上场来啦。这么一来，你就成了胜利者啦，只苦了我这可怜的倒霉鬼，尽管在别人眼前装丑角，但是……终归……”舒宾突然迸出眼泪来，转过身去，坐在地上，抓住自己的头发。

伯尔森涅夫走到他身边。

“舒宾，”他开始说道，“你这该多么孩子气！真的！你今儿是怎么回事？上帝才明白你那脑袋里装进了什么样的糊涂思想，你还哭呢！坦白讲，我倒不相信你不是在装。”

舒宾抬起头来。在月光下面，他颊上的泪珠确实在闪烁，但是，脸上却浮着一抹微笑。

“伯尔森涅夫，”他说道，“随便你把我想做个什么吧。我甚至可以承认我此刻确实有点儿歇斯底里，但是，上帝见证，我爱着叶琳娜，叶琳娜却爱你。”

同时，叶琳娜则已回到自己的卧室，坐在开着的窗前，把手托在手上。每晚，在自己的卧室里，凭窗坐上一刻时光，这已成了她的习惯。每当这个时候，她就自己对自己默省着，将过去的一日省察一遍。只在没过多久以前她才满了二十岁。她身材修长，面色苍白带暗，弯弯的眉毛下面闪着一对灰白的大眼睛，眼周略有细小的雀斑，前额和鼻子全都端正，嘴唇紧闭，下颏稍显尖削。栗色的发辫低垂在她的纤细的脖子上。

她是很奇怪地成长起来的；在最初，她崇拜她的父亲，其后，则热烈地依恋母亲，而最后，则对于父母都变冷淡了，特别对于父亲。近年来，她对待母亲就像对待一个病弱的祖母。而她的父亲，在她幼年，当她被称赞为杰出的孩子的时候，他也曾以她为自己的骄傲，及至她成长起来，他却慢慢地害怕她了，甚至称她为一个狂热的共和党人，天明白是学的谁的样！软弱使她反感，愚昧令她愤怒，而欺骗，则是从永远到永远，她也不可饶恕的；她的严格是超乎一切的，甚至在祈祷时，她也不止一次地夹杂着呵斥责怪。一个人一旦失去了她的尊敬，那人在她内心深处就永远不再存在了。全部的印象全都深深地陷入她的心底，人生对于她，是绝不能儿戏的。

叶琳娜的家庭女教师给她培养了读书的兴趣，但是，仅仅读，是不能满足这位姑娘的。儿时起，她就渴望着行动，积极的善行；频发的、饥饿的、病弱的人们，使她思念，使她不安，使她烦恼；她经常梦见他们，也向她认识的全部人询问和他们有关的事情；她真心真意地布施，感到莫名的庄严，甚至悸动的情绪。

时光流逝，年复一年；悄悄地，迅速地，就好像雪下的水，叶琳娜的青春暗暗流淌着，从表面看来，好像是平静无事，但在内心深处，却经历着挣扎和不安。她没有朋友，所有到斯塔霍夫家来的女孩子，她和她们一个也说不上话。父母的威严从来也没有使叶琳娜感到压力，到十六岁，她就几乎完全独立了。她开始过着她一个人的生活，但是，是非常寂寞孤独的生活啊！她的灵魂在寂寞里燃烧，而火焰又在寂寞里熄灭；她像笼中的鸟儿似的苦斗着，而笼，其实是没有的：没有人压迫她，也没有人拘束她，但是，在内心深处，她却感到烦恼和苦闷。有的时候，她连自己对自己也不能了解了，甚至对自己也感到害怕。在她周围的一切，她觉得全是无意义的、不可理解的。

“没有爱，怎么能活呢？但是，就没有一个人可以爱！”她想着；而一想到这一点，感到这一点，她又不自觉地感觉恐怖了。

在我们的故事开始的那一天，叶琳娜比往日晚离开窗前。她的思想萦绕着伯尔森涅夫，回忆着她和他所谈的话。她喜欢他，她相信他的感情的温暖和志向的纯洁。在这之前，他从来没有像在那天傍晚那样和她谈过话。

她回忆着他那胆怯的眼神和他的微笑——而她自己也微笑了，于是，陷入了深思，但是，这深思却不再是关于他的了。她通过开着的窗，注视着窗外的黑夜。许久许久，她凝望着那暗黑的、低沉的天空；于是，她站起来，摇摇头，把头发从脸旁甩到脑后，而同时，自己也不明白为什么，把自己的裸露的、冰冷的手臂伸出去，伸向天空，接着，她把手臂垂下来，跪在床边，把脸偎在枕上；尽管在汹涌着的激情以前她竭尽全力想要控制自己，但是，奇异的、不可思议的、燃烧似的热泪，却不由自主地从她的眼里流出来。

四

没过多久，伯尔森涅夫到了莫斯科，找到了好友英沙罗夫。他请求英沙罗夫住到叶琳娜家附近的别墅里，和他一起研究历史和哲学。很快，伯尔森涅夫从莫斯科回来，又来到了叶琳娜家。叶琳娜亲切地接待了伯尔森涅夫，但不是在花园里，而在客厅里，且几乎迫不及待地展开了聊天。客厅里只有她一人。

伯尔森涅夫与叶琳娜谈了许久。他在她眼前所感到的不安已经完全消失了，而且，也不再那么厉害地口吃。聊天又转到了大学生活。

“请告诉我，”叶琳娜问他，“在您的同学中间，可有什么出色的人吗？”

“不，叶琳娜，老实跟您说，在我们中间，出色的人一个也没有。”

“但是，”伯尔森涅夫又说道，“我也得除开一个例外。我认识一个同学——虽然他不和我同科——他倒确实是个非凡的人。”

“他叫什么名字？”叶琳娜问，感到有兴趣。

“英沙罗夫，他是保加利亚人。他到这儿来念书的。您可明白，他念书的目的是什么？他只有一个思想：解放自己的祖国。他的身世也是奇特非凡的。他父亲是一个相当富裕的商人，他父亲的妹妹，就是英沙罗夫的姑母，嫁给了基辅中学里的历史科主任教员，现在还住在那边。在1835年，那就是说，十八年前，一件可怕的事发生了：英沙罗夫的母亲突然不见了，失踪了；一星期之后，发现她被人杀掉了。”

叶琳娜颤抖了一下。伯尔森涅夫停住了。

“说下去吧，请说下去吧。”她说。

“据谣传，她是被一个土耳其的高级军官糟蹋后杀掉的；她的丈夫，就是英沙罗夫的父亲，查到了实情，要为她报仇，但是，结果只能用匕首刺伤了那个军官……他被枪毙了。”

“枪毙？没有经过审判？”“是的。那个时候，英沙罗夫刚刚八岁。他被收留在邻人家里。那位妹妹听到了哥哥家里的不幸，就要把侄儿接到自己家里来。他被人送到敖德萨，从那里，转到基辅。他在基辅住了整整十二年。因此，他的俄国话说得那么好。”

“他的俄国话说得和您我同样流利。在他二十岁的时候（那是1848年年初），他非常想要回到自己的祖国。他走遍了整个保加利亚，在保加利亚待了差不多两年的光景，又一次学习他祖国的语言。土耳其政府伤害他，当然，在那两年的时间里，他一定遭受着巨大的危险；有一次，我看见他脖子上有一条很大的疤痕，那肯定是伤痕；但是，他并不是很想谈到这些。他有他自己特有的沉默。我想方设法问过他许多回——他没有告诉我任何东西。就算说了，也只说一般的事情。他的固执是很恐怖的。1850年他再一次回到俄国，来到莫斯科，为了完成他的学习教育，而且和俄国人多有接近，这样的话，等他在大学毕业之后……”

“之后就怎么样呢？”叶琳娜忍不住插口问道。

“那就只有看上帝是怎么决定的了吧。对于未来，是很难预料的。”

过了很久很久，叶琳娜没有把视线从伯尔森涅夫身上移开。

“您的话叫我感到很大的兴趣，”她说，“他长得怎么样，您这位朋友——他叫什么？……英沙罗夫？”

“我该怎么跟您说呢？照我看，他长得并不难看。不久之后，您自己会看见他的。我会把他带到这儿来见您的。后天他就会到我们的小村里来，还跟我同住在一幢房子里。”

“真的吗？但是他肯来看我们吗？”

“他一定肯的。他会很高兴来的。”

“那么，他也不骄傲？”

“他？一点儿也不。那就是说，要说骄傲，他也骄傲的，但是，不是您说的那种骄傲。比方说，他就从来不跟任何人借钱。”

“他一定是个性格非常坚强的人。”叶琳娜说。

“是的。他是一个钢铁似的人。同时，虽然他那么专心自己的事业，甚至行动隐秘，但是，他也很天真、很坦白的，您将来自然会明白。当然，他那种坦白，可不比我们这种不值钱的坦白，不比那些根本没有什么可以隐藏的人的坦白。……总之，我没过多久就会把他带到您这儿来的，您等着吧。”叶琳娜变得沉思起来。

“解放自己的祖国！”她说道，“啊，多么伟大、说起来就多么叫人战栗的话啊！”

那天晚上，在回家的路上，奇异的情感在伯尔森涅夫内心深处骚动着。他并不后悔他想让叶琳娜认识英沙罗夫的计划，他感到他对于那位保加利亚青年的叙述在她内心深处会产生深刻的印象来。其实这是十分自然的……他自己不是也曾努力去增强那种印象吗？只是一种隐秘的、阴暗的情感，偷偷地袭进他的心底了；他感到一种忧愁，而这种忧愁实在是不能认为高尚的。

五

过了两天，伯尔森涅夫和英沙罗夫来到了叶琳娜家。坦白讲，英沙罗夫在叶琳娜内心深处，确实没有产生她所期待的那么深的印象，或者更准确地说，他完全没有产生她所期待的那种印象。她喜欢他的坦然和毫无拘束，她也喜欢他的脸；但是，英沙罗夫的整个性格，那平静的镇定和平凡的单纯，却和她从伯尔森涅夫的叙述里在心下所构成的形象多少不大一样。叶琳娜所预期的，实在比这更为“严重”一些。“但是，”她想道，“今儿他没有说什么话，那只能怪我自己——我没有问他；只好等下一次吧……但是，他的眼睛却是富于表情的、诚实的！”她觉得，在他眼前她并没有自卑的意思，却只是像平等的朋友一样，想向他伸出手去——这可使她迷惘：对于像英沙罗夫这样的人，对于“英雄”们，她所想象的完全不是这样。

“对于您的新朋友们，您觉得怎么样？”在回去的路上，伯尔森涅夫这样问英沙罗夫。

“我很喜欢他们，”英沙罗夫回答，“特别是那女孩子。她一定是个很好的姑娘。她似乎容易激动，但是在她，那是很好的激动。”

“您该常去看看他们。”伯尔森涅夫说。

“是的，应该。”英沙罗夫回答。于是，在整个回去的路上，一直不曾再说什么。回家之后，他马上把自己关在自己的房里，但是，他的蜡烛一直燃着，直到午夜过去许久之后。最初两周，英沙罗夫拜访斯塔霍夫家不过才四五次；而伯尔森涅夫却是每隔一日一定去的。叶琳娜总是热情招待他，他和她之间总有有趣而生动的聊天，但是，每当回家的时候，他总是一脸的哀愁。舒宾很少出现，他正以狂热的干劲埋头于自己的艺术事业。叶琳娜从来没有一次像自己所想象的那样和英沙罗夫痛快地聊天；当两个人不见面的时候，她有很多问题想要问他，但是，在两个人见了面之后，她又为自己的准备感到不好意思。正是英沙罗夫的淡定使她十分迷茫。她知道她没有权利强迫他披露他自己的心思，那么，她就只有寻找并等待机会；但是，她依然觉得，在每一次的聊天过程里，无论他们所聊到的内容是怎么样不重要，他却一次比一次对她产生更强烈的吸引力。她没有机会和他单独晤谈——但是，要和一个人建立亲密的友谊，至少一次的单独晤谈是必要的。她和伯尔森涅夫谈过不少关于他的话。伯尔森涅夫看得出，叶琳娜的心事是被英沙罗夫触动了。他热心地给她叙述他所知道的关于他的一切事情，以至于最微末的细节，只是有的时候，当叶琳娜的苍白的面颊突然浮起淡淡的红晕，她的眼睛也突然放出光采而且睁大时，他这才感到一阵心痛，正和没过多久以前他所体验到的那种阴郁的烦恼一样。

六

一天，伯尔森涅夫到叶琳娜家，告诉她英沙罗夫突然和两个陌生人一起失踪了。但是，到了晚上，英沙罗夫又神秘地归来了。第二天，叶琳娜来到花园里小狗舍前面，在这里，她养了两条小狗。她检查了狗舍，看见小狗们活得很好，而且已经换过清洁的干草。于是，她转过身来，几乎发出一声惊叫，原来，英沙罗夫独自一人，在那林荫道上正朝着她走来。

“您好，”他说着，走到她眼前，而且脱了帽，她留意到，近三日来，他确实给太阳晒得黑多了，“我本来想和伯尔森涅夫一块儿来的，但是，他不知为什么那么慢；因此，我不等他就先来了。您家里没有人：全睡觉了或者外出散步去了，因此我就到这儿来。”

“您像是在道歉呢，”叶琳娜回答，“这是完全用不着的。我们大家随时都高兴见到您……我们就在树荫底下的椅子上坐吧。”她坐下来，英沙罗夫坐在她身旁。

“近几天您似乎没有在家，是吗？”她开始问道。

“是的，”他回答说，“我出去了……伯尔森涅夫告诉过您？”英沙罗夫看着她，微笑着，开始转弄自己的帽子。当他微笑的时候，他的眼睛直眨，嘴唇也突了出来。

“伯尔森涅夫大约还告诉过您，说我跟两个什么的……两个不像样子的人，一块儿出去了。”他说着，依然浮着微笑。

叶琳娜有点儿迷乱，但是，她马上感觉到，对于英沙罗夫，是只有说出真话来的。

“是的。”她坚决地回答说。

“那么，您觉得我是怎么样的人呢？”他突然问她。

叶琳娜抬起眼来，看着他的眼睛。

“我觉得……”她说，“我觉得您总是明白您自己做的是怎么样的事，而且，您是绝不会做出不对的事来的。”

“嗯，谢谢您的好意，”他开始说，信任地把自己向她那边挪近了一点，“在这儿，我们的人有一个小小的团体，在我们中间，有些人，是没有什么教养的，但是，大家都坚决地献身给一个共同的事业。不幸，争端是不能免的；他们大家全了解我，相信我；因此，他们来找我去，去解决一个争端。我就去了。”

“事情很麻烦吗？”

“麻烦是有的。有一位，非常固执。他不肯把钱退回来。”

“怎么，为钱争吵？”

“是的，还是数目不多的钱。”

“就是为了这么一点儿小事吗？”

“这不是小事，叶琳娜，要是这是关于自己同胞的事。”

“推辞这样的事，就是罪恶。瞧吧，我看见您就是对于小狗也不辞帮助，为这，我对您是非常钦敬的。至于耽误我的时间，那也没有关系，之后反正可以弥补的。我们的时间原来就不属于我们。”

“属于谁呢，那么？”

“属于每个需要我们的人。我把这些全部都告诉您，因为我尊重您的意见。”

“您尊重我的意见，”叶琳娜放低声音说，“是什么原因呢？”

英沙罗夫再次笑了起来。

“当然是因为您是个好姑娘，没有贵族的坏毛病……就是这个样子的。”

接着是暂时的沉默。

“英沙罗夫，”叶琳娜说着，“您知不知道，您对我这样坦白讲，这还是首次呢。”

“怎么说呢？我总是觉得，我一直把自己内心深处想的话都告诉你。”

“不，这是第一次，我非常开心。我自己，也想对您坦白讲，可以吗？”英沙罗夫笑了，接着说道：“当然可以。”

“我得警告您，我是很好奇的。”

“没关系。请说吧。”

“伯尔森涅夫常常跟我谈起您的身世，您的幼年。我听说过一个情况，一个可怕的情况……我明白，后来，您又回过您的祖国……要是您觉得我的问题不妥当，就请为了上帝的缘故，不用回答我吧，但是，我总是被一种思想烦恼着……请告诉我，您可遇见过那个人？……”

叶琳娜沉住了呼吸。她对自己的大胆感觉惭愧，也感觉恐怖。英沙罗夫注视着她，微微蹙起眉毛，用手指摸了摸下巴颏。

“叶琳娜，”他终于开始说，声音较之平日更低，这几乎使叶琳娜害怕，“我明白您指的是什么人。没有，我没有碰见他，谢谢上帝！我也没有去找他。我不找他，并不是因为我不认为我有权利杀掉他——我可以问心无愧地把他杀死——只是因为，现在不是报私仇的时候了；现在的问题，是整个民族的公仇……啊，也不是，话不该这么说……现在的问题，是整个民族的解放。民族的解放和个人的私仇是互相妨害的。但要是前一样成功了，后一样自然也不能逃……是的，不能逃的。”他重复说着，点着头。

叶琳娜侧着脸注视着他。

“您热爱您的祖国吗？”她胆怯地问。

“那也难说，”他回答，“当我们中间谁是为了祖国而死，那才可以说他是热爱祖国的。”

“那么，要是您完全被剥夺了回到保加利亚的可能，”叶琳娜接着说道，“您在俄国会感觉非常烦恼吗？”

英沙罗夫垂下了眼睑。

“我想，要是那样，我会不能忍受。”他说。

“请告诉我，”叶琳娜又开始道，“保加利亚语难学吗？”

“绝对不难。一个俄国人不懂保加利亚语，这是一种耻辱。俄国人应当懂得全部的斯拉夫语言。您愿意我给您带几本保加利亚语的书来吗？您可以看到，它是多么容易。我们有着怎么样的民谣呀！不比塞尔维亚的坏。等一下，我这就给您译一首。那是关于……但是，关于我们的历史，您至少总该明白一点吧？”

“不，我完全不明白。”叶琳娜回答。

“我会给您带本书来。您至少可以从那里明白一些重要的史实。现在，请听这首……但是，我不如给您拿个书面的翻译来。我相信您会爱我们的；因为您爱全部的受压迫者。民谣会使您明白我们的祖国是多么富饶啊！但是，他们却蹂躏了它，践踏了它，”他接着说着，不自觉地打着手势，同时，他的面色也阴暗了，“他们剥夺了我们的一切，一切：我们的宗教，我们的法律，我们的土地；可恶的土耳其人驱赶着我们，如同牛马，他们屠杀我们……”

“英沙罗夫！”叶琳娜叫起来。

他停住了。

“请谅解我。说着这样的事，我就没法冷静。您刚才问我，我可爱我的祖国？在世界上，一个人还有什么值得爱的呢？除了上帝之外，没有什么别的东西能像祖国这样亘古不变，毫无疑问，值得我们信仰！何况，正是这个祖国需要你贡献力量的时候……值得您注意的是：在保加利亚，连最贫穷的农民，最贫穷的乞丐，也都和我一样——我们都有着一个共同的愿望。我们大家仅仅只有一个共同的目标。您或许可以理解，它给我们的是什么样强大的力量，怎么样的信心。"

英沙罗夫缄默了一会儿，于是，又开始谈论着保加利亚来。

叶琳娜以悲哀的、深沉的、出神的注意，倾听着他。当他说完之后，她又一次问他道：

"这样的话，无论怎么样，您都不会留在俄国了吧？"

在他去后，她还许久许久凝望着他的背影。在那一天，他在她的内心深处完全变成了另外的一个人。当她送他走出花园的时候，她所辞别的人，已经不是两小时以前她所迎接的人了。

从那一天起，他开始来得更密，而伯尔森涅夫则一天比一天拜访得更疏了。在两个朋友之间，一种奇妙的感情开始产生出来。这种感情，他们两人都能深深感到，但是，却都无以名之，而且，也不敢有所解释。像这样，一月时光就过去了。

一天，斯塔霍娃带两个女儿——叶琳娜和卓娅——外出郊游。舒宾、伯尔森涅夫和英沙罗夫也应邀前往。当马车驰抵察里津诺古堡的时候，太阳已经高升于无白的天空，荒芜的城堡，景象十分惨淡而且萧索。全体下了马车，来到草地上，马上就向公园走去，走在前面的是叶琳娜、卓娅和英沙罗夫，舒宾和伯尔森涅夫殿后。"我们会成为预备队呢，兄弟，像老兵似的，"舒宾对伯尔森涅夫小声说，"现在是保加利亚热的时代啦。"他补充说，朝叶琳娜那边扬扬眉毛。

天空是灿烂的。周围一切全都发出芳香，远处，闪耀着湖光水色，轻快的、节日的情怀充满了每个人的心胸。

叶琳娜和英沙罗夫不时交换一言半语；卓娅用两个指尖擎着自己的宽边帽，穿着淡灰色圆头皮鞋的小脚从粉红色轻纱的衣裙下面卖俏似的伸出来，眼睛一时望望身旁，一时又瞟瞟身后。"啊哈，"舒宾突然低声喊道，"卓娅似乎是在找人呢，我得陪陪她去。叶琳娜现在是瞧不起我的，但是，她一向不是瞧得起你，伯尔森涅夫吗？但是，又有什么两样？我要走了，我闷得够啦。我看你，老兄，你顶好是采点植物标本吧！就你的处境，只有这么做才挺相宜，从学术的观点看来，这也很有用处。回头见！"

说着，舒宾就跑到卓娅面前，把她的手挽起来，一起儿走上前去。

叶琳娜停下来，招呼了伯尔森涅夫，也挽了他的手臂，但是，却接着和英沙罗夫聊天。她问他，用他本国的语言，铃兰、枫树、槲树、菩提树等，该怎么说。

“保加利亚热呢！”可怜的伯尔森涅夫想着。全体来到了“观景亭”，于是就停下来，观赏察里津诺诸湖的美景。大小诸湖连绵着，亘数里之遥；苍郁的林木笼罩着湖的彼岸。在最大湖的边岸，山麓上铺展着如茵的绿草，湖水里映出了鲜丽无比的翠玉般的颜色。水平如镜，甚至在湖边也全无水沫，全无涟漪的波动。湖水有如巨块坚硬的玻璃，灿烂而沉重地安息于广大的盆中；天幕好像陷入了湖底，而繁密的树木则正静静地凝望着透明的湖面。全体都沉醉在美丽的风景里了，做着无言的、长久的赞叹。

时间飞逝着，夕暮已经临近。斯塔霍娃突然惊讶起来：

“啊，天哪，已经多晚了呀！”她叫道，“先生们，美景难留；这是应该回家的时候啦。”

她开始忙乱起来，大家也就随着骚然起立，向着古堡走去，马车是等在那里的。在走过湖滨的时候，他们全都停步伫立，惜别似的又赞赏了一次察里津诺的美景。明丽的晚霞如火，照着各处。

初起的晚风吹动着树叶，一时幻出万变的色彩；湖水微微流淌，闪着金光；点缀在公园里的红亭和赤塔，和苍翠的树林交相辉映。

“再见吧，察里津诺，我们永远也不会忘记今天的郊游！”斯塔霍娃说道。

正在这时候，似乎为了要证实她的惜别之词似的，一件奇特的事情发生了，这事情，倒真是不大容易忘记的。

事情原来是这样的：斯塔霍娃对于察里津诺的惜别致辞还没完，突然，在离她数步远的地方，一丛高大的丁香树后，发出一串嘈杂的叫声、笑声和闹声来——一大群乱七八糟的汉子，突然拥到路上。一见到太太小姐们，他们就停下来；但是，其中之一，一个有着公牛般的颈子和公牛般的血红眼睛的高大个儿，却超过了自己的同伙们，蹒跚着来到已经惊呆了的斯塔霍娃的眼前。

英沙罗夫正准备上前去，但是舒宾却制止住了他，自己来把斯塔霍娃挡在身后。

“请允许我，”他开始说道，“可尊敬的陌生人，请让我向您表达，您的所作所为使我们大家着实感到了惊讶。根据我的判断，您应该属于高加索人种的萨克逊支；因此，我们猜想您也应该懂得一点社交上的礼仪。请相信我，要是在别的时候，我自己当以认识您为莫大的荣幸；因为，我在您身上发现了令人不吃惊的强有力的肌肉，要是您愿意肯做我的模特儿，那么，我，作为一个雕塑家，一定意味着是至高无上的荣耀；但是，在这个时候，请让我们安安静静地待一会儿吧。”

“您说的什么呀？我怎么什么也听不懂啊，”他终于说话了，“您认为咱是个钟表匠或者皮鞋匠？咳！是军官呀，是军官呢，咳！”

“我绝不会怀疑。”舒宾又开始说。

“咱说，”陌生的朋友接着说道，有力的手把舒宾一把推到道旁，像扔掉一根树枝似的，“只要这位小姐不是那位太太，不是，不是她，是这位，或者那位（他指了叶琳娜和卓娅），给咱亲个嘴，老实的，亲一个；呃，怎么样？这没关系的。”

“对呀，这不算什么。”同伙们又喊起来。

“亲个嘴。”其中一个德国人，显然已经烂醉，笑得吐不过气来，大声叫道。卓娅抓住英沙罗夫的手臂，但是他却挣开了，径直站到那无礼的大个儿前面。

“请你滚开。”他用一种不高的但是严厉的声音说。

德国人却哈哈大笑起来。

“滚开？哈哈，咱才爱听这个呢！咱难道不能随便走走？什么叫作‘滚开’？咱干吗要滚开？”

“因为您竟敢侮辱别人家的小姐，”英沙罗夫说着，脸色突然变白了，“因为您灌醉了。”

“什么？咱灌醉啦？可听见吗？咱是个军官呢，他竟敢……现在，咱可得要求满足！非亲一个不行。”“您要是再上前一步……”英沙罗夫开始说。

“嗯？你敢怎么样？”“我就把您扔到水里。”“水里？就是这样吗？来吧，咱们看看，那倒很古怪呢，扔到水里！……”

军官先生于是扬起手来，走上前去，但是，突然间，一桩不平常的事发生了：他叫了一声，整个庞大的身体晃了几晃，就飞离了地面，双足腾空，不等太太小姐们发出尖叫声，谁也来不及看清是怎么搞的，军官先生的整个笨重的身体就扑通一声栽倒在湖里了，随即消失在那还打着旋的水里。

“啊！”太太小姐们异口同声地尖叫起来。

“我的上帝！”从另一边也发出了喊叫。

一段时间过去了……于是，一个披满了濡湿的头发的圆脑袋浮到水面上来，它还吐着泡沫呢，那只脑袋；两只手在嘴唇旁边痉挛地乱抓着……

“他会淹死的，救救他，救救他吧。”斯塔霍娃向英沙罗夫喊道，英沙罗夫正叉开两腿立在岸上，沉重地呼吸着。

“他会爬出来的，”他以轻蔑的、全无同情的冷淡回答说，“我们走吧。”他补充说，于是挽起斯塔霍娃的手臂。

“走吧，伯尔森涅夫，叶琳娜。”

“啊……啊……噢……噢……”只听见那倒霉的德国人在悲号，竭尽全力想抓住岸边的芦苇。

大家跟着英沙罗夫，而且要从那帮德国人眼前经过。

但是领头的一旦被打倒之后，喽啰们也就服帖了，全都不作声；只有其中最大胆的一个威吓地摇着头，一边嗫嚅道：“嗯，等着……上帝明白……咱们走着瞧吧！”但是其中的另一位则甚至脱下了帽子。在他们眼里英沙罗夫是恐怖的，那也并不是没有理由：在他的脸上，确实可以看到凶恶的、危险的神情。德国人连忙跑去打捞他们的同伴了；而那位同伴，当他的两脚一旦着陆之后，就哭哭啼啼地咒骂起那帮俄国流氓来。

英沙罗夫坐在箱式马车里，正和叶琳娜相对。他不曾说话；她，也沉默着。他想着她在对他不满；但是，她却不曾对他不满。在最初的瞬间，她确实感到恐怖；随后，他脸上的表情也使她吃惊；而最后，她变得沉思起来。她沉思什么，她自己也不十分清楚。白天她所体验的感情，已经消失不见了，关于这一点，她是明白的；但是替代那感情的是什么，她却还不是非常了解。黄昏已经悄悄地地变成了黑夜。马车迅速地向前奔驰，突然经过一片已经成熟的麦地，在那个地方，空气充斥着浓郁的小麦的芳香，一时又经过宽阔的大草原，在这个地方，突然又有凛冽的寒气轻拂着人们的脸庞。天是低矮沉沉的，地平线上好像笼罩着大片的烟雾。终于，月亮爬上来了，赤红。叶琳娜终于发现自己有一个多小时没有和英沙罗夫说过话了。她就转向他，对他发出了一两个琐碎的问题；他马上回答了她，内心深处感觉十分宽慰。模糊的声响开始从夜空传来，似乎有千万的声音在远处谈着话。旅程好像特别漫长而且令人厌倦；全体的人，有的入睡了，有的沉默着，全部的脑袋全都倒向各自的角落；只有叶琳娜不曾合眼，她的眼睛一直不曾离开英沙罗夫的朦胧的身形。在分别的时候，叶琳娜（第一次地）握了英沙罗夫的手；在解衣就寝前，她在窗前默坐了许久。舒宾在伯尔森涅夫临去的时候，找到了机会和他低低地说了这样的话：

“哪，他不是英雄是什么？——他能把喝醉了的德国人扔到水里！”

“但是，你就连这也不能。”伯尔森涅夫回答着，就和英沙罗夫踏上了归道。

当两位朋友到达住所的时候，天色已微明。太阳还没有升起，但是，空气里却已弥漫着破晓时的寒气，草上也已覆盖着灰色的露水；早起的云雀在半明半暗的天空高啭着歌喉，遥远的、遥远的天际，一颗巨大的最后的晨星正凝望着，有如一只孤寂的眼睛。

七

认识英沙罗夫没过多久之后，叶琳娜就第五次或许第六次地开始记日记了。这里，是日记里的若干片段：

六月……伯尔森涅夫给我带了些书来，但是我总没有心情念。我不好意思对他明说；但是，我也不愿意把书还给他，对他撒谎，说我念过。我感到，那会叫他十分难受的。

他常常关心着我。似乎是，他对我有些留恋。

……我需要的是什么呢？我的心为什么是这么沉重，这么疲倦？为什么我看着鸟儿飞过，内心深处也感觉羡慕？我真想跟它们一起飞去呢——飞到哪儿去，自己也不明白，只是远远地、远远地离开这儿吧。这种愿望不是有罪的吗？这儿，我有母亲、父亲和家。难道我不爱他们？不，我并不爱他们，我不像应当爱的那样爱他们。把这样的话写下来是可怕的，但是，这是真话。或许，我是个罪人吧，或许，就为这，我才这么忧愁，我的心才这么不宁静吧。似乎是，有一只手搁在我头上，压着我。我似乎是给关在狱里了，狱墙像马上要朝我倒塌下来。为什么别人并不感觉这样呢？要是我对我自己的家人也是这么冷淡，我还能爱谁呀？

很显然，父亲是对的了：他老是怨我除了猫狗之外什么也不爱。我得把这细想一想。我很少祈祷；我得祈祷……啊，我想我是明白怎么样去爱的！

对于英沙罗夫先生，我还是老感到羞涩。我不明白为什么，我相信，一般说我是并不怎么女孩子气的，而他，也那么质朴，那么善良。有的时候，他的表情十分严肃。他当然无暇顾及我们，因此我也就不好意思来占用他的时间了。

啊，要是我能明白怎么样控制我自己该多好啊！我不明自我为什么这样常常想到英沙罗夫先生。当他来了，在这儿坐着，注意地听着，但是一点儿也不勉强，一点儿也不慌乱，我瞧着他，内心深处就感觉愉快——不过是这样罢了，但是，当他走后，我却不断回味他的话，对自己感觉烦闷，甚至激动……我说不出这是为了什么。

今天，我给了半戈比给一个乞妇，她对我说道：

“你怎么那么忧愁呀？”

我是从来也没想到过我会有忧愁的样儿的。我看，这一定是因为孤独，永远的孤独，无论好坏，总是我孤单单的一个人。我能向谁伸出手去呢？到我这儿来的，不是我所需要的，而我所需要的却从我的身边走过去了。

我不明白我今天是怎么了；我的头脑乱极了。

我真想跪下来，祈祷，乞求怜悯。我不明白是谁、是什么似乎在折磨着我，我内心深处只想反抗、号叫；我流着眼泪，不能安静……啊，我的上帝，我的上帝呀！请控制我心灵里的这种汹涌吧！只有你能帮助我，别的全是无用的：我的可怜的施舍，我的功课，全部一切、一切、一切，全不能给我帮助。我非常想跑到什么地方去当个用人，真的，这会叫我安心多的。

青春是为了什么？活着是为了什么？我为什么有一个灵魂？这一切都为了什么？

英沙罗夫，英沙罗夫先生，坦白讲，我不明白怎么写才好。我真想知道在他的内心深处，在他的灵魂里，他想的是什么。他似乎是那么坦白坦白……那么容易接近，但是，对于他，我却依然什么也看不见。有的时候，他以那么一种侦查似的眼睛看着我……或许，这只是我的幻想？他要什么呢？他爱着我……但是，我为什么要他的爱呢？他也爱着卓娅呢。我对他是不公平的，昨儿他告诉我，说我应放含蓄些，别那样不公平……这是实在的。这该多么不好啊！

伯尔森涅夫今天为什么要来跟我说起那两个保加利亚人呢？他来告诉我，似乎是有什么企图似的。我跟英沙罗夫先生有什么关系呢？伯尔森涅夫这么做，真叫我生气。

提起笔来，不明白怎么样开始。今儿，在花园里，他是多么突如其来跟我聊起天来了啊！态度是那么信任而且亲切！事情发生得太快了呀！似乎我们本来就应该是很老、很老的朋友，不过刚才才互相认出来一样。在这以前，我都没有怎么了解他！现在，他和我却是多么相近！而且，这是多么奇怪，我现在内心深处竟平静多了。这真可笑：昨儿我还恼着伯尔森涅夫，也恼着他，甚至称他为英沙罗夫先生，但是，今天！这儿，终于，是有一个真正的人，一个可以信赖的天了。这个人不撒谎，这是我所遇见的从不撒谎的第一个人！

所有别的人，全都撒谎的，他们的一切，全是个谎。伯尔森涅夫，亲爱的、可爱的朋友，我为什么要委屈您呢？不！伯尔森涅夫或许比他更有学问，或许有更多智慧，但是，不明白为什么，一和他比较起来，却显得那么渺小了。当他一说到自己的祖国，他似乎就成长了，长高了，他的姿容就马上焕发了，他的声音也变得像纯钢了，啊，不，似乎是，在这个世界上就没有一个人能够使他低下头去。他也不只是空谈——他行动，还会永远行动下去。我要问他……他是怎么样突然就转向我来，对我微笑了啊！只有亲兄弟才能像那样微笑的。啊，我是多么高兴！当他初来我们这儿的时候，我做梦也没有想到我们竟能这么快就互相了解。现在，就是想到我当初对他的冷淡，我也是喜欢的。冷淡？难道我现在就不冷淡了吗？

他很高兴到我们这儿来，我看得出。但是，为什么呢？他在我身上发现了什么呢？确实，我们的志趣相投：他和我，我们俩都不怎么爱好诗歌；我们对于艺术也都没有什么理解。但是，他比我强多少啊！他是平静的，但是我却永远彷徨；他已经选定了自己的道路，自己的目标——但是我，我在走向哪儿去？哪儿是我的家？他是平静的，但是他的思想却是遥远的。有朝一日，他会永远离开我们，回到他自己人那里去，在那边，在海的那边。怎么办呢？愿上帝祝福他吧！无论如何，当他在这儿的时候我认识了他，那总是令我快慰的。

但是奇怪的是直到现在，已经二十岁了，我还从来没有爱过谁！我相信英沙罗夫之所以能有那么清纯的灵魂，就是因为他是完完全全地把自己献给了自己的事业，自己的理想。他还有什么可烦恼的呢？当一个人完全地……完全地……完全地献身之后，他就没有忧愁，也没有负累了。

这样，就不是我要怎么样，而是它要怎么样了。啊，说起来，他和我都爱着同样的花，今早我摘了一朵玫瑰花，一片花瓣落了下来，他就把它拾起……我把整朵玫瑰花全给了他。

英沙罗夫常到我们这儿来。昨天晚上他在这儿坐了很久。他要教我学习保加利亚语。跟他一起，我感觉愉快，完全像在自己家里。比在自己家里还好。

日子飞一般地过去……我很愉快，同时，也有一点点忧郁；我想感谢上帝；眼泪也似乎已经不远了。啊，这些温暖的、愉快的日子啊！我还是和从前一样快乐，只是，有的时候，多少有那么一点点忧郁。我是快乐的。我快乐吗？

昨天的郊游，我一辈子也不会忘记。多么新鲜而可怕、不可思议的印象啊！当他突然抓住那个大高个儿，扔球一样地把他扔到水里去的时候，我并不害怕……但是，他自己却使我害怕了。后来——他脸上的表情是多么狠啊，几乎是冷酷的！他是怎么样说的啊："他会爬出来的！"那简直叫我吃惊极了。很明显，我没有明白他。而过后，当他们都笑起来，我自己也笑起来的时候，我内心深处又那么为他难过啊！他有些愧疚了，我觉得，他在我眼前有些愧疚。后来的时候，在马车里，在黑暗中，当我想仔细看看他又害怕看到他的时候，他是这样告诉我的。是的，他是一个不容忽视的人，当然也是一个勇敢的守护者。但是，为什么要那么狠毒，嘴唇在发抖，眼睛也散发出怒火呢？或许，那是避免不了的吗？难道做一个人，做一个战斗者，就不能依旧温柔，依旧善良吗？我是多么愉快开心啊，在他的身边走着，甚至不说话的时候，也是开心的……但是，虽然发生了那种事情，我也开心。我觉得那是理所当然的。

这么多的日子在这本子上我一点也没提及，因为我没有心情写。我觉得：无论我写下什么，那都不是我的真心话……那么，我的真心话是什么呢？我跟他有过一次长时间的聊天，从聊天里我明白了许多事情。他把他的计划告诉了我，他预测着战争将要爆发，还为这高兴。但是，我也从来没有见过他像这样忧郁。他……他！他有什么可以忧郁的呢？父亲从城里回来，正碰上我们两人在一起，很奇怪地看了我们一眼。伯尔森涅夫也来过：我注意到他变得很瘦、很苍白。

他责备我对舒宾太冷酷、太过分了。真的，我已经完完全全忘记舒宾的存在了。见到他的时候，我应当弥补我的过失。

现在，他对我已经算不了什么了……世界上任何人对我也不算什么。安德烈·彼得罗维奇以一种怜悯的神气和我聊天。这全是干什么呀？为什么在我的周围，在我的内心，一切都是这样黑暗？我感到在我的周围和我的内心深处，都存在着一种谜，对于这谜，我得找出一个确实的解答。整晚不曾入睡，头痛。为什么还要写呢？今儿他走得那么快，但是我正想跟他聊天呢……他似乎在躲避我。是的，他是在躲避我。

答案找到了，事情已经明白！上帝呀！怜悯我吧，我爱他！

八

就在那一天，当叶琳娜在自己的日记上写下那最后的、决定性的话语的时候，英沙罗夫正坐在伯尔森涅夫的房里，伯尔森涅夫则站在英沙罗夫眼前，脸上带着困惑的表情。英沙罗夫刚宣布要在第二天回莫斯科去的决定。

“怎么！”伯尔森涅夫叫道，“夏天最美丽的时候刚刚开始呢！您回莫斯科去做什么呢？多么意想不到的决定呀！或许，您得到了什么消息吗？”

“我没有得到什么消息，”英沙罗夫回答，“但是，我把事情仔细想了想，我是不能再留在这里了。”伯尔森涅夫注视着他。

“我明白，”他终于说，“那是没法勉强您的。那么，事情就算决定了？”

“绝对决定了。”英沙罗夫答道，然后站起来，走了出去。

伯尔森涅夫在房间里踱了几步，于是，拿起帽子，就往斯塔霍夫家去了。

“您有什么事情告诉我？”当屋子里只剩他们两个人的时候，叶琳娜马上问他。

“是的，您怎么猜到的？”

“没有关系。请说吧，是什么事？” 伯尔森涅夫将英沙罗夫的决定告诉了她。

叶琳娜的脸变得惨白了。

“那是什么意思？”她困难地说道。

“您明白，”伯尔森涅夫说，“英沙罗夫对于自己的行动向来是不喜欢解释的。但是，据我想……我们坐下吧，叶琳娜，您似乎不大舒服……我想，我或许可以猜到这种突然离开到底是为了什么。”

“什么，为了什么？”叶琳娜说，不自觉地把伯尔森涅夫的手牢牢地握在自己的已经冰冷的手里。

“嗯，您看，”伯尔森涅夫开始说话了，忧伤地笑了一下，“我怎么样跟您说明呢？这得追溯到去年春天，那个时候，我跟英沙罗夫才刚刚亲近起来。当时，我经常在一个亲戚家里碰到他，那家有一个女儿，一个非常好看的少女。据我看，英沙罗夫对她很感兴趣，而且我把这心情对他说了。但是，他却大笑了起来，回答我说，我不对；他说，他的心是不会丢失的，但是，要是有那样的事情发生，他就会马上离开，因为——用他自己的话说——他不会为了个人的儿女私情就不忠于自己的义务和自己的事业。”

“我是一个保加利亚人，”他说，“我不接受一个俄国女人的爱情。”

“嗯……那么……您认为现在……”叶琳娜低声说着，不自觉地背过头去，似乎在准备接受一个打击，但是，依然不放松那已经牢牢握住的手。

“我认为，”他说，声音放低了，“我认为那时我所想象的事，现在是果然发生了。”

“那就是说……您认为……啊，不要折磨我！”叶琳娜不自觉地叫道。

“我认为，”伯尔森涅夫连忙接着说，“英沙罗夫现在喜欢上了一个俄国少女，而为了忠于他自己的事业，他就决心离开。”

叶琳娜把他的手抓得更紧了，她的头也低得更低，似乎是，她希望对一个外人埋藏那突然涌到她整个脸上和脖子上来的火把似的羞涩的红色。

但是，在这里，那可怜的少女却无法自持了：眼泪如川水般地涌出她的眼睛，她跑回自己的房里去了。“那么，她就是这样爱着他的呀，”在缓步回家去的路上，伯尔森涅夫想道，“但这是我没意料到的；我没有料到她已经陷得这样深。”

第二天，英沙罗夫来到斯塔霍夫家。

“听我说，”叶琳娜急促地说道，“我明白您为什么来的；伯尔森涅夫已经把您的决定告诉了我；但是，我请您，求您，今儿别跟我们辞行吧。明儿早点儿来——十一点左右，我得跟您说一两句话。”

英沙罗夫默默地低下了头。

“我不会留下您的……您答应我吗？”英沙罗夫又低下头来，但是，什么也没有说。

英沙罗夫在斯塔霍夫家停留了不过一刻时光。叶琳娜偷偷地注意着他。他在座位上不安地移动着；和从前一样，他不知道把眼睛朝哪儿望去的好；而突然之间，他就奇特地、一下子走掉了，似乎是突然消失了。

这一天，在叶琳娜看来，过得很慢；那悠长的、悠长的夜；过得特别缓慢。叶琳娜有的时候坐在床上，两手抱膝，头也支在膝上；有的时候，她又走向窗前，把燃烧的前额紧贴着寒冷的玻璃，想着，想着，把同样的想法反复想着，直到自己完全疲倦。她心似乎已经变作了化石，又像已从她的胸腔消逝；她已经不能感觉它的跃动了；只有热血在她的脑子里痛苦地汹涌着，她的嘴唇烧得发干。

“他会来的……他还没有跟母亲辞行……他不会欺骗……难道伯尔森涅夫的话是真的？那是不会的……他没有答应过他会来……难道我会和他永别了吗？”这种种思想从来不曾离开过她，实实在在地不曾离开过她：它们并不是去了又来，来了又去——它们只是在她的脑海里一直盘旋，如同一团迷雾。“他爱我！——这思想突然闪光似的掠过她的全身，于是，她就直直地注视着黑暗；一抹秘密的、谁也看不见的微笑，使她的嘴唇分开了……但是，她又连忙摇了摇头，把手反扣在颈后，而那些旧的思想，就再一次在她的周围迷雾似的笼罩着了。在晨前她才解衣就寝，但是，她不能入睡。

第一线强烈的阳光射入了她的房里。“啊，要是他真爱我啊！”她突然叫起来，张开自己的手臂，虽然有那照耀着她的全身的阳光，她也不觉羞赧……她起了床，穿上衣服，下楼去。屋子里还没有一个人醒来。她走进花园，但在花园里，一切是那样平静、青翠而且新鲜，鸟儿们是那么自得地啭着歌喉，花儿也都那么喜悦地凝望着，使她感到惊愕。“啊！”她想着，“要是是真的，那么就没有一草一叶会像我这么幸福啦；但是，这会是真的吗？”她回到自己房里，为了消磨时间，就开始换衣裳。但是，所有一切都从她的手边滑掉了。

终于，十一点的钟声敲了。她开始等着，等着，谛听着。

她再也不能做什么了；她甚至停止了思念。她的心又活跃了，开始猛烈地、高声地跳着，说来奇怪，时间却开始飞也似的过去。十五分钟过去了，半小时过去了，或许又过去几分钟了吧？叶琳娜想着；但是，她突然一怔：下午一点的钟声敲响了！

“他不会来了，他不辞而别了……”这思想，随着血液，冲上她的脑里来。她感觉快要窒息了，她几乎就要抽泣起来……她跑回自己的房间，倒在床上，把脸藏在紧紧握住的双手里。

她动也不动地躺了半小时；泪水从她的指缝里流到枕头上。突然，她直起身子，坐起来；一种奇怪的思想出现在她的脑海里：她的表情变了，她的湿润的眼睛干了，而且发出了光芒；她的眉毛皱了，嘴唇也咬得更紧。又是半小时过去了。

叶琳娜又一次竖起她的双耳，那熟悉的声音是否在向她飘过来？她站起来，套上帽子，套上手套，拿上披肩，于是，在人们没有注意的时候跑出了屋子，顺着通向伯尔森涅夫住所的道路，快速地跑了过去。

九

叶琳娜低低地垂着脑袋，眼睛直视坚毅，向前走着。没有什么让她害怕，也没有什么顾忌；她只是想要再见英沙罗夫一面。她朝前跑着，没有注意到太阳早已隐入浓黑的云彩后面，风在树间不停地怒吼，吹乱了她的衣衫，尘土也突然飞扬起来，在路上回旋滚动……很大的雨落下来，她都没有注意到；但是，雨下得更大、更猛了，天空电闪雷鸣。叶琳娜停下来，向四周张望……她幸运地发现不远处，一口废弃的井旁，有一座荒废依旧的小教堂。叶琳娜向教堂奔去，躲在低矮的檐下。大雨洪流般倾泻着；整个天宇完全暗淡。以无言的绝望，叶琳娜凝望着那急雨的密网。和英沙罗夫再见一面的最后希望，在她的心头消逝了。

雨渐渐稀了，停了，太阳一时也从云端里显露出来。叶琳娜正要离开自己的避雨处。突然，在离开教堂十来步远的地方，她看见了英沙罗夫。他裹着一件外衣，正在叶琳娜走过来的路上走着，他似乎是在赶回家去。

她不能自持了，用手抓住阶台上腐旧的栏杆；她要呼唤他，但是，叫不出声来……英沙罗夫头也不抬，已经走过去了……

“英沙罗夫！”她终于喊道。

英沙罗夫猝然止步，转眼四顾……在这第一个刹那，他并没有认出叶琳娜来，但是，马上，就朝着她的身边走了过去。

“您，您在这儿！”他也叫了。

她默默地退回到小教堂里。英沙罗夫跟随着她。

“您在这儿！”他又叫道。

她依然沉默着，只是以一种呆滞但是温柔的目光，凝望着他。他垂下了眼睑。

“您从我们家来？”她问他。

“不是……不是从你们家来。”

“不是？”叶琳娜重复说，想要露出一个微笑，“您就是像这样履行您的诺言的吗？我从一大早起来就等着您。”

“我昨儿并没有答应过您，叶琳娜，要是您还记得。”

叶琳娜再次勉强地微笑了，于是，把手捂住了脸。她的手和脸都是那么苍白。

“看起来，您是要跟我们不辞而别？”

“是的。”英沙罗夫粗声地，几乎是厉声地说。

“什么？在我们既已成了朋友，在我们已经谈过那些话，在所有这一切之后……那么，要是我今儿没有恰好在这儿碰上您。”

叶琳娜的声音开始发抖了，她停了片刻。

“您真会就那样走了，连跟我最后一次握握手也不会，而且，您内心深处也不会难过。”英沙罗夫转过头去。

“叶琳娜尼古拉耶芙娜，请别那么说，我求您。就是您不那么说，我也够难受的了。相信我吧，我的决定费了我很大的气力。要是您明白……”

“我不要明白，”叶琳娜突然感到恐怖，打断了他的话，“我不要明白您为什么要走……看起来，那是必要的。看起来，我们是不能不分别的。您不会无端地叫您的朋友内心深处难过。但是，既然是朋友，难道能够像这样分别吗？我跟您，正是朋友，不是吗？”

“不是。”英沙罗夫说。

“什么？……”叶琳娜自言自语地说。她的双颊不自觉地罩上了红晕。

“因为我们根本就不是朋友，我才必须要离开。请不要逼我说出我不愿意说出来我也不会说出来的话。”

“往日，您对我是坦白的，”叶琳娜生气地说，“您不记得了吗？”

“那个时候我可以坦白，那个时候，我没有什么想要隐瞒的；但是现在……”

“但是现在？”叶琳娜问。

“但是现在……现在我必须要走了。再见！”

要是在那一刻，英沙罗夫抬起头来看一眼叶琳娜，他就一定能够看出来，当他自己蹙眉烦恼的时候，她的脸色却越来越变得更加光彩照人；但是，他却一直坚持看着地面。

“嗯，说再见吧，英沙罗夫，”她开始说，“但是，我们既然已经遇到了，现在，最起码，让我们握一下手吧。”

英沙罗夫刚刚想要伸出手来。

“啊，不，连这，我也不可以。”他说，于是，再一次背过身躯。

“您不可以吗？”

“不能。再见吧。”

于是他便朝着教堂的门口走了过去。

“请等一下，”叶琳娜说，“您似乎害怕我。但是，我比您更有勇气，”她接着说道，一阵战栗突然扫过她的身体，“我可以告诉您……

可以吗？……您为什么会在这儿碰见我？您知不知道我要去哪里？”英沙罗夫吃惊地看着叶琳娜。

“我正要上您那儿去。”

“上我那儿去？”叶琳娜捂住了自己的脸。

“您是要逼着我说：我爱您，”她低语着，“现在……我说出来啦。”

“叶琳娜！”英沙罗夫喊道。

她垂下手来，看了他一眼，就投入了他的怀抱。

他牢牢地拥抱着她，沉默着。他用不着告诉她说他是爱她的。单从那一声叫喊，从他整个人的马上变形，从她那么信任地偎依着的那胸脯的起伏，从他的手指在她的发上所做的爱抚，叶琳娜就可以感到自己是被爱着的。他保持着沉默，而她也不需要言语。“这里是他，他爱我啦……还需要什么？”完全的幸福的平静，像在暴风雨之后获得了安全港似的，到了最终目的地似的平静，被赋予意义和美丽的那非人间的平静，以其神圣的波澜，充溢着她的整个灵魂了。她什么也不要求，因为她已经获得了一切。

“啊，我的兄弟，啊，我的朋友，啊，我的爱人！”她的嘴唇轻语着，她自己也不明白，那颗在她的怀里那么幸福地跳着的心，到底是他的，抑或是她的。

他一动不动地站着，在自己的强有力的怀抱里拥着这向他委身的青春的生命，在心头感觉着新奇的、无限珍贵的负荷，一种强烈的柔情，一种不可言说的感激，将他的坚强的灵魂碾成了粉末，他从来不曾体验过的眼泪，在他眼里弥漫了……但她却不曾哭泣；她只是不断地重复道：“啊，我的朋友！啊，我的兄弟！”

“那么，你会随着我，到任何地方？”一刻钟以后他对她说，依然把她拥在自己的怀里。

“任何地方，天边，地极！你到哪里，我也到哪里。”

“你不是在欺骗自己？你明白你父母永远也不会同意我们的婚姻？”

“我不是在欺骗我自己；父母不会同意，我也明白。”

“你明白我贫穷，几乎是个乞丐。”

“我明白。”

“你应该明白我不是俄国人，我的命运不允许我住在俄国，你必须要和你的祖国、你的亲人断绝一切联系。”

“我明白，我明白。”

“你应该也已经明白我已经献身给那不忘感激的、艰苦的事业，我……我们不单单要遭受危险，或许还要遭受贫穷、屈辱。”

“我当然明白，一切我都明白……我爱你！”

“你明白你必须要放弃你所习惯的一切，在那边，自己一个人，生活在陌生人当中，或许还必须要亲自劳作……”

她用手捂住了他的嘴。

“啊，我爱你，我的亲人！”

他开始火热地亲吻着她的蔷薇色的、纤细的手。叶琳娜并没有把手从他的唇边移开，只是用孩童般的愉悦，以充满好奇的微笑，看着他热烈地亲吻着，有的时候吻在她的掌上，有的时候吻着她的指尖……突然，她感觉羞涩了，把自己的脸埋到他的胸前，他轻轻地托起她的脸庞来，凝望着她的眼睛。

“既然这样，欢迎呀，”他对她说着，“做我的妻，在人们和上帝眼前！”

十

一点之后，叶琳娜，一只手拿着帽子，另一只手搭着披肩，慢慢地走进别墅的客厅里来。她的头发有点乱，两边的脸颊各有一朵小小的红晕，微笑依然盛开在她的嘴边，她的眼睛微微眯着，隐藏在睫毛底下，它们也在笑着。由于很累，她似乎都走不动了，但是，这劳累却使她感觉开心：坦白讲，全部的东西，全都使她感觉开心。她觉得一切都是那么温存，那么可爱。

叶琳娜向四周看了看，想道：“不久之后我就得和这一切说再见啦……说来也怪：我没有惋惜，没有疑惑，也没有恐惧……不，我是为母亲难过的！”

于是，那小教堂又在她内心深处出现了，他的声音又在她内心深处响起来了，她感觉着他的手臂拥抱着自己的身体。她的心快乐地跳着，但是，却是那么羸弱：幸福的困倦使她感到了很大的压力。她想着：“啊，我是多么幸福！太幸福了！幸福来得太突然了！”

只要她稍微地放任自己一点儿，她就会流淌出甜蜜的、无止境的眼泪来啦！她只能用笑来控制它们。无论她做出一个什么样子的姿态，她都觉得那是最舒适的，最自然的；她似乎是躺在一个摇篮里了。她的动作全都是温柔的、缓慢的；从前的那种烦躁，那种笨拙，到什么地方去了？卓娅走了进来，叶琳娜觉得她确实从来也没有见过比这更漂亮的小脸；斯塔霍娃也走了进来：叶琳娜感到一阵难受，怀着复杂的心情拥抱了她亲爱的母亲，而且，吻了她那已近斑白的鬓发旁边的前额！于是，她回到自己的房里：在这里，一切都在向她微笑啊！她是以怎么样的羞涩的胜利感，以怎么样的平静的心情，坐在那张小床上了啊！仅仅是三小时以前，也就是在这张床上，她还经受过多么烦恼的一些时刻。

“嗯，就在那个时候，我也晓得他是爱着我的呢，”她想着，“是的，就是在那以前……啊，不！不！那是罪过。”

“你是我的妻……”她低语着，用手捂住面孔，跪下了。

傍晚的时候，想到不能马上再看见英沙罗夫，她就感到悲哀了。他要是还留在伯尔森涅夫那里，那是不能不引起怀疑的，因此，他和叶琳娜就这样决定了：英沙罗夫先回莫斯科去；在秋前，再来看她们两回；而她呢，她也约定了时常给他写信，要是可能，就和他在附近的地方约会。

第二天清晨醒来之后，叶琳娜的第一个感觉就是一种愉快的惊愕。

“那是可能的吗？那是可能的吗？”她问自己，她的心因为幸福而迷醉了。回忆在她的心中汹涌……她感觉自己被它们淹没。于是，那幸福的、感激的平静，又将她笼罩起来。但是，清晨过后，叶琳娜却渐渐感到不安的侵袭，而在之后的几天里，一直感觉着烦闷和倦怠。确实，现在她已经明白她需要什么了，但是，那也不能令她轻松。那永不能忘的会晤已经永远把她掷出生活的旧道了。她已经不是站在原来的地方，已经远去了，但是，在她的周围，一切却依然依着那原来的秩序，一切依然遵循着那旧有的轨道，似乎什么也不曾改变过；旧的生活照旧行进着，也照旧期待着叶琳娜的参与和合作。她尝试着给英沙罗夫写信，但是，连信都写不下去。话一旦落到纸上，不是变成了虚假，就是失去了生命。她的日记，她早已在那最后的一行下面画上了一条粗线，表示结束了。那些都已成为过去，而她的一切思想，她的整个灵魂，现在都朝向了未来。她的心是沉重的。跟什么也没有猜测到的母亲坐在一块儿，听她说话，回答她，和她聊天——在叶琳娜看来，这就似乎是在犯罪。

她感觉着自己的虚伪，她内心深处烦恼，虽然她没有做过什么可以羞涩的事情来；不止一次，有种几乎控制不了的欲望从她的心头喷出，她想把所有一切毫无保留地说出来，无论之后会产生什么样子的结果。

“为什么呢？”她想，“当时他为什么不带我离开那个小教堂呢，带我到他所在的任何地方呢？他不是已经都告诉了我，在上帝眼前我是他的妻子了吗？为什么还要留在这里呀？”

于是，她突然对任何人都羞涩起来。她周围的所有，在她看来，似乎是既不可亲，也不可爱，甚至也不像是在梦里，却尤如一个不好的梦；它们死寂般的沉重，压在她的心上；一切都似乎在呵斥责怪她，恼怒她，而且不愿意搭理她……

“无论怎么样，你到底是我们的呀！”她似乎听见说这样的话。甚至她的楚楚可怜的小动物们，那些被虐待的鸟兽，也充满敌意的怀疑。至少，她自己是这样想的——盯着她的。对于她自己的小小心情，她感觉着良心的不安和羞涩。

“这终归是我的家呀，”她想道，“这终归是我的家人，我的祖国。”

“不，这再也不是你的祖国，不是你的家庭了！”在她内心深处，另一个声音又在这样说着。害怕的感觉控制了她，她对自己的无能感觉懊恼。考验还才开始呢，不能失去耐心，难道这是她应该有的姿态吗？

她花了一段时间来控制自己。但是，一星期过去了，又过去了一个星期……叶琳娜开始稍微平静下来，适应自己的新的处境。她给英沙罗夫写了两封短信，而且亲自送到邮局去。或许由于羞涩，或许由于骄傲，她怎么也不能把这样的信托给她的婢女。她已经开始期待着他本人的到来……但是，一个天气很好的清晨，不是英沙罗夫，而是父亲斯塔霍夫跑回家来了。

十一

英沙罗夫没有到斯塔霍夫家来过，但是，叶琳娜却按照自己所安排的，在莫斯科河畔的小树林里和他偷偷地约会过一次。他们只能匆匆忙忙交换很少的话。

英沙罗夫正坐在自己房里，第三次研读着那些从保加利亚“捎来”的书信。这些信使他感到不安。在东欧，事件发展得太过迅速；俄国军队占领诸公国，使所有的人心震动；风暴是在酝酿了，即将临近的、不可避免的战争的呼吸，已经可以感觉到。燎原的大火已经开始燃烧了，谁也不能预见它会扩张到什么程度，止于怎么样的地方；古昔的愤怨，久怀的希望——一切全都开始骚动了。英沙罗夫的心也焦急地跳着：他的希望也快要实现了。

“但是，这不是太快了吗？不会落空吗？”他想着，牢牢地握住拳头，“我们都还没有准备好呢。但是，由它去吧！我必须要出发了。”

门外传来轻微的敲门声，门突然开了——叶琳娜跑了进来。

英沙罗夫浑身发抖，抢上前去，在她眼前跪下来，抱住她的腰，把头牢牢地贴住她的身体。

“你没有想到我会来吧？”她喘息地说（她是急连忙忙跑上楼来的）。

“啊，我亲爱的！我的亲人！”她两手抱住他的头，又向四周看了看，“你就住在这儿呀？我一下子就找到你啦，你的房东的女儿引我来的。我前天到的。我本想给你写信，但是，我又想不如我亲自来。我在你这儿只能待十五分钟。起来，把门关好。”

他站起来，急连忙忙把门关好，又回到她眼前，握住她的手。他说不出话，他因为欢喜而窒息了。她微笑地看着他的眼睛……那双眼睛里闪烁着怎么样幸福的光芒啊！……她感到羞涩了。

“等一下，”她说着，轻轻地把手抽了回来，“让我把帽子摘下来吧。”

她摘了帽子，把帽子扔到一边，从肩头拿下披肩，梳理了一下头发，于是坐到那个旧的小沙发上。英沙罗夫看着她，动也不动，似乎入了迷。

“坐下。”她说，并没有抬起眼睛来望他，只是指了指她的身旁。

英沙罗夫坐下来，并不是坐到沙发上，而是坐在她的脚前。

“来，给我把手套摘了吧。”她不安地说。她开始感到恐慌。

他开始为她解纽扣，然后，开始脱下一只手套来，但是，在脱到一半的时候，他却把嘴唇发疯似的吻在她那纤细的、温柔的、洁白的手腕上了。

叶琳娜发抖了，想用另一只手把他推开，他却也在那另一只手上吻起来。叶琳娜把手缩回，他抬起头来，她看了看他的脸，就弯下了腰——他们的嘴唇就互相碰到了……一瞬间……她挣脱开来，站起身，低低地喃喃道：“不，不。”于是，匆忙走向写字台。

“我是这儿的女主人啦，那么，你有什么秘密不能不跟我说，”她说着，竭尽全力装作平静，背朝着他站着，“多少文件呀！这都是些什么信？”

英沙罗夫皱起了眉头。

“好多信件啊，”他说着，站起来，“你可以看。”

叶琳娜把信拿在手里翻动着。

“这么许多，字又这么小，可我马上就得回去……让它们去吧！……该不是我的情敌写来的吧，呃？……啊，不是用俄文写的呢。”她把那一页页的薄纸翻动着，又这样补充说。

英沙罗夫走到她的身边，温柔地抚摸着她的身腰。她连忙转过身来，快乐地对他一笑，就靠在他的肩膀上了。

“那些信件是从保加利亚来的，叶琳娜；我的朋友们给我写信，想让我回去。”

“现在？去他们那里？”

“是的……现在。趁着现在还来得及，还有可能回得去的时候。”

突然，她用两手抱住他的脖子。

“你会带我一块儿去的，是吗？”他把她抱到了胸前。

“啊，我可爱的姑娘，啊，我的女神，你怎么可以说出这样的话！但是，在我，我，一个无家的、孤孤单单的男人，让你跟我走，那不是发疯，不是罪孽吗？……况且，是去那样的地方啊！”

她捂住他的口。

“嘘……不要再说啦，要不，我会不高兴的啦，以后再也不来看你了。怎么，咱们不是什么都说好了？都做好决定了？难道我不是你的妻子吗？妻子能跟丈夫分开吗？”

“妻子们可不上战场呢。”他有些悲伤地微笑着说。

“是的，在她们能够留在后方的时候。但是，我能留在这儿吗？”

“叶琳娜，你真是个天使！……但是，你想想吧，或许，我必须离开莫斯科……在两星期以内。我再也顾不上我的大学学程，也顾不了完成我的工作了。”

“什么，”叶琳娜截断他的话，“你马上就要走吗？要是你愿意，我此刻就留在这儿，此刻，现在，就永远跟你一块儿，再也不回家去，好吗？我们马上就动身，好吗？”

英沙罗夫以加倍的热情，把她拥抱在自己怀里。

“愿上帝惩罚我吧，”他叫道，“要是我做的是有罪的事。从今天起，我们是永远合而为一了！”

“我就留下吗？”叶琳娜问。

“不，我清纯的姑娘；不，我的宝贝。今天，你还该回家去，但是要随时准备着。事情不是马上就能办好的；我们得周密地筹划一下。我们需要钱，需要一张护照……”

叶琳娜掠了掠落到他额前的头发。

“啊，亲爱的，两个人一起走，该多么快乐啊！”

“是的，”英沙罗夫说，“但是，那边，当我们到达了之后……”

“怎么样？”叶琳娜打断他的话，“两个人一起死，不也是快乐的吗？啊，不，我们为什么要死呢？我们会活着，我们还年轻。你多大？二十六？”

“二十六。”

“我还只二十。在我们前面，还有很多很多的好日子。”

“啊！你不是想逃开我的吗？你不是不要俄国爱人的吗？你这保加利亚佬！我倒要看看你现在还能逃到哪里去！但是，要是那个时候我不去找你，我们现在就怎么样了呢？”

“叶琳娜，你明白是什么在驱使我走开？”

“我明白；你爱，但是你又怕。但是当真，你没有看出我也爱着你的吗？”

“我发誓，叶琳娜，我一点也没有看出。”

她给了他一个迅速的、猛不提防的亲吻。

“哪，我也爱你这一点。好啦，再见吧。”

“你不可以再多逗留一会儿吗？”英沙罗夫问。

“不能，亲爱的。你认为我一个人跑出来容易吗？十五分钟老早过啦。”她披上披肩，戴上帽子，“明天晚上到我们家来吧。不，后天。我们会觉得不痛快，很拘束，但那是无可奈何的；至少，我们可以见见面。再见，我走了。”

他最后一次拥抱了她。

叶琳娜把门开了一个缝隙，听了听，回头看了看英沙罗夫，朝他点了点头，就一闪身溜出去了。

英沙罗夫在那扇关着的门前待了一会儿，也聆听着下面，通向庭院的门砰然发出了一声声响。于是，他走到沙发面前坐下来，用手捂住眼睛。这样的情形，在他是从来都没有过的。“我怎么值得拥有这样的爱情呢？”他想着，“难道是一个梦？”

但是，叶琳娜在他的阴暗的、寒冷的小房间里留下的木樨的幽幽的香气，却分明在说她确实来过。和这幽幽的香气一起，那清纯的声音，那轻盈的、青春的脚步声，那年少的、少女的身体的体温和勃勃的生机，也似乎还在空气里流淌着呢。

十二

英沙罗夫决定等候更准确的消息，而且开始准备动身。这有很大的困难。就他一个人来说，本来没有什么困难：他只需要申请一张护照就行——但是，叶琳娜要怎么办呢？要用合法的手续替她弄到护照，那是根本没有办法的。跟她偷偷地结婚，之后再去见她的父母，“那么，他们应该就会让我们离开了吧，”他想，“但是，万一他们不允许呢？我们一样可以走。但是，万一他们向法院提起诉讼呢……万一……不，还是想办法弄一张护照比较安全。”

他决定去求助他的认识的一位退休的或者不如说被撤职的检察官，但是，他刚好不在家里；在回去的路上，他碰上了倾盆的骤雨，全身给雨淋得透湿。第二天早上，英沙罗夫不顾厉害的头痛，第二次拜访了那位退休的检察官。

当晚，他去到斯塔霍夫家。斯塔霍娃亲切地接待了他，稍微责备他不该把她们完全忘掉，而且，见他面色苍白，也特别问到他的健康；斯塔霍夫一句话也没有和他交谈，只以一种若有所思而又一点也不介意的好奇心看着他；舒宾对他很冷淡，但是叶琳娜的态度却使他惊讶了。她本是期待着他的，她为他穿上了他们在教堂相会的时候她穿过的那件衣裳，但是她是那么平静地欢迎了他，态度是那么有礼貌、从容而又愉快，无论谁看见她，都不会相信这少女的命运是已经决定了的，也不会明白正是因为暗自意识到幸福的爱情，她的面容变得生动、她的举止变得轻快和富有魅力。她代替卓娅斟茶，她闲谈、说笑；她明白舒宾会注意她，也明白英沙罗夫是不会戴面具、不会假装若无其事的，因此她就提前把自己武装起来了。她果然没有错：舒宾的眼睛从来没有离开过她，而英沙罗夫，在那一晚，也特别沉默而且抑郁。叶琳娜感到那么幸福，她忍不住想来挑逗一下英沙罗夫了。

“啊，办得怎么样了呢？”她突然对他说，“您的计划进行得怎么样啦？”

英沙罗夫慌张起来。

“什么计划？”他说。

“哎呀？难道您忘啦？”她说着，对他笑了；只有他一个人明白那幸福的笑是什么意思，“您为俄国人选的保加利亚文选呀！”

卓娅坐到钢琴旁边去了。叶琳娜微微耸了耸肩膀，就把眼睛向门边瞥了一眼，似乎是示意英沙罗夫，催他回去。于是，她用手指轻轻地敲了两次桌子，把眼睛注视着他。他了解她是约他两天之后相见；当她明白他了解了之后，她就闪出一抹匆匆的微笑。英沙罗夫起身告辞，他感到很不舒服。

英沙罗夫整晚没有睡觉，到清晨，就感觉生病了；但是，他依然忙着写信和整理文件，只是他的头却感到沉重而且有些混乱。在吃午饭的时候，他开始发起烧来：他没有吃任何东西。到傍晚，热度迅速地增加了，浑身骨头又酸又疼，头疼得快要炸开了。英沙罗夫在叶琳娜不多时以前坐过的那张沙发上躺下。他想："我是该受惩罚啦！干吗要跑去找那个老浑蛋呢？"

他使劲地想要睡觉……但是，病魔却已经把他整个抓在自己手里。他的血管发疯似的搏动着，血液就像是燃烧的烈火，思想似乎飞鸟似的只是不停地盘旋。他已经陷入昏迷状态了。他似乎让人从正面打了一样地躺着，而突然，他又感觉谁在他耳边轻声地笑着，悄悄地说话；他努力睁开眼睛，没有剪心的蜡烛的光焰像尖刀一样地对着他的眼睛照射过来……

十三

第二天，英沙罗夫的房东来见伯尔森涅夫，告诉他英沙罗夫病了。伯尔森涅夫拿起自己的帽子，塞了一个卢布到那房东的手里，就和他急急忙忙赶到英沙罗夫的住所来了。

他发现他倒在沙发上，什么事都不知道了，衣裳也还穿着。他的面孔变得可怕了。伯尔森涅夫马上吩咐房东夫妇帮他把衣服脱掉，把他安排到床上去，自己连忙跑去找了医生来。

"他很危险吗？"伯尔森涅夫问。

"是的，非常危险，"医生回答，"急性肺炎，炎症已经完全扩散，脑子或许受到了影响，但是，病人年纪还小。只是，他本身的怨气对他有害无利。你们找我找得太晚了；但是，我们要根据医学知识，一件一件地去做。"

医生自己也还是个年轻人，因此，依然相信科学。

伯尔森涅夫那天晚上就留在那里照顾他。

快到清晨，英沙罗夫清醒了几分钟，认出伯尔森涅夫来，问道："那么，我是病啦？"

于是，以病危的人特有的钝滞、疲倦而迷惘的眼睛四围望望，就又陷入昏迷状态。

那一天，是过得不愉快也不迅速的。伯尔森涅夫除了进食之外，不曾离开房间。夜晚来了。他燃起一根蜡烛，罩起来，开始读一本书。周围，全是寂静的。屏风后面，可以听见病人沉重的、不匀的呼吸，中间有的时候间隔着一声短促的呻吟和头部在枕上不安地转侧的声音……奇怪的幻想在伯尔森涅夫内心深处涌着。他想着，在这房里，有一个人，生命如将断的线，而这人，他明白，正是叶琳娜爱着的……他想起来那一晚，舒宾曾追上来告诉他说她是爱着他，爱着他伯尔森涅夫的！而现在呢……“我现在该怎么办呢？”他问自己。

“让叶琳娜明白他的病？或者等一下？这消息会比前次我告诉她的那一个更令她难过；命运是多么奇怪地安排我来做他们中间的中介人呀！”

他决定了，等一下是更妥当的。他的目光落到那个堆满文件的桌上……他能实现他的理想吗？伯尔森涅夫想着。“难道这一切竟会变成泡影？”于是，他内心深处对那将被摧毁的年轻的生命不禁充满了悲悯，他给自己发了誓要把它拯救出来……那是个不安的夜晚。病人不断发着呓语。几次，伯尔森涅夫从自己的小沙发上爬起来，踮着脚走到病人床边，忧愁地听着那不连续的、模糊的呓语。只有一回，英沙罗夫突然清楚地说道：“我不要，我不要，你不能……”伯尔森涅夫怔了一怔，凝望着英沙罗夫；那受苦的死了般的面孔，全无活力，两手，也正无力地摊着……“我不要。”他重复说。

医生一大早就来了，摇了摇头，重新开了药方。

医生走了。伯尔森涅夫在街上徘徊了几转：他感到需要新鲜空气。随后，他回到房里，又拿起一本书来。

突然，房门轻轻地响了，是叶琳娜来到了房里。

伯尔森涅夫似乎给什么刺了一下，跳起来；但是，叶琳娜却不曾动弹，也不曾喊叫……似乎是在一刹那间，她已经什么都明白了。可怕的苍白笼罩了她整个面庞；她走向屏风，向里面看了看，抬了抬手，就似乎变成化石了。要是再过一瞬间，她或许就会向英沙罗夫扑过去，但是伯尔森涅夫拦住了她。

“您要干什么？”他以战栗的低声说道，“您这样或许会送他的命！”

她摇晃着。他把她扶向沙发，让她坐下来。

她直直地看着他的脸，用眼睛从头到脚扫了他一过，最后，就凝望着地下了。

“他会死吗？”她的声音是那么平静而且冷淡，伯尔森涅夫感到不自觉的害怕。

“看在上帝的分上，叶琳娜，”他开始说，“您说什么呀？他病啦，那是事实——病得相当严重……但是我们可以拯救他的，我可以向您保证。”

“他已经昏迷了吗？”她又问，声音还是一样冷淡。

“是的，现在，是没有知觉了……这种病，在一开始的时候总是这样的；但是，那没有关系，一点关系也没有——我向您保证。您喝口水吧。”

她抬起头来看着他，他明白，她没有听到他说的话。

“要是他死了，”她说，依然用那同样的声音，“我也不活了。”

在这时候，英沙罗夫发出一声细微的呻吟；她全身开始发抖，抱住自己的头，于是，开始脱帽子。

“您这是怎么了？”伯尔森涅夫问她。

她沉默着。

“您这是要做什么？”他又问。

“我要在这里照顾他。”

“怎么？要留很久吗？”

“我不知道，或许整天，整晚，一辈子 ……我不明白。”

“看在上帝的分上，叶琳娜，控制您自己一点儿吧。当然，我根本没有想到会在这里遇到您；但是，我依然……我猜想，您是只能在这儿待一会儿的。请您设想一下，您家里的人会发现您不在……”

“那又怎样呢？”“他们会寻您……找您……”

“那又怎么样？”

“叶琳娜，您瞧……现在，他不能守护您呢。”

她低下头来，似乎陷入了深思，于是把手绢放在唇边，细微的啜泣声就以狂风暴雨一般的强力从她的心底迸发了……她把脸埋在沙发里，想把哭声隐藏，但是，她的全身却像一只受困的鸟儿似的，战栗着而且不停地起伏着。

叶琳娜直起身子来，伯尔森涅夫生了根似的呆住了……一会儿之后，他走近床边……英沙罗夫的头仍和从前一样，无力地躺在枕上；他的眼睛闭着。

“他是在说胡话吗？”叶琳娜嗫嚅着说。

“似乎是的，”伯尔森涅夫回答，“但是，这是没有关系的，这样的病往往这样，特别是……”

“他什么时候病的？”叶琳娜打断了他的话。

“前天，我从昨天起就过来啦。相信我吧，叶琳娜我决不会离开他；我们会用尽全部的方法。要是必要，我们可以来一次会诊。”

“我不在的时候他会死掉的啊！”她叫起来，扭着两手。

“我答应您每天给您报告他的病情，假如真有什么紧急的危险……”

“请给我发誓，那个时候您会马上叫我来，无论白天或者夜晚；直接给我写个条子……现在，我没有什么可怕的了。您可听见？您答应您会这么做吗？”

“上帝做证，我答应。”

她突然抓住他的手，在他还没有来得及把手缩回以前，她已经在那手上吻着了。

“叶琳娜……您，您这是做什么……”他嗫嚅着。

“不……不……那是没有必要的……”英沙罗夫模糊地喃喃地说，接着，是一声沉重的叹息。

叶琳娜走近屏风，牙齿紧咬手绢，久久地凝望着病人。

无言的眼泪从她的脸颊上流了下来。

“叶琳娜，”伯尔森涅夫对她说道，“他或许会醒过来，认出了您；谁也不清楚那会不会使他的病更加严重。况且，我看，医生随时会来……”

叶琳娜从沙发上拿起帽子戴上，又停下来。她的眼睛悲伤地瞟了房间一圈。她好像是在回忆……

“我怎么能走呢？”她终于低低地说。

伯尔森涅夫紧紧握住她的手。

“坚强一些吧，”他说，“冷静一下，您已经把他交给了我。我今天晚上就来看您。”

叶琳娜看了他一眼，说道：“哦，我可爱的朋友！”于是哭泣起来，奔出房去。

伯尔森涅夫靠着房门。一种痛苦的、悲哀的但是同时奇妙的安慰的情感，充斥在他的心头，“我可爱的朋友。”他想了一想，于是，耸了耸肩膀。

“是谁来了？”英沙罗夫的声音响了起来。

伯尔森涅夫走到他眼前。

“是我，伯尔森涅夫，您怎么样了？您感觉怎么样？”

“只有您？”病人问道。

“只有我。”

“她呢？”

“哪一个她？”伯尔森涅夫感觉很恐怖地说。

英沙罗夫不说话了。

十四

整整八天，英沙罗夫在生与死的界限上挣扎。在知道英沙罗夫生病的第一天，叶琳娜自己也几乎要生病了，一回到家里，她就把自己关在房间里；别人去请她下来吃午饭，当她出现在餐厅的时候，她的脸色让斯塔霍娃大吃一惊，非要让她回到床上去。但是，叶琳娜却终于可以控制自己了。“要是他死了，”她再三思考着，“我也就不活了。”这一想法使她平静下来，也给予了她力量，让她可以假装很平静。叶琳娜对伯尔森涅夫没有说过一句感谢的话；对于有些帮助，感谢不但令人羞涩，而且令人感觉残酷。只有一次，当她和他第四次会晤的时候（前一晚，英沙罗夫的情况十分恶劣，医生已经暗示该来一次会诊）——只在那时，她才向他提醒了他的诺言。

“好吧，那么，我们一起走吧。”他对她说。

她站起来，正预备整装。但是他又决然说道：“不，我们且等明天再看。”

在傍晚的时候，英沙罗夫的病势竟然减轻下来。

这样的苦难持续了八天。叶琳娜表面是平静的，但是她什么也不能吃，夜晚也睡不着。她全身感到一种迟钝的酸痛；在她的脑海里，好像笼罩着一阵枯燥的、燃烧着的青烟。

“我们小姐蜡烛似的消瘦了呢。”她的婢女这样说她。

终于，在第九天，危机大致过去了。叶琳娜正在客厅里，给母亲念《莫斯科新闻》；她自己也不明白在做什么，伯尔森涅夫走了进来。叶琳娜看了他一眼（每一次，她投给他的那最初的一瞥，都是多么迅速、多么胆怯、多么深沉而又多么不安啊），于是马上猜到他是带着好消息来了。他在微笑呢，他微微向她点了点头，她站起来，迎接他。

“他清醒了，他得救了，一星期之后他就会完全好了。”他对她低声说。

叶琳娜伸出手来，像是防备挨打似的，但她什么也没有说，只是她的嘴唇战栗了，一阵红晕笼罩了她的整个面庞。

叶琳娜回到了自己的卧室，跪下来，祈祷着，感谢上帝……欢快的、轻快的泪珠从她的脸颊上淌了下来。她突然感到累极了，把头靠在枕头上，喃喃地说：“可怜的伯尔森涅夫！”她的睫毛和颊上还濡渍着泪花，她就沉沉睡去了。这是这么久以来她第一次睡着，也是第一次流泪。

英沙罗夫总算盼到了再见叶琳娜的日子。门开了，随着一阵丝质衣裳的轻微窸窣声，叶琳娜走了进来，苍白、新鲜、年轻，而且幸福；一声微弱的欢呼之后，她就奔向了他的怀抱。

“你还活着，你是我的。”她不断重复着，拥抱着他，抚摸着他的头。他几乎昏迷了。这样的接近，这样的爱抚，这样的幸福，使他的呼吸几乎窒息。

她坐到他身旁，牢牢地偎依着他，开始用欢笑的、爱抚的、温存的、只能闪耀在有了爱情的女性的眼里的目光，凝望着他。

突然，她的脸阴沉下来。

“你变得多么瘦啊，我可怜的英沙罗夫，”她说着，一面用手抚摸他的脖子，“你的胡子多长哟！”

“你，也瘦了呢，我可怜的叶琳娜。”他回答说，用嘴唇亲吻着她的手指。

她开心地把卷发晃了一晃。

“那是没关系的。你瞧着，我们很快就会康复的！暴风雨已经过去啦，正跟那天我们在教堂里见面的时候一样：它已经过去啦，被消灭啦。现在，我们要开始新的生活了。”

他只能用一个微笑告诉她。

“啊，我们过了些什么样的日子呀，英沙罗夫，是什么样残酷的日子哟！要是一个人失去了所爱的人，他就不能活下去了！”

“每一次，我都提前明白伯尔森涅夫会来告诉我怎么样的消息，真的，我就明白；我的生命也似乎跟着你的一起升上去，一起沉下来呢。啊，欢迎你的康复呀，我的英沙罗夫！”他不明白要说些什么。他跪在她的眼前。

“我也注意到，”她接着说，把头发甩向脑后，“这一阵，不忙的时候，我做过许多的观察——我明白，当一个人落到非常、非常烦恼的境地的时候，他是以怎么样愚蠢的方法来注意周围的一切啊！不是假的，我有的时候就很久很久呆呆地看着一只苍蝇，同时，在我内心深处，我感到那么恐怖和寒冷！但是，这全都过去了啦，过去啦，对吗？未来，一切都是美好的，不是吗？”

“你就是我想要的未来，”英沙罗夫回答说，“因此，我的未来就是光明而美好的啦。”

“我又何尝不是呢！你可记得，那一次我来你这儿的时候……不是上一次，不，不是上一次，”她重复说，不自觉地战栗了，“是那一次，我跟你聊天的那一次，我不明白为什么说到死；我真的没有想到，就在那个时候，死亡正在那里悄悄地看着我们呢。但是，现在，你已经好啦，不是吗？”

“我感到好多了，我几乎已经全好了。”

“你好啦，你还活着。啊，我是多么开心！”

接着是短暂的沉默。

“叶琳娜？”英沙罗夫询问地说。

“怎么了，我最亲爱的？”

“告诉我，你难道从来没有想到过，这病，是作为一种惩罚，降临到我们身上来的吗？”

叶琳娜严肃地注视着他。

“那种思想我确实有过的，但是，我想：为什么我该受惩罚呢？我违反了什么，我对谁做下了什么罪孽呢？或许我的良心和别人的不一样，但是，我是问心无愧的；或许我在你眼前是有罪的吧？我妨碍了你，我拖累了你……”

“你并没有拖累我，叶琳娜，我们会一块儿走。”

“是的，我们一块儿走吧，我会跟着你……那是我的义务。我爱你……我没有别的义务了。”

“哦，叶琳娜！”英沙罗夫说道，“你的每一个字，都是怎么样的锁链锁住了我啊！”

“为什么说锁链呢？”她打断他的话。

“我们是自由人，你和我。是的，”她接着说，沉思地注视着地下，一只手依然抚摸着他的头发，“近来，我体验过许多事情，这全是我从前连想也没有想过的！从前，要是有谁对我说，我，一个有身份的年轻小姐，会假托各种各样的口实，一个人从家里跑出来，而且，是跑到什么样的地方去呢？跑到一个青年男人的住所去！——那么，我一定会多么生气啊。但是，现在，真的发生了这样的事情，我居然一点儿也不感到生气。上帝做证，我完全不生气呢！”她又说，转向英沙罗夫。

他以那么一种近于崇拜的表情看着她，使她把她自己的手从他的发上轻轻地垂了下来，捂住了他的眼睛。

“英沙罗夫！”她又开始说道，“当然，你还不明白，我来看过你，你在那儿，躺在那可怕的床上……我看过你，你已经落在死神的爪子里，没有知觉……”

“你看过我。”

“是的。”他沉默了一会儿。

“眼里怎么有眼泪了呢？”

“眼泪？我的眼里？”她用手绢揩了揩眼睛。

“哦，傻孩子！你还不明白，人们为着幸福也可以流泪呢。我跟你说吧；当我第一次看见你的时候，我看你并没有什么特别，真的。我记得，最先，舒宾倒很叫我感兴趣，虽然我从来也没有爱过他；伯尔森涅夫呢——哦！有一段时间，我可真这样想过：我期待的难道就是他？但是，对于你呢——我什么也没有感觉过；只是……慢慢地……慢慢地……你就一双手把我的心牢牢地抓去啦！”

“你饶了我吧。”英沙罗夫说。他想站起来，但是，马上又坐到沙发里了。

“你感觉怎么样？”叶琳娜着急地问。

“没有什么……我就是还有点虚弱……我接受不了这样的幸福。”

“那么，安安静静地坐着吧。一动也不要动，不许兴奋。”她补充说，假装用指头威吓他。

“干吗就把睡衣脱了？这时候就打扮得整整齐齐，公子哥儿似的，还太早呢。坐下，我给你讲讲故事。听着，不要说话。病刚好就说这么多的话，是没有好处的。”

她开始跟他谈这两个星期她做了些什么，谈到战争，据报纸看来，战争似乎是避免不了的，那么，在他一旦完全复原之后，他就不能耽误时间了，就要准备动身……她跟他说着这一切，一直坐在他的身边，偎依在他的肩膀上……他听着她说话，听着，脸色苍白，一时发红。好几次，他想要阻止她——突然，他直起身子来。

“叶琳娜，”他对她说，声音是那么生硬而且奇怪，“请离开我，去吧。”

“什么？”她茫然地问着。

“你觉得很难受？”她连忙又说。

“不……我很好……但是，请离开我，求求你了。”

“我不明白你。你这是在赶我走？……你这是干什么？”她突然说道。

他已经从沙发上弯下腰来，差一点触到地面，把嘴巴贴在她的脚上。

“不要这个样子，英沙罗夫……英沙罗夫……”

他直起身来。

“既然如此，请离开我吧！你瞧，叶琳娜，当我生病的时候，我还没有马上就陷入昏迷，我明白我是站在死亡的边缘；就是在我发烧、在我说胡话的时候，我也朦胧地感觉到，那是死亡正在向我逼近，我已经跟你、跟生命、跟一切说了再见，我已经不抱有任何希望了……但是，这突然的死里回生，这黑暗之后的光明，而你……你……就在我的身旁，和我同在……你的声音，你的呼吸……这叫我接受不了！我觉得我发疯似的爱着你，我听着你说你是我的，但是我却不能给你回答……请……请走吧！”

“英沙罗夫！……”叶琳娜低声喃喃着，把头藏到他的胸前。直到现在，她才了解他。

“叶琳娜，”他接着说，“我爱你，你是明白的，我可以为你舍弃我的生命……但是，你为什么在这个时候，当我还是这么软弱、当我还不能控制我自己、当我的血液这么沸腾着的时候，赶到我这儿来呢？……你说，你是我的……你爱我……”

“英沙罗夫。”她重复说，她的面颊整个地羞红了，在他的胸前偎得更紧。

“叶琳娜，可怜可怜我吧！我觉得我会死的……我受不了这样的激动……我的整个灵魂渴望着你……想想吧，死亡几乎把我们分开……但是，现在，你是在这里，在我的怀里……叶琳娜……”

她的全身战栗了。

“那么，你就接受我吧……”她低声说。

十五

叶琳娜的父亲从仆人那里得知，叶琳娜与一个大学生模样的人来往，十分生气。同时，酝酿在东欧的风暴，终于爆发了。土耳其对俄国宣了战。英沙罗夫最近接到的信件，全都召唤他火速返回祖国。他还没有完全康复：他咳嗽，感觉虚弱，时发微热，但是，他却几乎整天不在家里。他的灵魂燃烧起来了；他再也不能顾及自己的病弱。他不断地在莫斯科奔走，秘密地会见各种人，整晚写信，整天不见人回来；他已经通知房东，说他没过多久就要离开，而且已经提前把他那些简陋的家具送给了他们。叶琳娜，在她这一方面，也做着启程的准备。在一个下雨的傍晚，她正坐在自己的房里缝一些手绢的饰边，一面不自觉地以沉郁的心情听着风声的怒吼。她的婢女走了进来，告诉她说：她父亲正在母亲的卧室里，叫她马上过那边去……“您妈哭着呢，”她对正要过去的叶琳娜低声说，“您父亲在发脾气……”

叶琳娜微微耸了耸肩，就来到母亲的卧室。斯塔霍夫的可爱的妻子正斜倚在一张躺椅上，嗅着一条洒过香水的丝巾；家主自己，则站在壁炉旁边，上衣的纽扣一直扣到喉际，戴的是高而硬的领结，浆得硬挺的领子，从那神气活现的气派，可以隐隐看出一位国会演说家的雄姿来。

叶琳娜抬起头，看着他。

“用不着这么瞪着我！我问问您，您可明白坡瓦尔斯卡雅街附近，××胡同里的一幢房子？您可是到那儿去过？”

他踮起脚来：“回答我，下贱丫头，别想跟我遮遮掩掩的！别人看见您上那儿去过啦——上您那……”

叶琳娜的脸整个地红了起来，眼睛开始发出光芒。

“我用不着跟您遮掩些什么，”她说道，“是的，我去过那房子。”

“太好了！您听，您听，斯塔霍娃。那么，您应该知道是谁住在那儿吧？”“当然，我明白的：我的丈夫。”

斯塔霍夫的眼睛气得快要跳出眼眶了。

“你的……”

“我的丈夫，”叶琳娜又说了一遍，“我跟英沙罗夫结婚了。”

“你？结婚？”斯塔霍娃难以置信地说。

“是的，母亲……宽恕我吧。两星期以前我们偷偷结婚的。”

斯塔霍娃瘫坐在自己的椅子里；斯塔霍夫倒退了两步。

“结婚了！跟那么个走江湖的、那么个黑山种结婚！贵族世家斯塔霍夫的女儿竟然嫁给那么个穷流浪汉，那么个不明不白的东西！还没有父母的祝福！你认为我就会饶恕你？我就不会去起诉他？我就会让你……让你们……我会把他送进牢房，把你送进修道院，送到苦役队里去！斯塔霍娃请您马上告诉她：您没有资格继承他的遗产！”

“斯塔霍夫，上帝做证！”斯塔霍娃痛苦地呻吟着。

“是在什么时候？是怎么样做出这种事来的呀？谁给你们证婚？在哪里？怎么样结婚了的？啊，我的天哪！”

“我们的亲朋好友们会怎么想，社会上会怎么说啊！咳，你，无耻的伪善者，做了这种见不得人的事情之后，你竟然还有脸生活在你父母的屋子里！你就不怕……不怕天打雷劈呀？”

“父亲，”叶琳娜说道（她是从头到脚，全身战栗着了，但是她的声音却是镇定的），“您高兴把我怎么样，就可以把我怎么样，但是，您用不着骂我无耻，骂我伪善。我根本就不想……不想早早就叫您烦恼，但是，一两天后，我也会自动把全部的事情告诉您的，因为，我们，我的丈夫和我，在下星期就要离开这儿。”

“离开这儿？到哪儿去？”

“到他的祖国，保加利亚去。”

“到土耳其人那儿去哪！”斯塔霍娃喊着，就晕过去了。

叶琳娜连忙跑到母亲身边。

“走开！”斯塔霍夫怒吼着，抓住女儿的手臂，“你给我出去，不要脸的丫头！”

叶琳娜伏到母亲脚前，抱着她的膝盖。

叶琳娜结婚的意想不到的消息，几乎要了斯塔霍娃的性命。她不能起床了。斯塔霍夫一定要她不让她的女儿到她眼前来；他好像是在趁这个机会大大地抖一回他做家长的威风，一家之主的威严；他在家里不断吼叫着，不断对仆人们大发雷霆，不断说道："我要让你们看看我的厉害，我要让你们明白明白——你们等着瞧吧！"

当他在家的时候，斯塔霍娃不能见到叶琳娜，就只能以卓娅为寄托；卓娅非常殷勤地伺候着她。但是，一当斯塔霍夫出去之后叶琳娜就依然来到母亲面前——母亲就噙着眼泪，许久许久，默默地凝望着她。这种无言的谴责，比之任何别的谴责，更深深地刺痛着叶琳娜的心；这时她并不感到忏悔，却感到一种近于忏悔的深深的、无际的怜悯。

"妈，亲爱的妈！"她不断地重复着，吻着母亲的手，"您叫我怎么办呢？别埋怨我，我爱上了他，我没有法子不这样。请您抱怨命运吧：是命运把这么一个父亲不喜欢的人跟我联系在一起了，而且，他还要把我从您这儿带走。"

"啊！"斯塔霍娃打断了她的话，"别跟我提起那个。我一想起你是要到怎么样的地方去，我的心就要碎啦！"

"亲爱的妈，"叶琳娜回答说，"您至少这样宽解宽解吧！要是不让我去，或许事情会更坏，或许我会死呢。"

"但是，就是这样，我也别想再看见你啦。不是你在那儿的什么茅棚子里把命送掉，就是我让这种别离活活地愁死……"

"别那么说吧，母亲，最亲爱的；上帝可怜，我们日后也可以再见的。保加利亚那边，也有城市呢，跟我们这儿一样。"

"城市呢，哼！那儿正打仗；遍地全轰着大炮……你打算马上就动身吗？"

"马上……只要父亲……父亲似乎要去告状呢，他威胁要拆开我们。"

斯塔霍娃抬头看着天空。

"不，叶琳娜，他不可能起诉的。我自己，无论怎么样，原本也不肯答应这件亲事。宁可让我先死吧，但是，事情到了这一步，也是无法，我不会让我的女儿当众丢脸的。"

几天工夫，就像这样过去了。终于，斯塔霍娃鼓起了勇气，一天晚上，她和丈夫单独关在她自己的卧室里。整屋子里的人，全都沉住气，静听着。最初，什么也听不见，接着斯塔霍夫的声音开始响了；再接着，一场争吵爆发了，叫喊声也响起来了，从中甚至可以听出斯塔霍娃的呻吟……舒宾，率领着众婢女和卓娅，已经准备好冲进去解围；但是，卧室里的叫闹声却渐渐小了，没过多久，就转为平静的聊天，终于，没有声音了。只间或还可以听见细微的抽泣声，没过多久，连这也沉寂了。钥匙开锁的声音响了起来，接着，是开箱子的声音……门开了，斯塔霍夫站在大家眼前。他对在场的每个人狠狠地瞪了一眼之后，就跑到俱乐部去了；斯塔霍娃把叶琳娜叫来，牢牢地拥抱住她，脸上流着悲伤的泪水，一边说道：

"一切都办好了，他不会闹得满城风雨啦……现在，什么都不会妨碍你……妨碍你抛弃我们啦。"

"您可以让英沙罗夫来感谢您吗？"等母亲稍微恢复平静之后，叶琳娜问。

"不可以，我的宝贝，我这个时候还没有心情看见那个拆开我们娘俩的人。在你们动身以前，时间还很充裕呢。"

"在我们动身以前。"叶琳娜悲哀地重复说。

斯塔霍夫答应不去"闹得满城风雨"，但是，斯培霍娃却没有告诉女儿，他这个诺言是标了个怎么样的价钱。她没有告诉女儿，她不单单答应替他偿还一切债务，而且，还当场交给他一千卢布现金。

十六

没过多久，叶琳娜就和英沙罗夫离开了俄国。那是一个天气明朗的四月的日子。在那横于威尼斯和海沙积，叫作"丽多"的狭长沙洲之间的宽阔礁湖上，一艘平底船正浮游着，每摇动一下长橹，平底船就发出规则的震荡。在平底船的低矮的篷下，柔软的皮垫上，坐着叶琳娜和英沙罗夫。

叶琳娜的面庞，自从离开莫斯科之日以来，并没有多少改变，但是那表情却大大不一样了：它变得更严肃，而她的目光也变得更勇敢了。她的整个身体更娇美了，如同一朵盛开的鲜花，头发也好像更浓密、更丰艳，低垂在雪白的额和鲜红的颊上。只是在她的唇际，当她没有笑容的时候，却有一抹几乎看不见的线痕，表现出一种隐秘的焦虑。在英沙罗夫的脸上，正相反，表情依然一如往昔，但是那外形却大大地改变了。他变瘦了、老了、苍白而且伛偻了；他不断地短促地干咳着；深陷的眼睛发出一种奇异的光彩。在离开俄国的旅途中，英沙罗夫在维也纳差不多卧病了两个月，到三月末，才和妻子来到威尼斯：从这里，他希望可以取道萨拉，到塞尔维亚，到保加利亚去；其他的道路均已被阻断。多瑙河上战争正酣；英、法已经对俄宣战，所有斯拉夫国家全都动起来了，准备起义。

小舟靠拢了“丽多”的里岸。叶琳娜和英沙罗夫顺着植满枯细的小树的狭窄砂路（人们在这路上每年植树，但是树却每年枯死），向着“丽多”的外岸，向着大海走去。

他们顺着海滩走着。亚得里亚海在他们眼前翻滚着暗蓝的海波：波涛涌到岸边来，呼啸着，翻着泡沫，于是又滚回去，在沙滩上遗下一些细小的贝壳和片片海草。

“多么荒凉的地方啊！”叶琳娜说道。

“我怕这儿对你来说会太冷啦；但是，我猜得到，你是为什么要到这儿来的。”

“冷？”英沙罗夫回答说，迅速而烦恼地一笑。

“要是怕冷，我还能当什么兵呢？我到这儿来……我可以告诉你我是为了什么。从这大海望过去，我就感觉到，这儿离我的祖国更近了。它就在那边，你瞧，”他补充说，把手伸向东方，“风，就是从那边吹来的。”

“这风会把你期待的船带来吗？”叶琳娜说，“瞧，在那里有一面白帆，那就是你所期待的船吗？”

英沙罗夫凝望着叶琳娜所指的天际的远海。

“伦基奇答应过，在一星期内会给我们把什么都准备好的，”他说，“我想，我们可以相信他……你可明白，叶琳娜，”他补充说，突然活跃起来，“听说贫苦的达尔玛提亚渔民，也捐献出他们的铅坠子——你知道，就是他们坠网的铅坠子——来铸子弹啦！这些渔民，他们没有钱，他们唯一的生计就是打鱼；但是，他们却欢欢喜喜地贡献了他们最后的财产，现在，他们正挨饿呢！是怎么样的民族呀！”

“当心！”在他们身后传来一声傲慢的喊叫。

沉重的马蹄声震响着，一个奥地利军官，穿着灰色的短军衣，戴着绿色的军帽，从他们身边疾驰而过……他们几乎来不及让出路来。

英沙罗夫阴沉着脸目送着那军官的离开。

“其实他也没有错，”叶琳娜说道，“你知道，他们只有这个地方可以骑马。”

“他没有错，”英沙罗夫回答道，“但是，他却用他的呼喊、他的胡子、他的帽子、他整个的样子，让我感到热血沸腾。我们回去吧。”

“该回去了，亲爱的。这里的风太大了。在莫斯科生病以后你没有好好地养身体，到维也纳，你就得好好地保养了。现在，你应该好好儿保养才是呢。”

英沙罗夫没有回答没有说话，但是，苦涩的笑容却再一次在他的嘴边出现。

他们回到平底船上坐下，小舟顺着大运河慢慢摇去。

没有在四月到过威尼斯的人，就不能说完全领略了那奇妙之城的一切无法用言语表达的美丽。春天的娇媚与温柔，对于威尼斯是十分和谐的，正如光辉的夏阳适于壮丽的热那亚，秋日的金紫适于古代雄都罗马城一样。威尼斯的美，有如一个即将到临的幸福的许诺，而又不难捉摸。在这里，一切都明丽，清朗，但是，一切如梦，如烟，笼罩着默默的爱情的薄霭，在这里，一切都那么寂静，一切都散发着深情；在这里，一切都是女性能从这城市的名字起始，一切都显示着女性的温馨：威尼斯被称作“美的城”，不是没有原因的。巍峨的宫殿和寺院，绰约而绮丽，有如年轻的神灵的轻梦；运河里有悠然流水，浅绿的水色，如绢的波光平底船掠过水上，没有声息；听不见嘈杂的市声、粗暴的击声、尖锐的叫声，也没喧嚷咆哮——在所有这一切里，全有着奇妙的、不可思议的、令人沉醉的魅力。“威尼斯死了，威尼斯荒凉了。”居民会对您这样说；但是，或许，在它的容光焕发之日，在它的如花怒放之日，它所没有的，也正是这种最后的魅力，这种凋落的风情吧。没有见过它的人，是不能明白它的。

受尽人生折磨、人生之旅程将要终结的人，不应当拜访威尼斯：它对他将是痛苦的，有如少年之日不曾实现的梦想之回忆。但是，对于生命力正在澎湃的幸福的人，它却是温柔的、甜蜜的；愿他携着自己的幸福，到这充满着蛊惑的天空之下来吧，无论他的幸福原来已经多么灿烂，威尼斯总能以自己的不灭的光辉为它更增辉煌的。

他们顺着大运河，荡回自己的旅馆。夜已深了——明媚的、温柔的夜。同样的宫殿又在他们眼前展现，但是，它们却好像已经不一样。有一些，浴着月光，发出了苍白的金光，就是在这苍白的光里，全部装饰的细节、窗户和露台的轮廓，好像反而模糊了；相反的，在那些为大片阴影的轻幕所覆盖的建筑物上，这些细节却显得更为清楚。平底船点着小小的红灯，好像更静寂、更迅速地滑过；它们的钢舳神秘地闪着光，长橹在银色小鱼似的微波上面，神秘地起伏；舟子们发出短促的、压低的呼唤声（如今，他们不歌唱了）此起彼落，此外，几乎听不到别的声息。在到达旅馆以前，他们舍舟登陆，环绕着圣马尔科广场，在那些拱门底下走了几圈，在那里，那些小酒店前面，正聚集着许多行乐的人。

伴随着所爱的人，在异乡的城市，陌生人中间，双双漫步，是有着特殊的甜味的；一切都似乎是那么美，那么有意味，你对一切人都怀着好意，都祝愿平安，你对每个人都祝愿着自己内心深处所充溢着的一切幸福。但是，叶琳娜现在却不能全无忧虑地陶醉在自己的幸福之感里了：她的被适才的印象所震撼的心，还不能恢复平静；而英沙罗夫，当他们走过总督府的时候，则无言地指了指从低矮的拱门下面突出来的奥地利的炮口，把帽子拉齐到眉尖。而且，此刻他也感觉疲倦了——于是，最后一次看了看圣马尔科教堂和在月光下发着闪闪磷光的青铅教堂顶之后，他们就缓步回家来了。

英沙罗夫坐在窗前，但叶琳娜却不能让他太久地欣赏这美丽的夜景；他的寒热似乎突然发作了，而且，有一种消耗性的软弱征服了他。她把他安置在床上，一直等他睡着，这才轻轻地回到窗边。啊，夜是多么静，多么温和，一种像白鸽似的温情在那青苍的空气里流淌，每一种烦恼，每一种哀愁，在这清朗的天空，在这清纯的、神圣的光下都该得到安慰，陷入深眠呀！

"哦，上帝！"叶琳娜想着，"为什么还有死，为什么还有别离，还有疾病和眼泪？又为什么会有这样的美，这样的甜蜜的希望？为什么还有这样的安全避难处，不变的支持和永恒的庇护的感慰？这微笑着和祝福着的天空是什么意思呢？这幸福和安息的大地说明什么呢？难道说，全部这一切只是在我们内心深处，而在我们身外就全是永恒的寒冷和寂灭？难道说，我们只是孤独的……孤独的……而在那边，在各处，在全部那些无底的深处和沉渊里，而一切，一切都是和我们不相关的吗？那么，又怎么会有这样的祈祷的喜悦和渴望？难道说，就不能央求到，不能救赎，不能挽回……哦，上帝！为什么就不相信会有奇迹呢？"她用紧紧握住的双手托着脑袋。

"够了吗？"她自言自语道，"难道真的足够了吗！我幸福过，并不只是几分钟而已，并不是几小时而已，甚至也并不是几天——而是整整几个星期。我为什么会得到这样的幸福呢？"想着自己的幸福，她感觉很恐怖。要是那不是应该有的，就怎么样呢？她接着想。"要是那是不能免费给予的，就怎么样呢？啊，都是上天注定的……而我们，凡人，可悲的罪人啊，黑暗的魅影，去吧！需要它的陪伴的，并不是只有我一个人！"

"但是，要是这是一种惩罚，又怎么样呢？"她又想道，"要是我们必须为了我们的罪行去偿付代价，又怎么样呢？我的良心原是平静的，它现在还是平静的，但是，那就是无辜的证明吗？啊，上帝，难道我们真是这样罪孽深重？难道是你，创造了这样的夜、创造了这样的天空的你，为了我们的相爱，要来惩罚我们吗？要是是这样，要是他有罪了，要是我有罪了，”她以不自觉的迸发的热情补充说，“那么，请你允许我，哦，上帝，请你允许他，请你允许我们俩，至少死得高贵，死得光荣吧——死在那边，在他祖国的原野上，不要在这死沉沉的屋子里！”

“我可怜的、寂寞的母亲，会怎么样悲哀呢？”她问自己，她变得迷惘了，不明白怎么样回答自己的问题。叶琳娜不明白，每个人的幸福都是建立在另一个人的不幸上的，甚至自己的利益和安适，要求别人的不利和不适。

“伦基奇！”英沙罗夫在梦里喃喃地说。叶琳娜蹑足走到他身边，弯下身来，给他拭去脸上的汗珠。他在枕上转侧了一会儿，又平静下来。

她重新回到窗前，又一次坠入沉思。她开始宽慰自己，向自己保证，没有什么必须惊惶的理由。她甚至为自己的软弱感到羞涩。

“难道真有什么危险吗？难道他不是好多了吗？”她低语着，“真的，要是我们今儿没有去剧场，全部这些思想是一定不会跑到我的脑海里来的。”就在这个时候，她看见河面上空有一只白色的海鸥；或许是有什么渔人惊动了它，它彷徨地、无声地飞翔着，像在找一个栖息的地方。

“哦，要是它飞到这儿来，”叶琳娜想道，“那就是一个好的预兆……”海鸥飞旋了几转，掩起翅膀，于是似乎被人击落了似的，哀鸣了一声，就坠到远远的地方一只黑乎乎的船后去了。叶琳娜抖了一下，但是，马上就为自己的颤抖感到惭愧；于是，她也没有脱衣服，就躺到床上英沙罗夫的身旁。他这时正急促而且沉重地呼吸着。

十七

英沙罗夫醒得很晚，头部隐隐作痛，全身，如他自己所说，感到非常的虚弱。但是，他还是爬了起来。

“我们的朋友伦基奇还没有到吗？”是他提出的首个问题。

“还没到呢。”叶琳娜回答。

她坐在他身旁，拿起一些手工来。他的眼睛闭着不动地躺着，脸色苍白，而且羸弱。叶琳娜看着他低垂的手和瘦小的脸，突然感到很恐怖，牢牢地抓住了她的内心。

“亲爱的……”她开始说。

他停了一下。

“伦基奇来了？”

“还没有……但是，你觉得怎么样——你发烧呢。你的样子不太好，我们去请个医生来吗？”

“用不着。我再睡一会儿，就会全部好啦。吃过饭之后，我们还要再出去……去什么地方呢？”

两点过去了……英沙罗夫依然躺在长沙发上，但是，他睡不着，虽然眼睛闭着。叶琳娜一直待在他的身边；她的手工放在她的膝上，但她却动也不动。

“你怎么不睡觉呢？”她终于问他。

“嗯，等一下。”他拉过她的手来，枕在自己的脑袋下面。

“放在这里……嗯，就这样吧。伦基奇来的时候，马上叫醒我。要是他说船已经办好了，我们马上就动身……我们应该要收拾东西了。”

他睡着了。房间里，顿时安静了下来。

叶琳娜的头靠在椅子上，许久许久地眺望着窗外。天气变坏了；起风了。大块的白云快速地扫过天空，远远的地方，一根细长的船桅摇晃着，一面画有红十字的长旗，不断地飞飘着，落下去，又飞了起来。旧式的时钟的摆，嘀嗒着他的悲哀，在房间里重重地响着。叶琳娜闭上了眼睛。昨天晚上，她整晚都睡不好；慢慢地她自己也睡着了。

她做了一个奇怪的梦。似乎是，她是和几个不相识的人在察里津诺湖上泛舟。人们全都沉默了，一动不动地坐着，没有人划桨；小舟自动地浮着。叶琳娜并不害怕，只是感到沉闷，她想要明白这些人到底是谁，她自己为什么会跟他们来到这里？她定神注视着，小湖扩大了，湖岸不见了——现在，这已经不是湖，却是一片骚动的大海：深蓝的、沉默的巨浪威严地颠簸着小舟；从水底深处，有什么咆哮着、威胁着涌上来；她的不相识的同舟者们全都突然跳起来，绝望地看着，摆着他们的手……叶琳娜认出他们的面孔来了：其中之一，就正是她自己的父亲。但是，忽地一阵白色的旋风扫过了浪头……一切都旋转起来，一切都混乱起来了……叶琳娜审视了自己的周围：和从前一样，周围一切，全是一片白光。但是，这却是雪，雪，一望无际的雪野。她已经不再在舟中，却好像她从莫斯科出发之日一样，乘着雪橇了；她并不是独自一人：在她身旁有一个小东西，裹在一件旧外套里。叶琳娜亲切地看了看：原来那就是卡嘉，她昔日的小穷朋友。叶琳娜惊叫起来，她想道：

"她不是死了的吗？"

"卡嘉，你跟我是往哪儿去呀？"

卡嘉却没有回答，只把破旧的小外套在身上裹得更紧，她似乎在发抖。叶琳娜也感觉着寒冷了，她看着前面：一片雪雾的笼罩中，远远地隐约可见一座城市。那儿有高耸的白塔和银色的圆顶……"卡嘉，卡嘉，这是莫斯科吗？"

"不，"叶琳娜又想，"这是修道院啊：那儿有许多、许多窄小的修道的小房，蜂巢似的，那儿是窒闷的，窄狭的——英沙罗夫给关在那儿啦。我得救他出来……"

突然，灰色的、张着大口的深渊，在她眼前展开了。雪橇跌下去了，卡嘉笑起来。

"叶琳娜，叶琳娜！"从深渊里，一个声音喊了出来。

"叶琳娜！"声音还在她的耳边清晰地喊着。她连忙抬起头来，转过身子，就呆住了：英沙罗夫，脸色白得似雪，就像她梦里的白雪，正从沙发上挣扎起来，用他那大睁着的、放光的、可怕的眼睛瞪着她。他的头发披散在他的额上，嘴唇奇怪地张开着。恐怖，夹杂着一种苦痛的柔情，表现在他的突然变了容的脸上。

"叶琳娜！"他清楚地说，"我快死啦！"

她绝望地叫了一声，跪下来，靠在他的怀里。

"什么都结束了，"英沙罗夫重复说，"我活不成啦！……再见了，我可怜的姑娘！永别了，我亲爱的祖国！"他说着，就倒到沙发上面了。

叶琳娜飞也似的跑出房间，呼起救来，一个侍者跑去找医生。叶琳娜牢牢地靠着英沙罗夫的身体。

就在这个时候，一个宽肩、黝黑、穿着宽大的粗布上衣和戴着低低的漆布帽子的人，在门槛上出现了。他迷惘地停住了脚步。

"伦基奇！"叶琳娜叫起来，"是您！看在上帝的分上，您瞧，他昏迷啦！这是怎么回事呀？哦，上帝，哦，上帝！他昨天还出门了，刚刚还跟我说话来着……"

伦基奇什么也没有说，只是让到一边。从他的身边，匆忙地闪进一个戴着假发和眼镜的小个子的人：这是一位住在同一旅馆里的医生。他走到英沙罗夫身边来。

"夫人，"没过多久他说道，"这位外国先生死了，由于动脉瘤和肺病的并发症。"

十八

第二天，依然在那间房里，伦基奇站在窗边，在他眼前，坐着叶琳娜，肩膀上披着肩巾。在隔壁的卧室里，英沙罗夫躺在了棺材里。叶琳娜的脸上表情很恐怖，而且死气沉沉，两条线纹爬上了她的额，这使她紧张的表情又添加了一丝呆滞。窗台上，是已经拆开了的斯塔霍娃的信件。她希望她的女儿回莫斯科来，就算小住也好，她问候英沙罗夫，问候他的健康，而且恳求他不要为难他的妻子。

伦基奇是达尔玛提亚人，是个水手，英沙罗夫在祖国旅行的时候相识的，到威尼斯来后他再次找到了他。他是一个严肃顽强勇敢，贡献于斯拉夫民族运动的人。他看不起土耳其人，厌恨奥地利人。

“您要在威尼斯停多久？”叶琳娜用意大利语问他。她的声音也正和她的面孔一样没有生气。

“一天，为了装货，为了不引起嫌疑；之后，就直开萨拉。我会给我的同胞们带去一个悲痛的消息。他们很久就期待着他；他们是把希望寄托在他身上的。”

“他是你们的希望。”叶琳娜机械地重复说。

“他什么时候下葬？”伦基奇问。

叶琳娜并不马上回答：

“明天。”

“明天？那么，我可以留下。我想撒一撮土在他的坟上。而且，您也需要帮助。但是，最好是让他安息在斯拉夫的土地上。”

叶琳娜看着伦基奇。

“船长，”她说道，“请把我跟他一起带去，请把我们带到海的那边，离开这儿。”伦基奇思考了一下。

“好吧，只是，很麻烦。我们会跟这儿的可诅咒的当局纠缠不清。但是，就算我们能办好，把他安葬在那边，我又怎么送您回来呢？”

“我不回来了。”

“什么？那么，您住在哪儿？”“我会给我自己找个地方，只是把我们带去，带我一起走吧。”

伦基奇搔了搔后脑。

“随您的意思；但是，这全是很麻烦的。我一定想法儿，我一定试试；请您在这儿等我，我两小时之后回来。”

他走了。叶琳娜走到邻室，靠着墙，许久许久呆立在那里，似乎已经变成了石头。接着，她屈膝跪下，但是，她不能祈祷。在她的灵魂里，她没有怨尤；她不敢质问上帝的旨意，她不敢质问他为什么不肯宽宥，不肯怜悯，不肯拯救，他为什么惩罚她超过了她的罪行（即使她是有罪）。我们每个人，只因为活着，就有罪了；任何伟大的思想家，任何伟大的人类的救星，也不能因为自身的功绩就可希望永生的权利……但是，叶琳娜依然不能祈祷；她已经变成了石头。

叶琳娜离开威尼斯三星期后，斯塔霍娃在莫斯科接到了下面的信：

我亲爱的母亲和父亲，我是跟你们永别了。你们再也不能见到我了。英沙罗夫昨天死了。对于我，什么都结束了。今天，我正伴着他的遗骸，出发到萨拉去。我要去埋葬他，至于我自己会怎么样，我不知道！但是，现在，除了他的祖国，我是没有别的祖国了。在那边，人们正在准备起义，战争已经准备成熟；我要去做一个看护，我要去看护那些病人和伤兵。我不明白我将来会怎么样，但是，就是在他死后，我也要忠于他的遗志，忠于他的终生事业。我已经学会了保加利亚语和塞尔维亚语。或许，我会没有力量忍受这一切——这样更好。我已经给带到了悬崖的边缘，我只有跌下去。命运并不是偶然把我们联系到一处的：谁明白呢，或许是我害了他；现在，是临到他来拖累我了。我原是寻求幸福的，我所得到的，或许是——死亡。或许，这一切都是命中注定的；或许，这中间有罪孽……但是，死亡掩盖了一切，能解决一切的——不是吗？请不要怨恨我，请宽恕我给你们造成的一切伤心与痛苦；那都不是我想要做的。但是，我怎么回到俄国来呢？我在俄国可以干什么呢？

请接受我最后的祝福，最后的亲吻，并请宽恕我。

自从那时之后，大概五年过去了，再也没有关于叶琳娜的消息传来。全部的探寻和书信，都没有；斯塔霍夫在和约缔结之后，还亲自到威尼斯和萨拉去走了一趟，也毫无所获。在威尼斯，他知道了大家知道的事情，但是，在萨拉，关于伦基奇和他的船，却没有人能给他一个准确的消息。据模糊不清的传闻，几年以前，暴风雨结束之后，岸上漂上来一具棺材，里面有一个男人的尸骨……但是，据更可靠的消息说，这具棺材并不是被海水冲上来的，而是被安葬下来的，是一位从威尼斯来的外国太太把他安葬在了这里；还有人接着说，他们后来在结集着军队的黑塞哥维那还见过这位太太；他们甚至描摹了一番她的装束，说她是从头到脚，全身黑色的。但是，尽管如此，叶琳娜的踪迹是永远地、永不复回地消逝了；谁也不知道她是否依然活着，或是把自己隐藏在什么地方，或者，是小小的生之悲剧已经垂下了最终的幕，她的微小的生命已经得到最后的终结。

多余的人的日记

3月20日于羊泉村。

医生刚刚才离开了我，我终于弄明白了！不论他多么奸诈狡猾，他还是得说出来，说得对，我快不行了，很快就会死，河水快要融化了，我或许会跟最后的冰雪一起，漂流远去……漂向什么地方？没有人知道！也会漂流入海吗？那倒是不错的！要死，就死在春天。可是，死之前两个礼拜才开始准备写日记，真是可笑，这又有什么了不得？十四天跟十四年相比，跟十四个世纪相比，其实也没有少多少吧？听说，在永恒面前——一切都不值一提了——对！沿着这条思路再往下，永恒本身，也是不值一提的。看来，我这是空谈玄学了。这可不是好的预兆。难道是我已经没有胆量了？还是开口讲点什么东西才好。院子里潮湿，刮风，不让我出去。说点什么好呢？人是不谈自己的病的；要不写一篇小说吧，可我又不会写那个；纵谈崇高的题目，我又力不从心；唠叨身边琐事，我又不感兴趣；啥也不干，又太无聊；看书嘛，又发懒筋。唉！那就谈谈我这一辈子怎么过来的吧。好主意，好极了！死之前，这么做又体面又不得罪人。好！我就开始讲。

三十年前我出生于一个颇为有钱的地主家庭。父亲是个热心的赌徒，母亲是个刚强勇敢的女人，一个有教养的太太。不过我对这类女人不是很了解，她们的素养未见得给她们带来很多的快乐，我母亲的美德压垮了她，并且折磨所有的人，首先从折磨她自己开始。她一辈子五十年，没有休息过一次，不停地干活；她一辈子早起晚睡，忙忙碌碌，好像是一只蚂蚁，可是好像没有得到一点好处——而蚂蚁，却不是这样。日夜无止境的烦恼使她心烦意乱，只有一次我见她安静安详，那就是她死后第一天躺在棺材里。老实说，看着她，我好像觉得，她脸上露出淡淡的吃惊的神色，嘴唇好像还想说什么，两颊陷下去，温和而凝定的眼睛好像想说："一动也不动，多么舒服！"对，非常舒服，她终于摆脱了缠人的生命的意识，摆脱了为求生存而令人烦忧的情感！但问题不在这儿。我的成长过程很糟糕，毫无欢乐可言。父母都爱我，但我并不因此而感到轻松。父亲作为一个显然热衷于丢脸的、倾家荡产的恶习的人，在家里自然没有任何权威，他意识到自己的堕落，又无力跟自己心爱的嗜好一刀两断，于是，只得尽力至少扮出一贯柔温恭顺的样子，以处处退让的谦卑之举来赢得模范妻子的容忍。母亲的确也忍受了自己的不幸，她慷慨大度，长期忍耐，能以美德自豪。她从来没有在任何一件事情上责备过父亲，默默地将自己最后几文钱交给他并为他还债。而父亲无论当面或背后都对她赞不绝口，但他不爱待在家里，要爱抚我也只敢偷偷地干，生怕他自己的臭皮囊玷污了我。但是，他那本来难看的面貌那时变得那么慈祥，嘴唇边痉挛的嘲笑那时变得那么动人心魄，布满皱纹的灰色眼睛那时闪烁着一往情深的光芒，我见了，不由得扑进他怀里，将我的脸贴紧他的脸，他老泪纵横，脸上早已潮湿和热乎乎的了。我掏出手绢帮他擦掉泪水，但泪水又涌出来，好像装得太满的茶杯极容易流淌。我禁不住也哭了，他安慰我，摸摸我的背，发抖的嘴唇亲吻我整个脸蛋。直到现在，父亲作古已经二十多年了，每当想起他，我喉头就发痒，忍不住想做吞声之哭，心猛烈地跳，我可怜他，此情悠悠，这颗心好像还要长久为他痛苦，为他永远惋惜。

母亲待我则相反，永远是一个模式，她也慈爱，但却冰冷。在儿童读物中常常可以碰到这类母亲，一贯正确，擅长劝善说教。她爱我，但我不爱她，是的！我疏远有德行的母亲而热爱有过错的父亲。今天已经扯得够了。开了头，至于结尾，好歹不用我操心。那将是疾病之功。

3月21日，今天天气真好。温暖，晴朗。太阳照耀着正在融化的积雪，喜气洋洋。一切都阳光灿烂，雾气腾腾，到处滴水。麻雀围绕水汽淋漓的发黑的篱笆发了疯似的乱叫；潮湿的空气吸进去舒服极了，但强烈地刺激着我的胸膛。春天，春天来了！我坐在窗前，眺望小河对岸的田野。哦，大自然！鬼斧神工！我是这么爱你，但是，你孕育了我的生命，却应付不了生活。看，一只公麻雀蹦蹦跳跳的，扇动一对翅膀，一直在叫唤——它每叫唤一声，它蓬松的羽毛就抖动一次，都充满了勃勃生机，麻雀虽小，却又有极强的生命力，非常健康……由这个能得到什么结论呢？没有结论！麻雀健壮，叫唤是他的权利，把羽毛抖蓬松也是它的权力。而我呢，生病是我的权力，理当死去——就是这个样子！对此不必再多费口舌了。含泪向大自然倾诉，会让人笑话的。回过头再来说故事重要。

我的成长过程很糟糕，毫无乐趣可言。这已说过，我没有兄弟姐妹，我是在家里受的教育。如果把我送进寄宿学校或官办学校，那么，我母亲有什么事情好干呢！生孩子，就是为了让做父母的消愁破闷嘛！

我们大部分时间住在乡下，有时也去莫斯科。依照惯例，为我聘请了一名家庭教师和几位授课先生。其中的一位我记得特别清楚，他是个患营养不良症的、哭丧着脸的德国人，名叫李克曼，是个悲惨的、命运多舛的角色，徒然患有怀乡病。有一次，在狭小的前厅里，陈腐的克瓦斯的酸味刺鼻，我那位绰号叫“雌鹅”的叔叔华西里，身穿破旧蓝布短上衣，坐在火炉边正跟车夫帕塔普打牌，车夫则穿一件像白泡沫一样的崭新的羊皮大衣，脚上穿双结实的擦了油的皮靴——这时，李克曼躲在屏风后唱道：心呀，我的心，你为什么这么忧愁？什么东西使你这么悲惨？莫不是我身处异国他乡，心呀，我的心，你还有什么向往？

父亲去世后，我家最终定居莫斯科。那时我十二岁。父亲夜里死于中风。我忘不了那一夜。我像所有孩子那样，睡得很死。不过，我记得，好像梦里听见沉重而均匀的鼾声。我忽然觉得，有人抓住我的肩膀推我。我睁开眼睛一看，叔叔站在面前。

“怎么回事？”

“起来！快去！阿历克赛·米哈伊内奇去世了……”

我像个疯子一样，从床上一骨碌爬起来就直奔父亲的卧室。我一看，父亲躺着，头朝后仰，一身通红，痛苦地发出呼哧呼哧的声音。大伙儿挤在门口，个个面带惊恐神色。前厅里有人声音嘶哑地问：“派人去请大夫了吗？”院子里有人从马厩里牵出了马，大门吱吱作响，房间里地板上点燃了蜡烛。母亲悲痛万分，但没有丧失自己的优越感和应有的礼数。我扑倒在父亲胸前，紧紧地拥抱他，连连叫道：“爸爸！爸爸……”他一动也不动地躺着，不知什么原因古怪地眯起眼，我看了看他的脸，一阵令人恐惧的感觉涌上心头，令我感到窒息。我像是一只受困的小鸟，吓得直叫，因此被拖了出去。就在前一天，好像已经预感到自己快要死了，因而极度痛苦但又热烈地抚摸着我。

请来了一位睡眼蒙眬、头发蓬乱的医生，身上散发出浓浓的酒气。我父亲就在他的手术刀下死了。第二天，我因太伤心而变得愣头愣脑的，手里拿一支蜡烛站在桌子前，我父亲躺在桌子上，我麻木地听着教堂执事朗诵经文，那沉闷的声音，不时地被神父虚弱的声音所打断；我不停地流泪，湿透了我的脸颊、嘴唇、衣襟、领口；我再也哭不出一滴泪水，死死盯住父亲动也不动的面孔。好像还有所期待。而这个时候，母亲则慢慢地鞠躬到地，慢慢地直腰板，一边画十字，手指碰碰额头、肩和腹部。我脑子里没有别的念头，只觉得身子太沉背不动，但我感到，我身上发生了一件可怕的事……其时我已面对面碰见了死神，她已经注意我了……父亲死后，我们定居莫斯科，原因很简单：我家全部产业拍卖还债了——全部产业只留下眼下我在此苟活的部分。

我得承认，那时我虽然年幼无知，但也曾为卖掉自己的窝巢而心里难过；说实在的，真正舍不得的只有我心爱的那个花园。跟那个花园连在一起的，几乎包括我所有最美好的回忆；在那儿，在一个春天寂静的黄昏，我埋葬了我最好的朋友，一条秃尾巴歪脚爪的老狗特里克萨；我躲在高草丛中，大嚼偷来的苹果，红红的，又鲜甜又脆嫩，真好吃；在那儿，我藏身于熟透了的马林浆果丛中，平生第一次偷看使女克拉芙齐娅，别看她鼻子有点儿翘和用手绢掩住嘴巴发笑的习惯，她却在我心头激起柔情如许，以至于一见到她，我便呆了痴了说不出话喘不过气来了。记得有一次，一个美好的礼拜天，轮到她来吻我这小少爷的手的时候，我真恨不得扑倒在地，吻她脚上的山羊皮破鞋子，天哪！难道这一切是二十年前的事，记得我骑上那匹栗色小马，沿着我家花园的旧篱笆奔驰，蹭一下马镫，挺直腰杆，顺手揪下杨柳树的两面两种颜色的叶子，难道这是很久以前的事吗？生命的此时此刻，是不会感知此生命的：生命，就好像一击响声，要指望自己领悟，还要再花费一些时间。哦，我的花园！哦！小池塘边那杂草丛生的小路！哦，我捕抓驹鱼和红点鲑鱼的坍塌的塘基下的那块沙滩，现在在哪里呢？而那十棵高大挺拔的白桦，长得非常茂盛，枝叶后边有一条乡村小路，有时候，从那边传过来庄稼汉高亢的歌声，车轮滚滚，歌声有时候能听得见有时候听不见……此刻，我向你们说一句：永别了！我就要跟生命说再见了，此刻，我只向你一个人伸出我的手。我真恨不得再一次剖开胸膛，结结实实地呼吸家乡田野上那有艾蒿略带苦味的新鲜空气，呼吸已经收割了的荞麦的甘甜的味道，我真恨不能再一次听听远处我区教堂传送过来的悠扬的钟声，再一次倒在熟悉的山谷间老橡树浓密的树荫之下，再一次被微风吹拂，看小草被微风吹动的样子，和风沿着牧场金黄色的茂草丛吹起了一层一层的波浪……唉！说这些做什么？但我今日写不下去了。明天再说吧。

3月22日，今天天气又是潮湿寒冷。我更喜欢这种天气，它适合我的工作。昨天天气一点也不合适，勾起了我许多不必要的情感和回忆。以后不会再这样了。情感的宣泄，就像吃草根一样，开始嚼一嚼吮一吮，好像还不错，久而久之，口里就味同嚼蜡。下面，我将老老实实，安安静静讲述我的一生。

就这样，我们搬到了莫斯科……可是，回头一想：果真值得讲述我的一生吗？不！不值得，根本不值得！我的一生跟许许多多其他人的一生并无任何区别。祖居的房屋、上大学、当低级职员、退职、熟人的小圈子、赤贫如洗，简单的娱乐、谦逊的服务、不敢奢望——请您说老实话，这一切，谁人不知，哪个不晓？因此，我真不打算向人讲述我的一生，只不过写出来供自己消遣消遣；可是，如果我的经历甚至对于自己都既没有快乐又没有悲伤，那么，那可真是不屑一顾了，最好还是先来说明一下我的性格吧。

我的性格是什么样子的？人家会说，关于这个，并没有人问你——我知道。但是，我就要死了，我马上就要死了，死之前想弄清楚自己到底是什么样的鸟儿。这个愿望，好像也可以原谅吧。

这个问题很重要，我详细考虑之后，觉得没有必要像那伙相信自己才智出众的人那样，把所有的痛苦都埋藏在自己的心里，而我有一点必须承认，在这个世界上，我是个没有必要存在的人，或者说，没有存在的必要的鸟儿。这一点，我想要在明天得到证实，因为今天我像只老山羊一样咳嗽，而我的奶娘杰连季耶夫娜却不让我安宁：“躺下，我的小少爷，喝杯茶吧？”我知道，她干吗纠缠不休，因为她自己想喝茶。咋办？也要得，干吗不让可怜的老太婆从少爷身上最后捞点可能的好处呢？暂时还有点时间。

3月23日，又到了冬天。雪花飘。

多余的，多余的人！这个词我想得太妙了。对自身体察越深，对自己的经历审视越细，我越发深信这个表述确实是个严格的真理。多余的——事实如此。这个词对于其他人，用不上。人有凶恶的、善良的、聪明的、愚蠢的、招人喜欢的、令人讨厌的，而多余的，却没有，排不上号。即是说，请理解我的意思：没有这伙多余的人，宇宙照样运转。可是，无能无用——这倒并非他们的主要品质，并非他们与众不同的特征，而诸位谈到他们的时候，“多余的”一词也并非第一次说出口。而关于我没有别的，可说，只能用“多余的”一词——这就足够。超额之人——这就完了。对我的出现，大自然显然没有计算进去。因此，对待我，就像对待一个不速之客那样。谈到我，难怪有一位玩笑大师口吐箴言，说什么我母亲怀了我简直是丢人现眼。我这里谈我自己，倒也心平气和，并不气恼。俱往矣！我这一辈子，每当找到一个位置，立即发觉早就被别人占住了，或许，找位置没有找对地方。

我疑虑重重，胆小怕事，神经过敏，像一切患病不轻的人那样，此外，大概是由于自尊心太重，或者，由于我身心的构结不正常，我的思想与情感之间——以及与思想情感的表达之间——横梗着一些障碍，毫无意义的、莫名其妙的、不可克服的障碍，我力图战胜这道障碍，摧毁这道障碍，结果是：我的举动、我脸上的表情、我的整个身心便高度紧张而痛苦万状，不仅如此表现——我确实变得极不自然，像一根弦一样绷得太紧。这一点我深有体会，于是又赶紧自我封闭。那时，我心头引发可怕的骚动，惶惶不可终日。我对自己做自我分析，分析入骨，点滴也不放过，我将自己跟别人做比较研究，追忆旁人的一举一动一颦一笑一瞥一句话，我本想在别人面前泰然自若，不再拘束，将那一切从坏的方面加以解释，刻薄地嘲笑自己“大家都这样”的虚妄的念头——忽然，别人一笑，我又缩回去了，又陷进愚蠢的颓唐境地，依然故我——一句话，就像松鼠蹬轮子，空转轮回，恶性循环！一连好些天我就干这折磨自己的、毫无结果的工作。现在，请您说实话，谁需要这号人？要这号人有什么用？这种事，为什么偏偏在我身上发生呢？自己跟自己过不去，是什么原因呢？谁知道？谁也说不清楚。记得有一次我坐四轮驿车离开莫斯科。道路很平坦，四匹马拉着，车夫再套上一匹。这第五匹，出事了，一点也没用，车夫用一根又粗又短的的绳子敷衍地把它拴套在车旁，绳子勒它的腿，缠住了它的尾巴，逼得它以不自然的姿势奔跑。它的身躯弯成了一个逗号，对此我表示非常的同情。我告诉车夫，这一次不用五匹马也可以……他什么也没说，摇摇头，朝瘦马背下的大肚子猛抽十几鞭，冷笑一声，说：“你看，它在偷懒，它妈的见鬼去！”

我也是这样的“磨洋工”，好在很快就到了目的地。

多余的……我担保要证实我的看法是对的，我立刻就履行诺言。我认为没有必要列举千百件不值一提的小事和每天发生的偶然事件，这种小事在每个能思考的人看来，可以成为有利于我的证据。最好直接从一件十分重要的事情开始，说明此事以后，大概对“多余的”这个词的准确性，就丝毫不用怀疑了。我再说一遍，我不打算纠缠细节，但我不能避而不谈一个十分有趣而特殊的情况：我的朋友们待我的古怪方式(我竟然也有朋友哩)，每当我跟他们见面，或者，我去找他们，他们就变得很不自在；他们迎面走过来，脸上总是不大自然地微笑，不敢看我的眼睛，又不看我的脚(不像看别人那样)，而大都只看看腮帮子，然后匆匆跟我握握手，迫不及待地说：“啊！你好，丘尔卡图林！”(得感谢命运借给我这个好名字)然后立刻走到一旁，甚至站立片刻，好像在动脑筋回想什么事。这一切我都看在眼里，因为我并没有丧失洞察力和观察的才能；一般说来，我不笨；我脑子里还不时冒出一些十分可笑的非同寻常的思想；正因为我是个多余的人又生性内向，所以我羞于说出口，何况我事先就知道，说出口反而不好，看到别人说话就是那么简简单单，自由自在，漫不经心，脱口而出——我真感到奇怪！这就是说，我得承认，虽说我生性内向，有时舌头也发痒；但是，实际上只是在幼年时代我才常常把话说出口来，后来逐渐成熟，差不多每次我都能够把话闷在肚子里憋住不说。有时忍不住，便细声细气说那么一句：“看起来，还是少说为妙。”于是心安理得。咱们全部擅长沉默。这方面，妇女尤占上风。有个高尚的俄罗斯姑娘忍痛沉默，昂然自有其英雄气概，令修炼到家的人看了此番情景，也不免微微发抖冒冷汗。话岔开了，不该由我来评论别人，下面再来讲我的经历。

几年以前，由于几件琐事以及对我来说十分重要的机缘凑到一起，我不得不在某县城滞留六个月。这个县城建筑在山坡上，对居民来说很不方便。城里大约有八百居民，非常贫穷，小房子很不像样，一条正街，美其名曰街道，路面上不时露出一堆堆未经加工的石块，以致马车也得绕道走。很难看的广场的正中央立着一栋小小的黄色建筑物，开了一方方黑洞。洞内站着一个个头戴大便帽的人，看样子像是在做买卖；那儿竖了一根五颜六色的杆子，高得出奇，为了维护秩序，遵照上级指示，杆子旁边停了一辆大车，上头堆了黄黄的干草，一只官家的母鸡在大车旁啄食漫步。我来到这儿头几天，就烦闷无聊，险些发疯。关于我自己，倒也应该再说几句，虽说我当然是个多余的人，但那并非我心甘情愿；我有病，但我不能忍耐一切病态的东西……我并不嫌弃幸福，甚至多方寻找幸福，因此，我也像任何有朝一日总有一死的人一样，也会苦闷，对此，恐怕不必大惊小怪。我来到县城，是出公差。

我写到这儿，管家婆走进来。

杰连季耶夫娜下定决心要烦死我。下面是一场典型的对话：

杰连季耶夫娜：“啊哈！少爷，你干吗老是写个没完，您有病，写多了要不得。”

我：“我心里闷得慌。”

杰连季耶夫娜：“您喝杯茶，躺一躺吧。上帝保佑，养养神，出点汗，会好些的。”

我：“我不想睡。”

她：“哎呀！少爷，您这是怎么了？上帝保佑您，躺下，快躺下！会好的。”

我：“我好不了。我会死，杰连季耶夫娜！”

她：“上帝开恩，千万别这么说……怎么样？要杯茶吗？”

我：“我活不到一星期了，杰连季耶夫娜！”

她：“唉，唉！少爷，您这是怎么啦？我给您去拿茶炊。”

这老掉牙的老头！在你看来，难道我不是人吗？

3月24日天寒地冻，我到达城的那天，我前面提到的工作使我不得不去拜访县里的主要官员之一基里拉·马特维伊奇·奥若金。我跟他交往，或者就像平常说的那样接近，是在十四天之后。他家在正街上，跟其他房子不一样，屋子宽敞高大，屋顶上了油漆，门前蹲了两头石狮子，就像是莫斯科出产的那种一点也没有用的懒狗。单从这两头狮子就不难发现，奥若金是个富有的人。不错，他有四百个农奴。他热情招待城里上层人士，以慷慨大度好客为大家所知，县长也乘双套轿车去到他家里，这个人膘满肉肥，好像是用一堆报废的材料组合而成的。其他官儿也来拜访他，其中有诉讼代理人，这个人是个面黄肌瘦面目凶狠的家伙；有尖牙利嘴的土地丈量员，这个人有日耳曼血统，却长着一张鞑靼人的脸；有个路政长官，此人心肠软，爱唱歌，好搬弄是非；有前任县长，这个人染头发，穿皱巴巴的坎肩，裤子紧紧绷住屁股，脸上的神色公正清廉，此表情是经常上法庭主持公道之人才会有的；前来拜访者还有两位地主，这是一对形影不离的老搭档，两人都不年轻了，甚至有点老朽之态。年轻一些的那个总是将年老一些的那个整治得够呛，开口就训斥："得啦，谢尔盖·谢尔盖伊奇，您吹嘘什么？这是事实，先生们请注意！"他转向在场的诸位，说得大家哄堂大笑。虽然在座的诸位，大概没有一个通晓正字法，而倒霉的谢尔盖·谢尔盖伊奇只好不作声，傻乎乎地笑着，垂下头。不过我忘了，我的时间有限，又岔开去做过分详细的描写。总之，不直说了，奥若金成了家，有个女儿，名叫叶丽查维塔·基里诺夫娜，而我爱上了她。

奥若金是个不好不坏的平庸之辈，他夫人是个开始衰老的天真的小妇人。但她女儿不像爹娘，她长得很不错，性情温柔活泼，孩子般扬起的眉毛下，一双灰色的眼睛水汪汪、亮晶晶，坦然发善地看人。她总是面带微笑，笑口常开，清新的嗓音听起来十分悦耳。她行动迅速矫健，自由舒展，又常常快快活活忽然红脸。她衣着不十分讲究，穿件普普通通的连裙衫，却很合身。一般说来，我不能很快就跟人家混熟，如果跟谁第一次见面就感到轻松——应该说，这种情况绝无仅有——那么，我承认，对新相识或许有些盼头。跟女人交往，我压根儿不会，在她们面前，我要么愁眉苦脸，要么气势汹汹，或者，一脸傻相，咬咬牙，舌头僵在口腔里转动不灵。相反，跟叶丽查维塔·基里诺夫娜这第一次见面，我就感到轻松自在，如同在家里一般。

下面我来说说初次见面的经过：有一天午饭前我走进奥若金的家门，问："在家吗？"回答："在家，正在穿衣服。请您进客厅稍候。"我走进客厅，一看，窗前站着一位姑娘，背对我，穿一身白衣裙，手里提一只鸟笼子。我心里有点讨厌，但我无所谓，于是干咳一声，以示有礼。少女迅即转过身来，转身太快，以致一绺头发飘拂过她的脸。她见到我，微微一笑，一鞠躬，便把装了半盒谷粒的小盆子指给我看。“您看行不行？”我当然依照这种情况下的惯例，先低头，然后快速弯弯膝盖又挺直(好像后头有人朝我膝弯子猛踢一脚)——这么做，众所周知，是受过良好教育的标志，并且是待人接物最为潇洒的风度。然后，我微微一笑，抬起手，机警地轻轻挥动两下。少女迅速转过身去，从笼子里取出一小块木板，拿刀子使劲刮，没有改变姿势，边刮边说：“这是我爸爸养的红肚皮灰雀，您喜欢这种鸟儿吗？”“我倒更喜欢黄雀。”我一边回答，一边头稍微暗暗使劲。

“我也喜欢黄雀。请您看看这只鸟，多好看啊！您看，它不怕人，请您再走近些看。我给它取了个名字，叫波普卡。”我走上前，弯下腰去看。“它真是个可爱的小东西哩，对吗？”她说，一边转过脸来冲着我。

我们面对面站得太近，她不得不稍微仰起头，一双水汪汪的眼睛看着我，我也看着她。她青春的鲜艳的脸蛋友善地笑着，我也跟着笑，差点抑制不住心头的喜悦而纵声大笑起来。门开了，奥若金走进来，我立即走上前与他交谈，神情雍容自如。我自己也不知道，怎么竟留下来吃饭了，又在那儿待了一个晚上。第二天，奥若金家的仆人，一个高个子近视眼，竟把我当成这家的老朋友，对我满脸堆笑，帮我脱大衣，寻找一块安身之处。

给自己编造一个哪怕临时性的窝巢，享受享受每天与亲人交往以及饮食起居的家庭乐趣——这个福分，我这个竟无家庭乐趣可供回忆的多余的人，在此之前是从来没有体味过的，也不敢奢望。如果说心头有什么东西令我想起一朵花，如果这个比喻不过分陈腐，那我就不妨断言。从这一天起，我心里乐开了花。我内心的一切，我四周的一切，一下子都不一样了。我的人生忽然照进了爱情的光芒，的确是整个人生，一点都没有遗憾，就好像一间漆黑的空房子里，点亮了一支蜡烛。我躺下睡觉和起床，穿衣吃饭，抽烟——本来跟平常一样的却又不一样了，甚至连走起路来也蹦蹦跳跳的。实情如此，用不着隐瞒！好像我肩膀后忽然长出了翅膀。我记得，叶丽查维塔·基里诺夫娜无时不刻不在我心头，在热烈的情感的控制之下，我不断琢磨，已经陶醉了。第一天一见面，我就对她一见钟情了，第一天一见面，我就得知什么是恋爱。整整三个星期我每天去看她。这三个星期是我一生之中最快乐的时光，可是我却承受不起那么沉重的回忆。我不可能单单只回忆那三个星期，那天以后的事情，不禁也跟着出现在我的脑海里。忧从中来，刚刚苏醒而变得温柔的心，又蒙上了愁云惨雾。

当一个人处境顺利时，大家知道，是不大动脑筋的心安理得，快快活活，心满意足之感渗透每一根神经，每一个细胞。此人全身心陶醉于其中了，他忘了自己的个性——正如文化程度不高的诗人之所言，他“心花怒放，忘乎所以”了。待到这种“忘情”境界消逝，此人便逐渐感到遗憾与惋惜。想当初，身处幸福之巅，竟然不曾体察自身，不曾思考思考，记忆记忆以加深印象，不曾细细品尝那幸福的诸般韵味。好像既身为“忘情”之人，哪有工夫，也不值得去思考自己的情感！幸福之人是阳光下的一只苍蝇。因此，当我回忆那三个星期的时候，我脑子里几乎没有留下任何明确清晰的印象，更何况在这段时间内，我和她之间并没有发生任何特别值得注意的事情。这二十几天是一段温暖的、焕发青春气息的时光，是我暗淡灰色的一生中唯一的一个耀眼的亮点。接着，又如文化不高的诗人之所言，我惨遭“命运的沉重打击”，只有到了这个时候，我的记忆力才变得非常忠实而清晰了。

是的，有三个星期，其实，三个星期并不是完全没有留任何痕迹。有时，当我偶尔久久追忆那些日子的时候，有关往事的另一类记忆突然间从黑暗中显露出来。那情景，就像是细心观察天象的眼睛，夜空中忽然看见冒出许多星星那样。我特别记得一次城外林中的郊游，我们总共四个人：奥若金娜老太太、丽莎、我和一个叫庇兹明可夫的人（此人是县城的一名小公务员，是个头发淡黄、温和、谨小慎微的人,后面我还得谈谈他）。奥若金先生本人留在家里，因为他睡得太久，头有点疼。这天天气非常好，很暖和而且没有风。应当指出，娱乐性的公园和公共游乐场所不合俄罗斯人的口味。在各省城里，在所谓对公众开放的地方，一年四季都碰不到几个人。或许有个把老太太坐在太阳晒暖的绿凳子上，嘴里哼哼，与病树为邻，因为在门口附近找不到油漆过的长靠椅。可是，城市近郊要是有一片桦树林，那么，商人们，有时也有官员们，每逢礼拜日或节日，就乐意自带茶炊、馅饼、西瓜上那儿去，就在大道旁，将那些好东西在沾满尘土的草地上摆开来，坐成一圈，一个个汗流满面，吃吃东西喝喝茶，直到晚上。离城两俄里正好有一片这样的小林子。午饭后我们去那里，照例喝够了茶，然后四个人都到林子里散散步。庇兹明可夫挽着奥若金娜老太太的手，我挽着丽莎的手。快到黄昏时候了。当时，我正置身于初恋的热火之中（相识以来还不到十四天），倘若诸君子也曾处于那种如火如荼、一往情深的精神状态，那么，阁下的全身心定然会天真地、不由自主地去追随您所钟情的对象的一举一动，您绝对不可能饱餐秀色，总嫌不够，看也看不够，听也听不够。到那时，您的顾盼，就像个大病初愈的大婴孩，让别人以为您老兄身上发生了什么大事。这一天以前，我一次也没有抓过她的手。我与她肩并肩，静静地在草地上迈步在白桦银白的树干之间，清风好像围绕着我们打旋子，丽莎的草帽的绸带不时抽打我的脸。我暗暗搜寻她的目光，紧追不舍，终于，她转过脸儿来高高兴兴地看我，我们相视而笑。鸟儿在头顶上直叫唤，好像给我们鼓劲，青天在上，透过老树的枝叶俯视我们，好像颇有爱怜之意。心头幸福之感过分充盈，我头脑发晕。匆忙中我发觉，丽莎根本不爱我。她喜欢我，她素来对任何人也不怯生，命中注定不该由我来打破她童年的平静。她挽着我的手，把我当哥哥一样。她才十七岁。可是，就在这个晚上，就在我的面前，她身上开始了内部的静静的发酵过程，这过程将把一个孩子变成一个女人。我就是这个转变的目击者，她整个身心都大变，她天真地困惑，她焦躁不安地坠入冥思默想。是我第一个看出她的眼神忽然变得柔媚多情，是我第一个听出她的嗓音忽然变得响亮而不稳定。唉！我真是个笨蛋！真不愧为多余的人！整整一个星期，我竟然毫不害臊地自以为我就是那个变化的原因。

事情就是用这种方式发生的。

我们一直散步到晚上，我们没说什么话。我默默地，就像一切没有经验的情人那样。而她呢，好像也没有什么要跟我说的。但是，她好像思考着什么事，表情异样地摇摇头，揪下一片树叶放进嘴里嚼嚼，不知在思考什么。有时，她准备冲向前去，态度坚定，忽然又不走了，四下张望，扬起眉毛，慵懒地笑着。昨晚我和她一起读了《高加索的囚徒》，她两手托着腮帮，胸脯紧紧地挨着桌沿，贪婪地听我朗读。我提起昨晚读书的事，她脸上浮现出红晕，问我以前喂没喂过红肚皮灰雀大麻子，然后唱了一首歌，忽然不说话了。树林的一边直通陡峭高峻的悬崖，下面是浅浅的小河，河对岸是看不到尽头的原野。有的地方，山丘起伏得像波浪，有的地方，原野平坦得像地毯——那是一望无际的草地，某些地段被沟壑分割开来。我和丽莎两个首先走到树林边缘，庇兹明可夫落在后面。我们走出林子，站住，两人都不禁眯着眼。

正对面，被一团晒得热气腾腾的雾霭所簇拥，一轮巨大的落日血红，正缓缓下沉。霞光如火，烧红半边天，通红的云彩弥漫于草地上空，甚至山谷间阴影的一面也有红光反照。小河水面像熔化了的铅，金光耀眼，凡是未被灌木丛遮住的水面，都遍照红光，灌木丛好像深深扎进了悬崖的胸腔。我们站着，身披落霞。我难以表达这壮丽的景色所引起的庄严肃穆之感。据说，有个瞎子，把红色想象为喇叭声。我不知道，这个比喻正确到什么程度，但是，我觉得，在这晚霞熔金似的光焰之中，在天地之间深红的互映反照之中，自有某种激励人奋发向上的东西。

我兴奋得大叫一声，立即转过脸看丽莎，她正面对落日。我记得，晚霞反照她的眼睛，两点金光闪烁。她惊讶，她深深感动，对我的喊叫她不予回答，久久站立不动，垂着头。我向她伸出手，她避开，陡然泪珠儿滚滚。我看着她，心头隐隐感到欣慰与困惑。

两步之外，传来了庇兹明可夫的声音。丽莎赶忙擦掉泪水，看看我，犹疑不定地微笑。老太太是在她的胳臂的搀扶下才走出林子的。轮到他们两个也来观赏落日美景。老太太问了丽莎一两句话。我记得，她女儿回话，那破碎的声音简直就像刮擦破裂的玻璃，我不由得打了个哆嗦。这时，太阳沉下去了，霞光开始暗淡，我们开始往回走。我又搀着丽莎的手。我能看清她的面目。她难为情，不敢抬起眼睛。她满脸通红，红潮不退，好像她仍然面对着落日。树林还在很明亮的光辉之下，身披晚霞。她的手轻轻接触我的手，我久久不能够开口说话，因为心跳太猛。一辆马车，透过树影，在远处显现，车夫沿着大道松软的沙土驾车迎面向我们缓缓驶过来。“叶丽查维塔·基里诺夫娜，”我终于开口说，“您为什么哭了？”

“我不知道。”沉默片刻之后，她回答，望着我，她一双温情的眼睛泪湿未干(我觉得，她的眼神起了变化)，然后她又不作声了。

“我看，您热爱大自然……”我说。我根本不想说这种话，而我的舌头好不容易才把这个句子说完，她摇摇头。我不敢再出声，我在等待什么？不是表白——岂敢奢望！我等待信赖的一瞥，等待她提个问题。但是，丽莎却低垂头颅望着地面，不吭声。我轻声再问：“为什么？”没有得到回答。我看得出，她变得很不自在，几乎羞涩难当了。

过了十五分钟，我们已经坐上马车，朝城里驶去。几匹马和谐地赶路，我们在潮湿的渐渐变暗的空气中疾驰。我忽然滔滔不绝地说话，时而找庇兹明可夫不停地说，时而又对奥若金娜老太太饶舌，不看丽莎，但我觉察到，她坐在马车的角落里，不止一次盯着我。到家，她精神大振，可是，又不愿和我一起念书，很快就回房歇息去了。我前面谈过的那种转变，在她身上业已完成了。她已不再是个小女孩了，她也开始在等待什么，就跟我一样。

但是，这天夜里我回到自己住所时却完全陶醉了。我心头曾经产生的那种说不清是预感还是怀疑的情绪消失了。我把丽莎对待我的那种生硬态度当成少女的羞涩和胆怯。我上千次读过许多文章，说是爱情的第一次萌芽往往使少女心潮起伏并且吓坏了她。我感到自己非常幸福，并且在脑子里编造各种不一样的计划了。倘若那时有人咬着我的耳朵对我说：“你撒谎，亲爱的先生！等着你的根本不是那回事，兄弟！你将很快死去，孤零零地躺在一间破屋子里，在一个老太婆讨厌的唠叨声中死去，她迫不及待地巴望你赶快死掉，以便扒下你脚上这双皮鞋拿出去卖几个小钱。”我不由得借用一位俄罗斯哲学家的一句话：“你怎能知道你不知道的事呢？明天见。”

3月25日，明朗的冬日，我把昨日写的文字浏览了一遍，差点把笔记本撕掉。我觉得，写得冗长而且甜得腻人。可是，因为关于那段时间的其他回忆毫无欢乐可言，只除开某些特殊的欢乐。对此莱蒙托夫以前说过，揭旧疮疤，痛并快乐着。所谓痛快——那么，我为什么不痛快痛快，也来享受一番呢？但也应该知道羞耻，因此，我将继续写下去，但是不会写任何的甜言蜜语。

城外郊游以后整整一个星期，我的情况实际上丝毫没有变好，而丽莎身上的变化却越来越明显。上面已经说过，我把这种变化向着对我有利的方面加以解释。由于胆怯的人的自尊心作怪，他们的眼睛虽然睁得很大，却看不见孤僻的人的不幸，或者戴上有色眼镜看一切。他们的独立思考和观察恰好妨碍他们的每一步行动。在我们一开始交往的时候，丽莎对我既信赖又随便，简直像个孩子一样，甚至对我还有些好感。或许这种态度中间包含了某种较为朴实的孩子式的依恋。但是，当她身上那种奇怪的几乎是忽然的变化发生以后，她稍微困惑一阵子之后，我一到场，她便感到拘束而浑身不自在。她不由自主地回避我，与此同时又一腔愁闷和思虑重重。她在等待，那么等待什么呢？她自己也不知道。可是我，已如上述，却为这变化而高兴。天哪！我差点高兴死了！再说，我以为，别的人处在我的地位也可能受到蒙骗。谁没有自尊心呢？无须多说，我本来就无力的翅膀受伤，不得不垂了下来，只有到了这个时候，上述的一切，才看得清清楚楚。我和丽莎之间所产生的误解持续了整整一个星期——这一点，不足为奇，因为我常常不得不充当成年累月的诸多误解的见证人。谁敢说只有一个真理才是真理呢？谎言具有顽强的生命力，如果不是更强的话，也起码跟真理一样。我记得，的确，这一个星期里我心里好像不时有条小虫子在爬。我要说，咱们卑微的小兄弟啊！咱们这帮孤独的人，自己内心发生了什么事，根本不理解，同样，眼皮底下发生了什么事，也根本不理解。再进一层说，难道爱情是天生的情感吗？难道爱是人所固有的吗？爱情，这是一种病，而对于疾病，法律还没有制定出来。假定说，我的心有时痛得瑟缩，我心头的一切翻了个底朝天，你怎么能一定知道，什么是和谐的什么是不和谐的，原因何在，每个个别的感觉有何意义？可是不管怎么样，这一切误解、预感和希望都以下述方式解决了。

有一天——事情发生于中午十一点多——我还没有来得及走进奥若金先生的前厅，客厅里传来一个陌生人的洪亮的声音。门开了，在主人的陪送下，门口出现一个高个子男人，此人二十五岁左右，身材匀称，他从板凳上拿起军大衣，很快穿上，亲切地跟基里拉·马特维伊奇道别。走过我身旁时，漫不经心地抬手碰碰帽檐，走了，只听得踢马刺咔嚓响。“他是谁？”我问奥若金。

“公爵。”他回答，脸上有为难之色，“彼得堡派来的，来谈新兵入伍。人都上哪儿去了？”他气恼地又说，“也没人给他递大衣。”我们走进客厅。

“他什么时候到的？”我问。“据说是昨天到的。我建议他就住在我家里，他没有答应。看来，他是个优秀的小伙子。”

“他在您家待了很久吗？”

“个把小时。他请我给他介绍奥林匹阿达·尼基季奇娜。”

“您介绍了吗？”

“那当然。”

“跟叶丽查维塔·基里诺夫娜？”

“他跟她也认识了——那当然。”

我不作声了。

“他在这儿要待多久，您知道吗？”

“我想，要待十四天。”于是基里拉·马特维伊奇连忙去穿衣服。我在客厅里踱了几个来回。我记不得了，公爵的到来那时究竟给我留下了怎样不一样的印象，只除开在家庭圈子里出现了一个陌生人时通常所引起的不和谐的情感之外。或许，这种情感还掺杂着一个卑微而胆小的莫斯科人对一个前程似锦的彼得堡军官好像嫉妒一样的心理。“公爵，”我想，“是个首都来的角色，他会居高临下藐视我们。”看他不足一分钟，但我已经看出，他长得仪表堂堂，机灵而风流倜傥。在客厅待了一会儿，我便走到大镜子跟前，从衣兜里掏出梳子，将头发梳得潇洒些。于是，像常有的情形那样，忽然对自己的面貌做一番深入的研究。我记得，我的注意力集中于鼻子，这个器官的轮廓显得软绵绵，使我不太满意。忽然，在几乎能反映整个房间的穿衣大镜的深处，露出丽莎苗条的身姿。我不知道，为什么我呆呆地站着不动，脸上原来的表情僵住了。丽莎头往前伸，留神观察镜中的我。扬起眉毛，咬咬嘴唇，屏息静气，好似一个自以为别人没发觉她而得意的人那样，蹑手蹑脚退了回去，轻轻带上身后的门。门轻轻地响了一下，丽莎愣住了，站在原地不动。我还是站在那里，她又去拉门把手，不见了。一点也不用怀疑了，一见到我，丽莎脸上的神情，明显是赶快抽身隐退，避免一场不愉快的见面。除此之外，那表情并没有其他任何别的含义了。当她自以为溜回去而没人发现的时候，我看出她眼睛里在一瞬间闪过异常得意的神色——这一切都清楚地说明，这姑娘不爱我。我有很长的时间不能够把目光从沉寂的、静止的门口移开。这张门在镜子深处又重新成为一个空白点。我想对着镜子里的自己笑一下，但是却低下了头，赶紧回家倒在了沙发上。我的心情非常沉重，想哭却又哭不出来。再说：哭什么呢？“难道是？”我像个死去的人一样躺着，仰面朝天，两手放在胸前，反反复复自言自语：“莫不是？”诸位喜欢这个“莫不是”吗？

3月26日，冰雪消融的天气经过长久的动摇，我内心已经麻木，第二天，当我走进奥若金家那熟悉的客厅的时候，我已经不是三个星期中他们所认识的那个人了。我往日的诸多坏习惯，在新的情感影响之下我本来已经开始戒除，现在又忽然冒出来，并且控制了我，好似主人又回家了。像我这样的人，为人行事，一般说来并非以确凿的事实做判断，而是以主观印象为准绳。昨日还在幻想“互相爱恋的欢乐”，今日则对“不幸”深信不疑并且彻底绝望了。虽然，我无法对自己的绝望找到一个合理的借口，我不能够嫉妒公爵，无论他有怎样的优秀。仅仅是他的到来还不足以一下子根除丽莎对我的好感——得啦！她真的对我有好感吗？我回想过去的情景。“不是有过树林里的散步吗？”我问自己，“可是镜子里她的表情又做何解释？而树林里的散步好像……唉，天哪！我真是个无关紧要重的东西！”——终于我忍不住叫出声来。这就是我脑子里冒出来的没有想透的讲不完整的一串串念头，千百次重复，一个模式的旋风在脑子里打转。再说一遍，我再去奥若金家的时候，又成了一个形迹可疑、生性多疑、神经过敏又高度紧张的可怜虫——从儿童时代开始咱老子便是这个模样。

我走进客厅，他们全家人都在那里。庇兹明可夫坐在屋旮旯里。大家好像心情都很好，特别是奥若金，容光焕发，一开口便告诉我公爵昨晚在他家里待了整整一个晚上。丽莎平静地跟我打招呼。“哦！”我对自己说，“我现在懂了，为什么你们这么高兴。”我老实承认，听到公爵第二次来拜访，我真窘态毕露了。这点我没料到。一般说来，我们这号人物，对世界上一切事情都预料得到，只除开一件事，即事物自然进程中必然发生之事。我肚子里憋足了气，俨然扮出一副无辜受罪而又宽大为怀的样子。我对丽莎冷淡疏远，想以此来惩罚她，由这点可以看出，我对她还是没有彻底绝望。据说，在另一种情况下，当有人确实爱你时，折磨折磨那位钟情于你的对象，甚至是大有好处的。但处于我目前这种境地，这么干是愚不可及的。丽莎天真浪漫，对我根本毫不在意。唯有奥若金娜老太太一个人注意到了我一本正经的严肃。于是亲切地问我是不是不舒服，我苦笑着回答她，谢天谢地，我非常健康。奥若金继续滔滔不绝地说着他那位贵客，可是，发觉我不愿意发表意见，他便更多地转向庇兹明可夫，此人倒是津津有味地听他讲。忽然，仆人走进来禀报："公爵驾到。"主人立即起身，快步向前迎客。我立即用锐利如鹰的目光盯住丽莎，她兴奋得脸红了，屁股在椅子上轻轻扭动。公爵走进来，浑身香气，高高兴兴，和蔼可亲。因为我不是在为好心的读者写小说，而只不过写来供自己消遣消遣，那么，我就大可不必采用文学家先生们所惯用的巧妙手段了。我不兜圈子，立即开门见山，这就往下讲。第一天，一见钟情，丽莎就狂热地爱上了公爵，公爵也爱她。部分原因是无所事事，部分原因是他惯于弄得女人们对他神魂颠倒，但也由于丽莎确实就是个非常可爱的小东西。他们两个互相爱慕，本来不足为奇。大概，他无论如何也没有料到，竟然在这个肮脏的贝壳里（指不敬上帝的城）找到了这颗明珠。而她呢，时至今日，连做梦也没有梦见过如此仪表堂堂、聪明绝顶、勾魂摄魄的贵族少爷，恐怕连类似的影子也无缘相遇。

寒暄几句之后，奥若金便介绍我与公爵相识，公爵对我颇为有礼。他对所有的人大都是彬彬有礼的，虽然他跟我们落后的县城的社交界之间存在很大的差距，但他善于不但使任何人不感到拘束，而且甚至装得和我们平等的模样。他之所以住彼得堡，纯属偶然。这第一晚，哦！这第一晚！幸福的童年时代，老师给我讲了这个故事。以一个年轻的拉栖第梦人作为范例，他偷了一只狐狸，藏到自己的大氅里，狐狸竟然把他的内脏吃光了。他以坚毅的耐性哼也不哼一声，就这样可耻地死了。我找不到再好的比喻来表达这天晚上我看到丽莎坐在公爵身旁而产生的难以形容的痛苦。我不断强颜欢笑，折磨自己去细心观察，沉默着发呆犯傻，真想扬长而去又没胆量。结果是徒然闷坐，暗中吃苦——这一切，其形态大概是颇具特色的。至少一只狐狸在吞噬我的内脏。羡慕，嫉妒，恼恨自己不值一钱，要报仇雪耻却又没有办法，这一切，把我的心都伤透了！我必须要认输了，公爵的确是个非常善良可爱的年轻小伙。我一双眼睛瞪着他贪婪地看，我可能看他看愣住了，竟然没有眨眼睛。他不单跟丽莎一个人说话，当然也跟别人说话，但也只是为了她一个人。或许，他不喜欢我。他一定很快就猜到，他打交道的这个人是被抛弃的，但是，或许是可怜我，也同样因为深知是很安全的，所以对我特别和善。不难想象，这是对我莫大的侮辱！我记得，整个晚上我都想办法弥补过失。（读到这几行的诸君，不论您是谁，不要嘲笑我。何况这是我最后的一个幻想）天哪！各色揪心的苦难以排遣，我突发奇想，以为丽莎别无其他，只不过想报复一下，惩罚今晚会见开始时我那傲慢冷淡的态度。她故意跟我生气，只不过因为恼怒才故意跟公爵调情。我抽身走到她跟前，面带温和亲切的微笑，低声对她说："原谅我……其实，我这么做，并不是因为我怕他。"——不等她回答，我脸上赶紧做出活泼生动、无所谓的样子，要笑不笑，抬起手举过头顶。我本想整理一下脖子上的围巾，甚至打算一条腿转个旋儿。我心里想说："一切都过去了，我心情很好，让咱们都高高兴兴的！"可是，旋儿没有转成，我担心跌跤，因为膝头有点不听使唤。丽莎根本不懂我的用意，望着我的脸，莫名其妙。匆匆一笑，赶忙闪开，立即又找公爵去了。天哪！就算我是个瞎子，是个聋子，心里也不得不承认，她压根儿没有生气，这时对我也毫无气恼，因为她根本没有把我放在眼里，没有把我放在心上。致命的打击！我最后一线希望破灭了，好像春天的太阳照射的大冰，忽然哗啦哗啦四分五裂，化作许多碎屑。第一次交火，就溃不成军，好像一天之内全军覆没。不，她怎么会对我生气？相反，我看出，她自己正心甘情愿接受情欲波涛的洗礼。一棵小树苗，根株一半已经脱离河岸，她俯身面对汹涌的大海，心潮澎湃，不惜将此含苞欲放的青春以及整个生命永远献给他，不惜随波逐流而去。谁要是有缘目睹这以身相许的过程，假设此人爱她而不被她所爱，那么，此人的感受将如何呢？吃不了兜着走！我会永远记得她那时的神情，她恨不得一口吞下去，含情脉脉，快活无边，一往情深，忘乎所以，天真地将其他的一切置诸脑后。那双眼睛啊，残留孩子似的天真，又掺杂女人的娇媚，还有那倾心的微笑，像是正在绽开的一朵鲜花，嘴唇半开半闭，脸蛋上两朵红晕如晚霞一般红艳艳……这一切，上次我和她在树林中散步时她早已预感到的这一切，如今都实现了。她断然投身于爱欲，于是心安理得，暗自庆幸，有如新酒已经停止发酵，现在该是时候拿出来喝了。我真有耐性，整整坐了一个晚上以及往后的几个夜晚，都是从开始坐到结束。我早就已经绝望了。眼见得丽莎与公爵一天比一天更加互相倾慕，我已经彻底丧失优越感，因而无妨目睹对自己这么尴尬的场面。记得有一次，我决定不去，从早上就给自己下定决心待在家里，可是到了晚上七点（我一般是七点出门），我便跳将起来，戴上帽子，喘着粗气，像疯子一样奔向基里拉马特维伊奇的客厅。我的举动真是异常的荒唐，枯坐那儿，一句话也不说，有时甚至一连几个夜晚不说一句话不吐一个字。已经说过，我这个人，生来没有才能，从不善于辞令，可是到了如今，一见到公爵，我脑子里的那一点点智慧全都跑光了，我成了光秃秃的一个东西，一无是处，一无所能，一无所长。再说，这之前当我孤身面对自己时，我曾强迫自己开动脑筋，将昨晚我有所留意有所发现的一切反复琢磨，为的是再去奥若金家的时候，我还有能力进行观察。他们宽恕我，把我当成病人，这点我看出来了。每天早上，我都做出新的决定，大都是在失眠之夜闷坐难忍的过程中做出的，决定好好跟丽莎当面谈谈，向她提出友善的忠告……可是，当我找到机会单独跟她面对面的时候，我的舌头又不听使唤了，舌头好像煮熟了，结果是我跟她都焦急地盼望赶快来个第三者。有时，我真想一走了之，当然是一去不回头，给她留下一封信，信中对她尽情加以责难，这封信，有一次我竟然开了个头，但是，我心头的正义感尚未丧失罄尽。我懂得，我无权在任何事情上责备任何人，因此我把那张纸条付之一炬。有时，我忽然襟怀坦荡天地宽，决定牺牲自己，祝福丽莎的爱情幸福美满，从一个角落里向公爵友善地微笑——不过，铁石心肠的情敌不但不感谢我做出的牺牲，甚至毫不在意。看起来，他无须我的祝福和微笑。到了这步田地，我怒从心上起，情绪陡然突变。我发誓，我要学西班牙的好汉，用斗篷包裹全身，腰藏匕首，隐身蹿上前去，一刀捅死情敌，看丽莎去痛苦吧！我则幸灾乐祸开心之至……再一想，首先，城里头，很少有阴暗的角落；其次，这儿有围墙、街灯，岗哨就在不远的地方。这事儿不能做！这城关的角落里只便于卖馅饼，不能用于骗人。我应该承认，我跟我自己略微商量以后，觉得这么多拯救的办法也都已经想尽了。最终想到，为什么不去找他本人试试看呢？向这位贵族指出，他女儿现在很危险，她一厢情愿地轻率打算的后果将不堪设想。有一次，我甚至有机会跟他说到这个敏感的话题。可是，我把话说得那么含糊不清，他自己也搞不明白，听着听着，忽然好像睡意方浓，抬起手使劲擦脸，从鼻孔里呼呼地喷着粗气，然后走到一旁去了。真是说不明白，我果断决定这样做的话，好不容易，我深深地相信，我这么做完全是一片好心，并不是为了自己，只不过是为了大家考虑，履行他们家庭的一个朋友的责任和义务罢了。不过，我必须承认，即使基里拉·马特维伊奇不打断我，我也不一定有胆子把我事先准备好的腹稿说完。有时，我也俨然像个远古的哲人，公平庄重，评估公爵的分量；有时，我也自我安慰，希望丽莎终将醒悟，她目下的倾心并不是真正的爱情。哦，一切都是枉然！一句话，我不知道，当时还有什么别的办法没有想到。不过，我坦白承认，只有一个办法我从来没有想过，那就是一次也没有想过自己动手结束自己的生命。为什么没有想到？我不知道。或许，当时我已经预感到，即使不动手干掉自己，我反正也活不了多久了。

显然，在上述对我非常不利的情况下，我的举动，我待人接物的态度比任何时候都更紧张，更不自然。连奥若金娜老太太这个极其迟钝的生灵也怕见我，不知道怎样对待我才好。庇兹明可夫这个礼貌周全、准备随时效劳的人，也回避我。当时我就觉得，我跟他理应同病相怜，因为他也爱丽莎。我向他做过暗示，他却从不搭腔，他总不愿意跟我交谈。公爵待他特别友善，甚至可以说，公爵尊敬他。无论是庇兹明可夫还是我，我们都不妨碍公爵跟丽莎的关系，但他不像我，从不回避他们，跟他们交往，既不像恶狠狠的狼，也不像可怜巴巴的羊。当他们愿意的时候，他也乐意加入他们一伙。不错，加入他们一伙时，他并不特别爱开玩笑了，不过，他过去有时高兴的时候，也显得非常文静。

就这样过了将近十四天，公爵不但仪表堂堂和聪明过人，他还会弹钢琴，会唱歌，擅长绘画，还会讲故事。他在首都上层社会的生活中耳闻目睹的小故事，娓娓道来，给听众留下非常深刻的印象。特别意味深长的是，他自己认为这些趣闻逸事可说是再简单不过的计谋，果然奏效，结果是他在某城虽然逗留时间不长，却把本地上层人士都迷住了。要把咱们草原兄弟们迷住，一个出身高贵的人总是轻而易举的。公爵经常拜访奥若金一家（他在他们那儿度过了所有的晚上）。当然引起其他贵族和官员先生的妒忌，可公爵作为一个上流社会中的人，又为人聪明，他没有回避其中任何一个人，到所有人家里去做客，对所有的太太小姐至少说一两句亲切的话，允许人家款待他吃过分奇巧而不易消化的菜肴，喝牌子漂亮的劣质酒——总而言之，他举止大方得体、机警灵活。一般说来，公爵是个性情快乐的人，善于应对进退，各方面照顾周到，同时心里算盘又打得很精。他怎能不在各个方面都完全成功呢！打从他来到的那天起，奥若金全家人都觉得时间过得真快，比平日快得多，因为一切都美好而顺利。奥若金老头尽管装出啥也没觉察的样子，但是，一想到招来这个女婿，心下便暗暗高兴地搓搓手。公爵本人把事情处理得十分得体而不动声色，可是，忽然发生了一件意料不到的事情。明日再说，今天我累了。这些回忆激怒我，几乎将我推进棺材。杰连季耶夫娜今日发觉我的鼻子变灵敏了。据说，这不是好兆头。

3月2日。事情处于上述状态。公爵和丽莎互相爱恋，奥若金老两口等着水到渠成，庇兹明可夫一贯到场——关于此人实在无话可说。

我则像是一条活鱼落到了冰块上，力所能及进行观察。记得，那时我给自己提出一个任务，不能眼看她在诱惑者的情网之中活活送命，因此，我特别留神使女和那一扇具有决定意义的后门；另一方面，有时我一连几个通宵沉溺于幻想，到时候，我宽宏大量，感人肺腑地向受骗上当的女娃伸出我的手，对她说："狡诈凶险之徒蒙骗了你，可是，我是你忠诚的朋友，来吧！让咱们把过去通通忘掉，你我将幸福无边！"——忽然，一个令人兴奋的消息传遍全城：为了欢迎贵宾，本县贵族首席代表将举办盛大舞会，地点在他自己的庄园戈尔诺斯塔夫卡，又名古勃尼亚可沃。全体官员和有钱有权的大人物，从县长一直到药房掌柜，都被邀请了。药房掌柜是个自命不凡的德国佬，自以为说着一口流利的俄语，结果往往说得根本就不对。例如，"全都见鬼去，老子今日做好汉。"照例，全城兴师动众，一个化妆品小铺子卖掉十六盒化妆膏，盒子上标注着"茉莉香型"，最后不知道为什么加了个俄文字母。小姐们自己打扮自己，设计出束紧腰身束得肚皮疼的连衫裙；妈妈们借口说要把发帽抱起来，给自己头发上放上了那么多的装饰品；父亲们则各个地方地张罗，累得生了病……盼望的日子马上就要到了。我本人也被邀请了，从城关到戈尔诺斯塔夫卡足有九俄里。基里拉·马特维伊奇提议在他的轿车里给我留个位子，我婉言谢绝了。就像是受到惩罚的淘气的孩子，一心想怎么样报复父母，于是在吃饭时不吃好吃的东西。再说，我也感到，我坐到车上会使丽莎感到不自在。庇兹明可夫取代了我的位子，公爵坐他自己的轿车，我为了赴这个盛大的宴会，花了很大一笔钱租了一辆老旧的轻便马车。我没有计划来描绘这场舞会。舞会上，一切井然有序地进行着：演奏管弦乐曲，小号跑了调，全家出动的地主们目瞪口呆，冰激凌颜色发紫，杏仁酪粘不拉叽。许多人足蹬嘎嚓响的皮靴，手戴自家编织的棉布手套，本地才子们面目凶狠痉挛……如此这般，不一而足。这个小小的世界全部围绕着他们的太阳旋转。所谓太阳，就是公爵大人阁下。我被淹没在人群里头，甚至连头插蓝鲜花、满脸红粉刺的年方四十八岁的老姑娘们，躲在阴暗的角落里，对我也不曾注意。可是我，却我行我素，一双眼睛时而死死盯住丽莎，时而盯住公爵。这一晚，丽莎穿着特别合身，逗人怜爱，她本人也容光焕发，楚楚动人。他俩只跳了两轮舞（不错，他俩跳了马祖加舞）。不过，至少我觉得，他俩之间，也已暗中互通消息，眉目传情！他，即使不看她，即使不跟她搭话，但心目中只有她，向着她，跟她眼神交流，跟她进行无休止的心灵对话。他风流倜傥，容光焕发，跟许多人交谈，满面春风——其实都是为了她。她已经意识到，她是舞会的皇后并被他所爱，因此，她光彩照人，脸上同时洋溢着孩子似的欢乐，天真的自豪以及更为深刻的情感。她全身遍照幸福之光。这一切我都看在眼里，我不得不对他们俩细心地观察，这已经不是第一次了。一开始的时候，我深感痛苦，后来，我好像有所感动，最终，我几乎疯了。我忽然觉得我自己心肠狠毒，我记得，我对此心生欢喜，甚至对自己产生了敬意。“让他们看看，老子还没有死！”我对自己说。马祖加舞曲奏响了，我平静地看看四周，冷淡随便地走到一位长脸小姐跟前，她长着光亮的红鼻子，嘴巴好像关不大拢，脖子青筋暴突，令人想起大提琴的把手。我走到她跟前，踢响鞋后跟，邀请她跳舞。她身着好像大病初愈尚未完全恢复健康的玫瑰红连裙衫，头上插的发簪，状如一只大苍蝇，在铜片弹簧上不住颤动，大有即将嗡嗡飞走之势。一般说来，这位少女（如果可以这么表述的话），浑身散发出陈年的酸腐气味，她枯坐无奈、时运不济恐已多年。从舞会一开始，她就没有挪动过地方，因为没人邀请她。一个十六岁的淡黄头发的少年，没有女伴，本想找她，已向她那个方向迈出了一步，又想了想，看了看，便匆忙躲进人堆里去了。诸位不难想象，她接受我邀请时是如何惊异和兴奋！我示威似的搂着她滑过整个大厅，找来两把椅子，一人一把，一屁股坐下，坐在马祖加舞的圈内，周围是几十名男女，成双成对在那里跳舞，我正好面对着公爵，此人此刻当然是舞场魁首。上面说过，公爵正跟丽莎跳马祖加。没有人来烦我们，没有人来邀请我，也没有人来邀请她。因此，我们可以有足够的时间进行交谈。说实话，我这位女伴说话的能力不怎么强、语句不大连贯，这也难怪，她的嘴巴另有用途，即是上唇朝下用劲制造出怪味的微笑，这以前我没见过。与此同时，她两只眼睛往上翻，好像冥冥中有一股无形的力量拉扯她的脸蛋；可是，我倒并不需要她能说会道。好得很，我感到满腔怒火要发泄，而我的女伴没有使我泄气。我痛骂世界上的一切人和事，特别是首都的公子哥儿们，越骂越火，终于险些放浪形骸，我的女伴吓坏了，停止制造微笑，眼睛不再往上翻，忽然理当出于惊讶地斜起眼睛看着我，好像直到这时她才发现，她脸上还有一只鼻子。我身旁有个人就像是刚刚睡醒的舞台上的戏子，是上面提到的那类本地才子之一，不止十次留神看我，甚至面对面盯着我，脸上的表情好像在说：“你这是干什么？”其实，我虽然在夸夸其谈，眼睛却始终盯着公爵和丽莎，不断有人邀请他们跳舞。我心里并不太难受，眼睁睁看着他搂着她跳舞，又见他跟她肩并肩坐着交谈，两人脸上洋溢着热恋中人温情的笑不完的笑——即便这时，我也不太难受。可是，当一个放肆大胆的花花公子搂着她飞舞，而公爵膝头上搁着她的天蓝色围巾，他暗自庆幸，喜形于色，若有所思地欣赏着她曼妙的舞姿——到这个时候，我就控制不住自己了，很生气地诅咒他们。我女伴听了，大吃一惊，她两个眼珠向中间集中，盯住我鼻子！这个时候，马祖加舞曲奏完，又开始进行新的游戏，名叫“信托小姐”。新游戏的规则是这样的：一位女士端坐圆圈中央，由她挑选出另一位女士充当小姐，在她的耳边悄悄地说出她想与之共舞的先生的姓名，接下来，一位男士将诸男舞伴一个个带到端坐中央的女士面前，信托小姐则一一否定，一直到这位事先挑选的幸运儿出现为止。丽莎坐到圆圈中央，她挑选了主人的女儿当作信托小姐，这位小姐就像一般所说的那样“上帝与她们同在”的众多姑娘中的一个。公爵开始寻找当选人。他徒然引荐了十来个年轻人，公爵终于挑选到了我头上。这一刹那，出人意料的情况在我身上发生了：我感到浑身振奋，本来不想接受，可是，我却站起，走到她的面前。公爵将我向丽莎领了过去……她甚至都没有看我一眼，主人的女儿摇摇头表示否定，公爵向我转过脸来，明显是被我脸上的气愤的表情所触动，深深向我一鞠躬。这一鞠躬，意在讥讽，由扬扬得意的情敌传达给我的这一拒绝的信息，他那放肆的微笑，丽莎的冷漠傲慢——这一切，使我怒从心上起，我走到公爵面前，咬牙切齿地小声说：“您竟敢嘲弄我，是不是？”公爵惊讶而鄙视地瞅我，又抓住我一只手，假装送我归原位，冷冷地回答：“是问我吗？”“对，是问您！”我又小声说，顺从着他，即是说，跟随他回到我的原位，“是问您。我不允许任何爱出风头的彼得堡的绣花枕头。”公爵冷冷一笑，宽厚地捏紧我的手，细声说：“我理解您，但这儿不是说话的地方。我们以后再说吧。”他转身就去找庇兹明可夫，然后领着他去丽莎跟前。这位脸色发白的小公务员倒是事先选定的人。丽莎站起来迎着他走过去。我坐在我那位头上插着大苍蝇发簪的女伴身边，觉得自己简直是个英雄，此生不枉为人也！我的心跳得很厉害，浆硬的坎肩下，我的胸膛昂然坚挺，我的呼吸又深又快——忽然，我气势汹汹瞪了一眼身旁的一位才子，此人一条伸向我的腿不禁抖动了一下。瞪了此人之后，我放眼四顾，对跳舞的鸟男女扫视一番。我发觉，有二三才子心怀叵测，注意看我，但大体看来，我与公爵之间的纠纷并未被人发觉。我那位情敌已经坐在他的椅子上了，完全心平气和，跟原先一样笑容满面。庇兹明可夫领着丽莎回到原位。她友爱地向他行礼，然后立即回到公爵身边，我看出，她有点隐隐不安，但他对她报以微笑，姿态优美地挥挥手，大概对她说了一两句特别逗趣的话，因为她兴奋得满脸通红，垂下眼帘，然后，抬起含情脉脉而又貌似责备的眼睛看着他。

我心头洋溢的英雄气概一直继续到马祖加舞完毕。我已不再说挖苦话，只是偶尔阴沉严厉地瞅瞅我的女伴，她大概有点怕我了，说话结结巴巴，不断眨眼。我便把她交给她母亲（一位头戴红色帽子的胖女人）的天然保护之下。我把吓坏了的少女交给理应接收她的人，便向窗走去，两手交叉放在前胸，开始等待发生什么事情。我等了相当久。公爵一直被主人缠住，好似英格兰被海水围困，周围是县首席贵族一家和其他宾客。再说，如果他向我这个无关紧要的人走过来，并跟我交谈，那一定会引起轩然大波。我自己也有无关紧要之感，我记得，这倒也使我痛快一时。“开玩笑？”我想，眼见得他跟一个个受人尊敬的人交谈，那伙人哪怕“片刻”受到他的注意也深感荣幸，“开什么玩笑，亲爱的小鸽子！快到我这儿来，因为我已经侮辱过你了。”终于，公爵十分圆滑地摆脱掉自己的那群崇拜者，朝这边走来，走过我身边，好像瞭望窗外，又好像是望着我的头发，转过身来站住，好像想起了什么。

“啊，对了！”他微笑着对我说，“差点忘了，我跟您还有桩小事情得处理处理。”

纠缠不休、尾随其后的两个地主，大概以为，所谓“小事情”是桩公事，便恭敬地退避了。公爵抓住我的手把我领到一旁。我的心敲打着我胸膛。

“您，看起来。”他说，“您”这个字拖得很长，带着轻蔑的神情盯住我的下巴。奇怪，这表情跟他那鲜艳漂亮的脸蛋极其合拍，“您向我说了无礼的话，是吗？”“我怎么想就怎么说。”我提高嗓门反驳。“轻点！”他说，“正派人是不会大喊大嚷的。或许，您想跟我决斗吗？”

“悉听尊便。”我挺直腰杆回答。“那我就向您挑战，”他漫不经心地说，“倘若您不收回您那句话。”

“我根本不打算收回。”我高傲地回答。

“真的吗？”他说。冷冷一笑，“在这种情况下，”他沉默了一下又说，“我很荣幸，明天我将派我的证人去找您。”“很好，阁下！”我说，口气尽可能冷漠。

公爵稍微一鞠躬。

“我不能禁止阁下认为我是绣花枕头，”他说，傲慢地眯起眼睛，“但公爵绝不是爱出风头的人，再见了，先生，施图卡图林先生。”

他急忙转过身去，背对我，匆匆忙忙地离开了，朝着开始一脸激动的主人走过去。

施图卡图林先生！我叫丘尔卡图林……对于这个最后但却致命的侮

辱，我一时愣住了，竟想不出话来反驳他，只是极度的愤怒，看着他离开。“明天看吧！”我自己跟自己说，咬牙切齿。我立刻找了个我熟识的军官枪骑兵大尉柯罗别尔齐亚耶夫——一个什么都不怕的浪荡公子、一位优秀的好汉，我简单几句话把我跟公爵的争端告诉了他，让他为我证明。他一句话都没说，立刻表示同意，我便回家了。

我一晚上都没有睡着，心潮起伏，并不是因为我害怕．我可是一个有胆量的人。我甚至从来不会考虑自己会死，这生命，德国人相信是世上最珍贵的东西。我只考虑丽莎一个人，想到我那破灭了的期望，思考接下来我应该怎么做。“我应当努力杀死公爵吗？”我问自己，当然我想杀死他，不是为了报复他，而是想为丽莎除害。“但她是经受不住这个打击的。”我这么想，“不，还不如让他把我杀死！”我坦白承认，像我这样的县城里卑微的小人物居然迫使公爵这样的重要人物跟自己决斗，想到此，心里倒也非常得意。

早晨我就处于上述思想状态之中，不久柯罗别尔齐亚耶夫来了。

“喂！”他走进我卧室，问道，“公爵的证人在哪里？”

“哦，您别急，”我遗憾地回答，“现在还不到早晨七点，公爵大概还在睡大觉。”

“既然那样，”吵吵嚷嚷的骑兵大尉说，“那就请您叫人端茶来，从昨晚我就头疼，连衣服也没脱。不过，”他又补充一句，打了个哈欠，“一般说来，我很少脱衣服。”给他上了茶。他喝下六大杯茶，抽了四袋烟，他告诉我，他昨天没花几个钱就买了一匹马，这马连车夫都不敢要，他打算调教它，拴住它一条前腿——说着说着他睡着了，没脱衣服。口里衔着烟斗，躺在沙发上。我起床，整理了一下自己的文件。有张丽莎邀请我的便笺，那是她写给我的唯一字条，我本来将它珍藏在胸口，我取出来，想了想，把它扔进字纸篓。柯罗别尔齐亚耶夫不时轻轻打鼾，脑袋从皮枕头上往下滑。我久久观赏着他那头发蓬乱、豪迈剽悍、无忧无虑而善良的脸膛。十点，仆人进来报告，庇兹明可夫来了。公爵竟然挑选了他做证人！我跟他把睡得正酣的骑兵大尉叫醒。他起来，一双眼睛睡意蒙眬地望着我们，沙哑的嗓音要酒喝，他整整衣，向庇兹明可夫点点头，便跟他走进隔壁房间去商量。两位证人先生商量的时间不是很长。过了十五分钟，两人回到卧室，柯罗别尔齐亚耶夫向我宣布：“决斗于今日下午三时进行，用手枪。”我默默点头表示同意。庇兹明可夫当即告辞走了。他脸色有点儿发白，内心激动，正如还不习惯于这种勾当的人那样，但倒也谦恭有礼和冷静。在他面前我好像做了错事似的，不敢正眼看他的眼睛。柯罗别尔齐亚耶夫又开始讲他的马。

这种说话我觉得正合我脾胃。我害怕他提到丽莎。可是，好在我的这位骑兵大尉不爱搬弄是非，更有甚者，他蔑视所有的女人，把她们一律叫作冷盘（天知道为什么）。下午两点我们吃了点东西，三点准时到达决斗地点——就在我曾经跟丽莎散步的那片离悬崖不远的桦树林里。

我们首先到达。公爵和庇兹明可夫也没有让我们久等。毫不夸张，公爵鲜艳得简直像一朵蔷薇，一双灰色眼睛在帽檐下显得异常和蔼可亲。他抽着雪茄烟，见到柯罗别尔齐亚耶夫，友好地跟他握手。甚至对我也非常亲切地鞠躬。而我则相反，自己都感到脸色发白了，令我非常恼火的是，我一双手竟然微微发抖，喉咙发干。我至今还没有跟人决斗过。“天哪！”我心里想，“但愿这位爱嘲弄的先生别把我的激动当成胆怯才好！”我暗中诅咒自己的神经见鬼去吧！但是，我终于抬起眼睛盯住公爵的脸看了一眼，看到他嘴角浮现一丝难以觉察的冷笑，忽然我把心一横，立刻镇定下来了。这时，两位证人划定界限，量了步数，给手枪装上子弹。柯罗别尔齐亚耶夫干得更多，庇兹明可夫主要是看着他干。天气十分好——不亚于我永志不忘的那一次郊游。跟那次一样，金绿色的枝叶间显露出深蓝色的晴空。微风吹过，树叶簌簌，使我振奋。公爵还在抽他的雪茄，肩膀斜靠着一株椴树树干。

“先生们，请开始吧！准备！”柯罗别尔齐亚耶夫终于宣布，交给我们一人一支手枪。

公爵走出几步，停了下来，回过头来对我说：“而您还是不愿意收回您的话吗？”我不想回答他，我的嗓子失去了控制，我只鄙视地挥挥手，对此我感到心满意足。公爵冷笑一声，站到自己的位置上。我们开始背对背走向早已画好的界线。我举起了枪，对准敌人的胸膛——这一刹那他的确成了我的敌人——忽然好似有人推了一下胳膊肘，我扳动枪机，射出了子弹。公爵身子晃了一下，用左手捂住了太阳穴——一股鲜血从白麂皮手套下喷涌而出，沿着他面颊向下流淌。庇兹明可夫立刻向他奔了过去。

“没关系，”公爵说，摘下打穿的帽子，“如果没打中脑袋不倒下，那就只是破了一层皮。”

他非常镇定，从衣兜里拿出麻纱手绢，擦了一下浸满鲜血的鬈发。我呆在那里，看着他，一动也不动。“请回到决斗线上去！”柯罗别尔齐亚耶夫大声地喊。

我这么做了。“还要继续决斗吗？”他问庇兹明可夫。庇兹明可夫什么也没说。但是，公爵的手绢还捂在伤口处，也不给自己享受一下在决斗线上折磨我的乐趣，一脸微笑地说：“决斗已经结束了。”接着向着天空放了一枪。我欲哭无泪。这个人，以其宽宏大度把我完全踩到烂泥里去了。我本想反抗，本想要求他对准我放一枪，但他已经走过来了，向我伸出了手。

“我们之间一切都忘记了，是不是？”他亲切地说。我看了看他那张苍白的脸和染了血的手绢，我顿时慌了手脚，无地自容地握了握他的手。“先生们！”他向两个证人说，“我希望，一切都能保密！”

“那是自然！”柯罗别尔齐亚耶夫大声应和，“可是，公爵，请允许我……”

他便动手给公爵包扎头部。

离开时，公爵又向我一鞠躬，但庇兹明可夫连看也不看我一眼．我被打死了——名义上被打死了。我跟柯罗别尔齐亚耶夫回家去。“你怎么啦？”骑兵大尉问我。“您放心，不是很严重的伤。到明天他就可以跳舞了，如果他想跳的话。或者，您后悔没有把他打死？那可没有必要；他实在是个好小伙子。”

“干吗他宽恕我？”我终于说。“您这个人呀，真是！”骑兵大尉平静地反驳我，“唉！我真不懂你们这伙文人！”

我不知道他为什么叫我“文人”。

这次不幸的决斗之后，那整整一夜，我心头受尽折磨。我的自尊心受到难以想象的刺激。并不是良心受到折磨，而是意识到我的愚蠢毁了我。“我，是我自己给了自己致命的一击！”我自说自话，在房间里大踏步走来走去，“公爵被我打伤，而他宽恕了我，对，丽莎如今是他的了。现在，什么办法也救不了她了，她已经濒临危险的边缘。”我心里明白，我跟公爵的决斗绝不能保密，虽然公爵发了那句话，任何情况下，这事瞒不过丽莎。“公爵不至于那么笨，竟然不利用这个机会。”我发疯似的自言自语。可是，我又错了。第二天，全城都知道了决斗的事和决斗的真实原因。不过，不是公爵露的口风，恰恰相反，当包扎着头部并且事先想好了托词的公爵出现在丽莎面前时，她早已知道了。是庇兹明可夫出卖了我，还是通过别的渠道让她得知这个消息的，那我就不知道了。再一想，在这小小的县城里，难道可能隐瞒什么事情吗。诸位不妨想象一下，丽莎会怎样接待他呀！奥若金全家会怎样接待他呀！至于我本人，不在话下，自然瞬间成了大众愤恨和厌恶的对象，被视为恶棍、醋坛子。我为数不多的几个熟人也像逃避麻疯病人一样回避我。市政当局立即向公爵建议应照章行事，对我严惩不贷。公爵本人的坚决而毫不让步的要求防止了危及我个人的灾难。命中注定此人彻底毁了我。他用宽宏大度作为棺材盖，把我砰的一声关进棺材。奥若金一家立即对我也施以闭门羹，不在话下。基里拉·马特维伊奇甚至把我遗忘在他家的一支铅笔也退还给我。说实话，他倒不应该对我生气。我的“疯狂的”醋劲（如城中所说），倒也使丽莎跟公爵的关系明朗化，进而确定下来了。奥若金夫妇以及旁人，已经把他当成未婚女婿看待了。实际上，公爵对此并不太感愉快，但是，他十分喜欢丽莎，再说，他那时还没有完全达到目的。他不愧为上流社会中的聪明人，具有随机应变的绝妙能耐，因而立即适应了自己新的处境，即是说，立刻进入角色。可是我呢？我对自己，对自己的前途，已经不存任何指望。

五内俱焚，万难忍受，像是超载的马车，吱吱嘎嘎地响。到了这步田地，痛苦理当不再招人耻笑了。可是，不！耻笑伴随着眼泪，泪流尽，耻笑犹存！此刻，周围没有人烂嚼舌头，也没有人说什么，但嘲笑的声音仍不绝于耳……因为，首先，我不想看到自己被嘲笑；其次，我现在精疲力竭，只得将这故事摘下，如果上帝开恩，故事结尾且下次讲给大家听。

3月29日，轻寒。

昨日的天气是解冻的日子，我有气无力地继续写我的日记，很多的时间我躺在床上跟杰连季耶夫娜闲聊。这也是个女人！六十年以前，她首任丈夫死于瘟疫，她活得比自己儿女们的时间都长，老得不可想象，想喝茶就喝茶，吃饭吃得饱饱的，衣服穿得暖暖的，可她，您猜猜，她昨天跟我闲聊了些什么？我安排给另一个头发秃光的老太婆一件虫蛀了的仆役制服的衣领做坎肩（她拿围巾当坎肩），那么为什么不给她杰连季耶夫娜呢？“我的议案呢！我是您奶妈呀，我的小少爷，您这么做，不怕犯罪？可我对您，操了够多的心了！”等等。这没良心的老太婆一直在责骂我，骂得我心烦意乱……可是，故事讲不完了。就这样，我像被车轮碾断半截身子的一条狗那样痛苦。我被赶出奥若金的家门，只是到了这个时候，我才彻底领悟，一个人可以从洞察自己的不幸之中得到多大的乐趣。哦，人呀人！真是可怜之至的生灵！可是，从哲学角度观察，我在彻底孤独之中打发日子，只有通过拐弯抹角的，甚至卑鄙下流的途径我才能打听到奥若金家里发生了什么事，公爵在做什么，因为我的仆人认识公爵的马车夫妻子的表姑。这种关系使我减轻了不少负担，我的仆人根据我的暗示和馈赠，很快就能得知每天晚上当他给老爷脱靴子的时候老爷跟他说了些什么。有时，在大街上我也偶然碰到奥若金家里的某个人，庇兹明可夫，甚至还碰见过公爵。我跟公爵，跟庇兹明可夫互相点点头，但没有谈过话。我见过丽莎三次：一次是在时装店，她跟她母亲在一起；第二次是见她坐敞篷轿车，跟她父母以及公爵在一起；第三次是在教堂里。当然，我不敢走到她身边去，只是在远处望着她。在时装店里，她显得心事重重，但很快乐，她定做了什么衣物，匆忙量尺寸。她妈妈两手交叉放在腹前，欣然微笑，望着她，唯有慈母才会这么愚蠢而忠诚地傻笑。跟公爵坐在敞篷马车上的丽莎——这辈子我也不会忘记。奥若金老夫妇坐在马车后排，公爵和丽莎坐前排，比平日脸色更见苍白，脸蛋上暗暗显出两朵红晕，她歪过身子向着公爵，右手撑着，左手打阳伞，娇慵地低垂着头，一双会说话的眼睛直勾勾地望着他的脸。此时此刻，她整个身心都心甘情愿献给他，毫无保留地信赖他。我来不及好好注意公爵的脸色——马车疾驰而过——但我觉得，他也动了真情。第三次我在教堂里见到她。她跟公爵在一起坐马车那天之后，不足十天之后——是不足三个星期，公爵的公务已经办完，但他还是拖延了行期，他回报彼得堡说他病了。城里每天都在盼望着他向基里拉·马特维伊奇家正式求婚。我本人也唯愿这最后一打击快点来，以便永远离开。我不能够每天闷坐在家里，于是从早到晚在近郊闲逛。一个阴霾蔽日的日子，我郊游归来，途中遇雨，便走进一座教堂，晚祈祷刚刚开始。人很少，我四下里打量，发现一个窗口旁边有个熟悉的侧面。乍一看，我没认出来：一脸惨白，眼神忧郁，两颊深陷——难道这就是十四天前我还见过的丽莎吗？她披着斗篷，没戴帽子，从一扇宽大的白色窗户射进来的冷光从侧面照彻她全身，她一动不动，仰望圣像，好像尽力祈祷，一心想摆脱凄凉的麻木状态。一个满脸红润的肥胖小厮，胸前挂着黄色的庇护圣徒像，双手抄在背后站在她后头，瞌睡沉沉，困惑莫解地望着自己的小姐。我浑身战栗，本想立即走到她跟前去，但我停步不敢向前。痛苦的预感紧紧压迫我胸膛。直至晚祷完毕，丽莎动也没动一下。人都走光了，教堂执事开始打扫，可她还是没有动弹。小厮走上前，对她说了一两句话，碰了碰她的衣服。她回转头，摸摸脸就走了。我远远尾随，直送她回到家，然后返回自己家里。“她毁了！”我走进自己房间，大叫一声，作为一个诚实的人，我也说不清我当时的感受究竟属于哪一种类型。只记得，我抱着两手，往沙发上倒下去，眼睛死死盯住地板。但我不知道，为什么忧伤四面袭来之际，我倒好像心里有些满足之感。倘若日记不是写给我自己看，我是不会坦白承认这一点的。可怕的预感折磨着我，有谁知道，如果这预感没有应验，或许，我会感到更加为难。“这就是人心啊！”一读到此，某个俄罗斯中年读者定然会举起戴宝石指环的肥肥的食指，意味深长地叹息一声。可是这位读者先生的高见跟我又有什么关系呢？不论怎么说，我的预感是正确的。忽然满城风雨，说是公爵好像接到彼得堡的命令，已经走了，他没有找基里拉·马特维伊奇及其妻子向他们的女儿求婚，就偷偷溜了，丽莎直到死都会为他的背信弃义而痛哭。公爵离去，实在猝不及防，因为就在前一天，他的车夫说，根据我的仆人传递的信息，他主人一点也没有离去之意。这个消息使我浑身似火烧，我穿戴整齐本想直奔奥若金家，但思考了一会儿，觉得不是很好，等到明天方更有礼貌。我待在家中关注着一切。就在这天晚上，有个名叫潘多比波卢罗的先生，突然跑来找我。他是经过此地的希腊人，很偶然地在这里停留。他是个搬弄是非的第一流行家，听到我跟公爵决斗，他替我感到很不值。他不等仆人通报，就像一阵风一样冲进我房里，紧紧握住我的手，无数次地向我道歉，称颂我为宽容善良、刚强勇敢之典范，把公爵描绘成卑鄙下流的人，对奥若金夫妇也一起批评。说现在这个时候，他们活该，无意中也扯到丽莎。他吻吻我肩膀便走了，临走时还补充了一句："我从他口中才知道，公爵是个'真正的大官'。离开的前一天，他对基里拉·马特维伊奇委婉的暗示冷冰冰地回答，他不想欺骗任何人，也不打算结婚，然后站起身，一鞠躬走了，他就是这等货色。"第二天，我去了奥若金家。那个近视眼仆人见我来了，闪电般从板凳上跳下，我吩咐他去通报，他跑开又立即返回，说请进。我走进基里拉·马特维伊奇的书房。

3月30日，严寒。

我便走进基里拉·马特维伊奇的书房。那位可敬的官员赶忙掩上布哈拉长袍，两手前伸，迎着我走上前，此时此刻，如果有谁能向我本人再现当时我脸上的神情；我会对他重重奖赏。那时，我定然是一身正气，低首。心可又扬扬自得，设身处地对他表示同情，总之，胸襟坦荡而问心无愧。此时我真有征服非洲的西庇阿那般古罗马大将的雄风大度。奥若金显然非常困窘而悲伤，避开我的目光，原地跺脚。我又发觉，他说起话来极不自然地大声嚷嚷，说的话也模棱两可，可是又热烈地请求我原谅，含糊地扯到离开了的那位客人，又说富贵如过眼云烟，人生如梦，感慨万端而言语含糊，人云亦云。忽然，他感到自己热泪盈眶，于是赶忙闻鼻烟，看来是想瞒过我促使他流泪的原因。他用的是俄罗斯产的绿烟末，大家都知道，这种烟末能催老头落泪。一段时间内，泪眼蒙胧，看人混沌，我跟老人周旋，当然小心翼翼，问问他的身体如何，问问他夫人和女儿身体可好，随即话锋一转，巧妙地将话题引向大家都感兴趣的作物轮种的问题上去了。我的穿着一如往常，但是，我心头洋溢着温柔的尊敬之情与宽和之感，好像在欢度节日，心头新颖而轻松，好像我已经穿上了洁白的坎肩，系上了洁白的领带。唯有一件事令我惶惶不安，那就是想到要跟丽莎见面。奥若金终于主动提出带我去见他的夫人。这位心地善良却生性鲁钝的老太太一见到我，一开始的时候十分难为情，但她的头脑还没有学会长久保持同一情感和同一印象，因而她很快就心平气和了。终于我见到丽莎，她走进房来……我原以为，我将看到的她准是个羞愧难当、后悔莫及的女罪人模样，于是我事先就在自己的脸上扮出最柔和最开朗的神色。干吗不说老实话呢？我的确爱她，也真盼望有饶恕她的好机会，有朝一日能向她伸出自己的手。可是，万万没有料到，她回应我意味深长的鞠躬时竟然冷冷一笑，随便问："哦！是您！"转过脸不再理睬我了。说实话，她那一笑，实在是勉强挤出来的，无论如何跟她那瘦得厉害的脸很不协调。我万万没有料到她会这样对待我。我困惑地望着她。她身上发生了多大的变化啊！昨日还是个大婴孩，今日已是个成熟的女人了，两者之间毫无共同之处。她好像已经长高了，挺起了胸膛，她脸上的线条，特别是嘴唇，好像已经最终定形。她的眼神更深邃，更坚定，更阴郁了。我在奥若金家直坐到午饭前。她站起身，走出去，又走进来，平静地回答问话，故意不理会我。我看出，她想让我知道，我根本不值得她生气：虽然我险些把她的情夫打死。最终我失去了耐心，刻毒挖苦的暗讽脱口而出，她打了个哆嗦，飞快扫了我一眼，站起身，走到窗口，嗓音微微发抖，轻声说："您爱怎么说就怎么说吧，不过，请您注意，我爱这个人，并且将爱他一辈子。我一点也不觉得他在我面前有过错，恰恰相反。"她停住不说了，声音好像仍在回荡。她本想控制自己，但没有办到，泪水唰地涌出来，离开房间，奥若金老两口不知所措。我跟他们握了握手，叹一口气，无可奈何，只得离开。我身子太虚弱了，给我留下的时日也很少了。我不能够像以往那样详细地描绘，要把我与奥若金一家重新交往以后我身上所产生的所谓内心斗争的那一连串新的痛苦的思虑、毅然决然的打算承担其他恶果，要像以前那样详细叙述出来，我是力不从心了。丽莎仍然爱公爵，并且将长久爱下去，这一点已经丝毫不用怀疑了。可是，环境平静下来了，我自己也平静下来了，我已经不敢奢望获得她的爱情，但求得到她的友谊，得到她的信赖与尊敬而已。按照阅历很深的人的见解，互相尊敬是幸福婚姻最为牢固的基石。非常遗憾，我忽略了一个非常重要的情况：那就是，从决斗那天起丽莎就恨透了我。得知这一点，已经太晚了。我又恢复了以前，开始常常拜访奥若金家。基里拉·马特维伊奇对比以前更加亲热。我甚至有理由觉得，虽然我不是个满意的求婚者，他这时也会心满意足地把女儿嫁给我，因为媒体舆论对他和丽莎非常不利。相反地，却把我夸得人间仅有。丽莎对我的态度还是原来的样子，叫她吃饭就吃饭，没有表现出任何悲伤的表情，不过，实际上却像支蜡烛一样在融化。倒是应该给基里拉·马特维伊奇说一句公平的话：他想尽了一切办法疼她，而奥若金娜老太太却看着自己的娇儿，只知道叹气。只有一个人，丽莎虽然没有跟他说很多的话，却很亲切，那就是庇兹明可夫。奥若金老夫妇严厉地甚至粗暴地对待他，因为他们原谅不了他充当决斗的见证人。可是他却像往常一样拜访他们家，好像对他们的充满恶意的态度根本不觉得有什么。他对我没什么感情，而且我好像有点害怕他——这倒真是奇怪的事情。就这样过了十四天。终于，有一次通宵失眠之后，我痛下决心，要找丽莎面对面谈谈，把我的心打开来让她看看，我要告诉她，过去的一切全都过去了，各种流言蜚语随他们去说，只要她向我伸出她的手，对我恢复信赖之情，那么，我会自认无比幸福了。说真的，并不是开玩笑，我是郑重考虑过的，我想，正如语文课本中所形容的，我将提供无法形容的宽宏大量的范例，她单单由于惊讶佩服就会表示同意。不论出现什么情况，我都要找她单独谈谈，借此最终摆脱不明不白的困境。

奥若金家屋后有座够大的花园，尽头是荒芜而长满杂草的椴树丛，树丛中央有个中国风味的古旧凉亭，圆木制的栏杆将花园与僻静的深巷隔开。丽莎有时一连几小时在这花园里散步。这一点，基里拉·马特维伊奇早知道，不让别人去打搅她和监视她。他说，让她的痛苦慢慢消退吧！要是在家里找不到她，午饭前只需摇一摇门廊里的铃子，她立即就出现，仍然固执地不吭一声，手里揉皱随手摘来的一片树叶。有一次，我发现她不在家，便装作要走的样子，跟基里拉·马特维伊奇道别，戴上帽子，从前厅走进院子，从院子走到街上，但飞快又折转身溜进大门，经过厨房到了花园，幸亏没人发现我。我不假思索，三步两步就钻进小树林。我眼前，小径上，正站着丽莎。我的心猛烈地跳。我站住，深深叹一口气，正打算向她走过去，她没有转过身来，忽然，举起一只手，侧耳倾听。响了两声，清清楚楚，从树后，从小巷那边传过来，好像有人敲击木栏杆。丽莎击掌回应，听见篱笆门轻轻吱呀一声打开，从密林中走出一个人，一看，是庇兹明可夫，我急忙躲到一株大树后面。丽莎默默地向他转过身去。他默默地抓住她一只手，两人静静地沿小径走。我惊讶地望着他们两个。他们停步，环顾四周，消失在灌木丛中，又出现了，终于走进凉亭。凉亭是个圆形的小小的建筑物，开了一张门和一扇小窗；亭中央有一张古旧的独脚桌子，长满青苔。桌子两边有两把木靠椅，距离潮湿发黑的墙壁不远。从前在特别酷热的日子里，一年也就那么一次。窗棂已经脱落，悬挂一角，悲悲惨惨，好像被打断的鸟翅膀。我溜到凉亭边，偷偷地从窗子望过去。丽莎坐在木靠椅上，垂着头；她右手放在膝盖上，左手让庇兹明可夫两手握在掌心。他动情地望着她。

“您今日感觉怎么样？”他小声问她。“还不是一样！”她回答，“不好不坏。空虚呀，可怕的空虚！”她慵倦地抬起眼睛，又说了一句。

庇兹明可夫什么也没回答。“您怎么想？”她接着说，“他还会写封信来吗？”

“我想不会。叶丽查维塔·基里诺夫娜！”

她不作声了。“其实，他有什么可写呢？他给我的第一封信里都讲了。我不能做他的妻子，但我尝到了幸福的滋味。时间不长，但我真是个幸福的女人。”

庇兹明可夫垂下了头。

“哎呀！”她又激动起来说，“要是您知道，我对这个丘尔卡图林真讨厌透了。我总觉得，我看见他手上沾染了那个人的鲜血（我不由得在窗外弓背屈身）。再说，”她若有所思地又往下说，“谁知道呢，要是没有那场决斗，或许……唉！当我一看见他受伤了，我立刻明白，我这个人全都属于他了。”“丘尔卡图林爱您。”庇兹明可夫说。

“那跟我又有什么关系？难道我需要某个人的爱情吗？”她停一停，又慢慢补充道，“当然除开您的爱情。对，我的朋友，您的爱是我所必需的。没有您，我会死掉。是您帮助我度过了可怕的时刻。”她不说了，庇兹明可夫像慈父般温柔地抚摸她的手。“怎么办呢，怎么办呢？叶丽查维塔·基里诺夫娜！”他连忙问道。

“直到现在，”她没有感情地说，“没有您，或许，我活不成了。只有您一个人支撑我。再说，您会让我们想起他的。因为您什么都知道。您不会忘记了吧，那一天他美丽极了。不过请不要怪罪我。听我这么说，您心里肯定很难过。”“没有关系，您说下去，您说下去！没有关系的！上帝与您同在！”庇兹明可夫打断她的话说。她牢牢地握住他的手。

“您真是个好心的人，庇兹明可夫，”她说，“您真纯洁，就像天使一样。怎么办？我想过，就算我死了我还是爱着她。我饶恕他，我感谢他。希望上帝能够让他幸福，求上帝赐给他一个让他满意的妻子！”她已眼含热泪了，又说下去，“只希望他别忘记我就好，希望他偶尔能够想念他的丽莎。咱们走吧！”沉默了一会儿以后她说。

庇兹明可夫抓起她的手，紧紧贴在自己的嘴巴上。“我知道，现在大家都指责我，都对我扔垃圾。让他们扔吧！我不可能在别人的不幸上建立自己的幸福，绝不！他爱我的时间很短，但他的确爱过我。他是从来不会欺骗我，因为他从来没有对我说过要我做他的妻子，这点我自己也从来没有想过。只有不幸的爸爸在期待着。而现在我并不是非常可怜，因为我还有回忆，不管有多么严重的后果。这儿我最后一次跟他见面……”

他们站起身。我赶忙闪过一旁，躲到一株粗大的椴树后头。根据脚步声判断，他们进了小树林。我不知道我到底一动不动站了多久，陷入不可理喻的困惑之中。忽然又听到脚步声，我一惊，惊愕地从我藏身之处朝外看。庇兹明可夫和丽莎在原先那条小径上。他俩都非常激动，特别是庇兹明可夫，他好像哭了。丽莎站住，望着他，清清楚楚说了如下的话：“我同意，庇兹明可夫。如果您只是想拯救我，只是想把我从可怕的处境中挽救出来，那我就不同意。但是，您爱我，您明明知道这一切都是因为爱我。我永远也找不到更可靠更忠实的朋友了。我要做您的妻子！”庇兹明可夫抓住她的手就吻，她凄凉地对他微笑，然后回家去了。庇兹明可夫钻进灌木丛，我回我的家。庇兹明可夫对丽莎所说的话，大概正是我想对她说的，她回答他的话，也大概正是我想听她对我说的。因此，我丝毫不必牵肠挂肚了。过了十四天，丽莎嫁给了他。奥若金老夫妇乐得向任何一个未婚夫把女儿打发出去。好了，现在请您说说，鄙人算不算个多余的人？在这整个恋爱的过程中，我所扮演的是不是多余人的角色？公爵的角色，无须多说，庇兹明可夫的角色，可以理解。但是，我这个角色呢？干吗我要往那里头钻？真像是四轮车上的第五只轮子！哎哟，我好苦呀！正如纤夫所吆喝的：“再加一把劲，再来一次！”——再来一天，再来一天，咱老子也就不苦也不甜了。

3月31日。

不妙了。这几行我是躺在床上写的。从昨天起天气忽然变了。今天好不闷热，简直像炎夏难当。一切都在融化、坍塌、流逝。空气里散发出焦土气味，蒸气到处升腾，阳光灼人。我很糟糕。我觉得，我的机体正在分解。

我还是想写我的日记，不干这个，叫我干什么好呢？我已经叙述了我一生中的一件事。我有些胡扯淡，因为沉睡的记忆苏醒了，我控制不住。我写的时候从容自如。详尽无遗，好像我还得活好些年似的。到了现在，来不及了，没有时间写下去了。死神来了。我已经听到了它步步逼近。到时候了！真倒霉！讲不讲，反正一样。瞥见死神，则人间最后的劳碌奔波都毫无价值了。我觉得，我，正变得心平气和，变得简单明了。大彻大悟，来得太晚了！真奇怪，我心平气和，但同时，又感到可怕。是的，我感到可怕。身子半截已经高悬于永恒寂静的黑口大张的无底深渊之上，我不禁浑身发抖，回转头，贪婪地环顾四周的一切。每件东西都备感亲切。这间可怜的毫无欢乐可言的房间，我真舍不得，怎么也看不够，我跟四堵墙壁上的斑点一一告别。充分享受这最后一次吧！生命正渐渐离去，生命正平稳地、静静地离我而去，好像海岸线在水手的挥手中逐渐远去，终于消失。我奶妈灰黄的老脸，缠着黑头巾。茶炊煮开了，在桌上，窗前放了一盆天竺葵，还有你，我可怜的老狗特列佐尔，还有这支笔，我正用你写这几行文字，还有我自己这双手，我正凝视着你们哩。或许就在今宵，我将永远看不见你们了，果真如此吗？活着的生灵跟生命告别是极其沉痛的！干吗你向我表示爱抚，我可怜的老狗？干吗你把胸脯贴在床沿上，痉挛地摇着秃尾巴，一双善良忧郁的眼睛盯住我不放？你可怜我吗？或者，你已经嗅出你的主人很快就会不存在了？唉！如果我能够像现在这样一眼便看清我房间里的一切，也让思想一路跑过去，跑遍我一生全部的回忆，那会有多幸福！我知道，这些回忆并不愉快，也毫无意义，可是，除此之外，我什么也没有了。空虚呀，恐怖的空虚！正如丽莎所说的。哦，天哪，天哪！我正在消失！我这颗心，做好了爱的准备也有这个能力，现在很快就将去世了。这颗心，没有尝过一次幸福的味道，从来没有因欢乐的压迫而膨胀，难道就这样结束了？算了吧！不可能，我明白，不可能！如果现在，至少在死之前——死亡毕竟是件神圣的事情，其实死提高了一切事物的价值——要是至少在死之前有某个忧郁、温柔、友好的声音为我唱离别的歌曲，歌唱我的痛苦，那么，我一定跟他握手言和。但是，我死得悄无声息，死得这么笨……我好像开始神志不清。“永别了，人生！永别了，我的花园！还有你们，我的椴树！夏季来时，别忘了从上到下开满鲜花。好让人们在你芬芳的浓荫之下，微风吹拂，在树叶的微语声中舒服地躺着。永别了，永别了！世上的一切，永别了！永别了，丽莎！”我写完这两个字，差点笑起来。我这么呼唤你，简直书呆子气十足。我好像在写一篇感伤小说，或者，结束一封绝望的情书。明天是4月1日，难道我死在明天？这倒有点不大体面。其实，死亡正向我走过来……难怪大夫今日正瞎忙！我的确今天就要死了。

4月1日是愚人节。

我死了，就不再是多余的了。

哎呀，这太阳多么光亮！辉煌的光芒照耀永恒。永别了，杰连季耶夫娜！今天早上，她坐在窗前，哭了。或许，是哭我，或许，是哭她自己不久也将死去。我要她发誓在我死后不要弄死特列佐尔这条老狗，她答应了。我写得手很沉，扔掉笔。大限已到！死神已经不像半夜时分在石板路上疾驰的马车那样轰轰隆隆驶过来，死神就在这儿，在我四周浮动，好像微风吹拂，使先知也头发直竖。我正在死去……活着的人，活下去吧！坟墓之旁，必有年轻的生命嬉戏游玩，造化无动于衷，将永恒的美装点人间天上！

出版人注释：上面几行文字的下方，画了一幅侧面像，头上一撮毛，两撇胡须，目光有神，睫毛长而呈辐射状。人头下方，写了如下的文字：`这份手稿，我看了，内容不值得称道。彼得·佐多杰辛，尊敬的好先生。彼得·佐多杰辛，我尊敬的好先生。

看笔迹，这几行跟笔记本其他部分的笔迹完全不一样，因此出版人启得出结论，上面几行文字实为他人日后所加，此外，出版人根据资料得悉：丘尔卡图林先生确实于1849年4月1日至2日深夜于其祖居田庄羊泉村逝世。

姆 姆

在莫斯科一条偏僻的深巷里，坐落着一栋带白色圆柱的阁楼和斜砌的阳台的府邸。那里面曾经住了个贵族老夫人，她是个寡妇，一大群仆役伺候着她。她的几个儿子在彼得堡做官，一个女儿已经出嫁。她很少出门，孤孤单单打发她贫乏枯燥的暮年的最后的日子。她一生中那毫无乐趣的白昼，早已过去，而她的黄昏比黑夜还黑。

她的众家奴中，出类拔萃的要算看门人盖拉卒，此人身高将近两米，体魄魁伟，是个大力士，但生下来就聋哑。王老夫人把他从农村里弄来。在乡下时，跟兄弟分开，他一个人单独住在一间小茅屋里，被认为是最认真的如期缴租的佃户。他天生力气大，干活一顶四。一件活儿，落到他手里，便麻利欢畅地干起来。旁人一看，着实心里痛快。就看他耕地吧！他一双硕大无朋的巨掌扶住犁把，好像无须耕马来帮忙，单凭他一个人，就剖开了大地富有弹性的胸膛。过圣彼得节，他挥大镰刀，唰！唰！唰！年轻的白桦树便砍倒一大片，好像剃光头。或者，他得心应手，挥动长长的链枷打谷脱粒，像杠杆一起一落，肩膀那块腰子形结实的肌肉，随声起伏，节奏分明。他永恒的哑口无言赋予他不知疲倦的劳动以庄严的色彩。他是个出色的庄稼汉，要不是生来就会嫉妒，不论哪个姑娘都肯嫁给他的。可是，盖拉辛被弄到了莫斯科，给他买了靴子，做夏天穿的长外衣和寒冬穿的皮袄，塞给了他一把扫帚和铁锹，让他看守大门。一开始的时候他很讨厌这种新的生活。他从小就适应田间劳动，适应农村生活。由于身体上的残疾而疏远人群，他长大了，聋哑而又有很大的力气，就仿佛一棵树，孤孤单单自生自长于肥沃的土壤。如果把他弄进城，他就不知道该怎么办了。他一筹莫展，就好比一头年轻强壮的公牛，在农场上津津有味地吃草的时候，被强行拉走，塞进火车厢里，这样一来，煤烟、火星、蒸气一阵阵侵袭它那强壮高大的身躯，火车拉着它奔驰向前，汽笛长鸣，车轮滚滚，载着它奔驰向前。

谁也不知道，干过农村重活以后，盖拉辛现在的新职务所规定的劳务，简直是形同儿戏，每天只花半小时他就干完了，于是，他只得又站在院子当中，张开嘴巴出神地望着过路行人，好像想从他们那儿弄明白自己的谜样处境。要不，他就把扫帚和铁锨扔得老远，跑到某个角落里，脸朝下往地上一倒，一连几小时趴在那儿，一动不动，活像是关在笼子里的一头野兽。

可是，对于世间的一切，人迟早会习惯的。盖拉辛终于也适应了公馆里的生活。要他做的事不多。他的职务总共不过下列几项：保持院子整洁，一天两次运一大桶水，给厨房和全家运柴劈柴，晚上看门，不许陌生人进屋。应该说，他倒也热心履行了他的职责。院子里从来没有乱抛的木屑和垃圾，要是下雨，运水的瘦马拉的车深陷泥泞之中时，他只需弓着肩膀用力一推，连车带马都翻了。若是他动手劈柴，斧头便像敲打玻璃似的清脆有声，木片柴块四面纷飞。至于说到陌生人嘛，且听下面说的一件事。有天夜里，他赤手空拳逮住两个小偷。

因此，四邻对他都非常尊敬。白天，行人路过，虽说他们绝不是贼，不过是普通行人而已，但一看到这位威风凛凛的看门人全都挥手呼叫，好像他能听见似的。盖拉辛跟家里的男女仆役并不亲密，因为他们怕他，但也不疏远，因为他把他们当成自己人。他们跟他打手势进行交流，他都懂，主人命令他做的事照办不误。他也知道自己的权利，没有人敢在饭桌上占住他的位子。一般说来，盖拉辛很严格、一丝不苟，他喜欢井井有条。甚至叫公鸡也不敢在他面前打架，不然，它们就会遭殃！他一把抓住它们的腿，在空中画十来个圆圈，然后朝不同方向扔出去了事。老夫人的院子里养了一群鹅，大家知道，鹅是庄重高傲、通情达理的家禽，盖拉辛尊重它们，细心加以喂养和照料，他自己就有点儿像一只老成持重的大公鹅。分配给他厨房楼上的一间顶楼，他自己按自己的趣味布置这间小房子。他做了一张床，橡木厚板子做床板，四条腿是四个大木墩，堪称大力士之大床。一百鲁特放在上面，包管纹丝不动。床铺下面放了一口坚固的木箱，屋角落里摆了一张小桌子，质地同样坚固；桌旁放了一张三条腿的椅子，异常坚固，矮墩墩的。盖拉辛经常将它抓起来又扔下去，扬扬得意地笑。这小房间常上锁，那把锁像个圆面包，不是黑色的，钥匙挂在他腰间。他不喜欢旁人进他的房间。就这样过了一年，这年岁尾发生了一件不大的事变，跟盖拉辛有关。

老夫人在一切方面都遵照古怪的传统习俗办事，养了一大群用人。她家里不但有洗衣妇、缝衣女工、细工木匠、男裁缝、女裁缝，甚至还有一个马具匠，他也兼任兽医。还要给用人看病，再有一个专给老太太看病的家庭医生，还有一名鞋匠，名叫卡庇东·克里莫夫，是个倒霉的酒鬼。克里莫夫自认为是个受人压制的、其天才一贯被埋没的人物，自认为受过良好的教育，是首都圣彼得堡的一个角色，他本不该在莫斯科这偏僻的巷子无所事事地度日。倘若他喝酒，那么，定是借酒浇愁——他自己就这么说，并且，说此话，必定抑扬顿挫，还需动手捶打胸膛。事有凑巧，有一次，老夫人跟总管加夫里拉说话时提到克里莫夫(只需看看他那黄眼睛和鸭嘴鼻，便可断定，此人命定是个发号施令的人物)。老太太对卡庇东的堕落深表遗憾，因为前一天夜里发现他醉倒在街上。

“你看，加夫里拉！”老太太忽然说，“是不是该让他娶亲了，你看怎么样？或许，他会改邪归正。”

“是啊！干吗不让他成亲呢？可以办到的，老太太！”加夫里拉回答，“这件事好得很，老太太！”

“可是挑选谁嫁给他呢？”

“当然，那要看您的旨意了。老太太！他多少有点儿用处，放在十个人里头挑，他或许不是最后一个。”

“看起来，他喜欢过塔吉雅娜，是不是？”

加夫里拉本想提出异议，但赶紧闭嘴。

“好！就把塔吉雅娜配给他吧。”

老夫人就这么决定了，心满意足，吸吸鼻烟，“你听见了吗？”“听见了，老太太！”加夫里拉回话，回到自己的卧室里。那是一间厢房，里面差不多堆满了铁皮包的箱子，加夫里拉首先支开了妻子，接着在窗前坐下，考虑该怎么办。老太太忽然做出决定，使他感到为难。最后他站起来，吩咐把卡庇东·克里莫夫叫来。卡庇东来了，但是，在向读者传达他二人说话之前，有必要说一下卡庇东必须与之结婚的达吉雅娜是什么样的人，以及总管对老太太的决定为什么感到为难。

达吉雅娜是上面提到的一个洗衣妇。她是个能干的洗衣妇，所以只洗细布内衣。她二十八岁左右，瘦瘦的、小小的，头发淡黄，左脸长了几颗痣。左脸长痣，俄国人觉得是不吉祥的——苦命难逃。达吉雅娜命运坎坷，她从少女时代起就命运多舛。她一个人干两个人的活，谁也没有照顾安慰过她；她穿不好的衣服，拿最少的工资；亲戚虽有，却和没有没什么两样；有个年老的保管，因为干不了活被赶到乡下去了，是她的堂舅；她还有几个伯伯叔叔，也都是庄稼汉——她的亲戚就这么几个。她曾经是个美人儿，但她的美貌过早消逝。她的性格，可以说是温柔和顺之至，或者，更正确地说，胆小至极，以致她本人对自身的痛痒也几近漠不关心，面对别人，则怕得要命。她只想到一点，活计如何做完，她从不与人交谈，一听到老太太的名字就止不住浑身发抖，虽然老太太即使看见她也未必能认出她来。当把盖拉辛从乡下弄来的时候，她一见他那巨大的身躯就吓得险些晕倒，往后她便想方设法避免跟他照面。有时她难免要从正屋去洗衣房，便匆匆跑过他身边，眯着眼睛不敢看。一开始的时候，盖拉辛对她没有特别留意，后来，他一看见她，就对她笑，再往后，就开始久久目送她了，最后，便死死盯住不放。他爱上她了，是因为她脸上的表情温柔和顺，还是因为她的举止胆小羞涩，那只有天知道了！

有一次，她小心翼翼地捧着一件浆洗过的老太太的上衣，悄悄走过院子，有人忽然一把抓住她的拐肘，回头一看，不禁一声尖叫：盖拉辛站在身后。他对她痴笑，爱怜地叫，送给她蜜糖饼干做的一只公鸡，公鸡翅膀和尾巴上贴了金箔。她不敢接受，但他硬塞到她手里。她摇摇头，走了，又回转身，嘴里再次发出爱怜的叫声。从这一天起，他就不再让她安静了。她走到哪里他就跟到哪里，对她微笑，口里叫着，挥舞着手，从怀里掏出一根丝带放在她手上，或者，拿起扫帚清扫她脚底下的灰尘。可怜的姑娘愣了，不知道该咋办。很快整栋宅子都知道哑巴看门人的鬼把戏了。

嘲笑、打趣、挖苦一股脑儿落到达吉雅娜的头上。可是，谁也不敢取笑盖拉辛，他不爱开玩笑，有他在场，别人也不敢找达吉雅娜的麻烦。不管她愿不愿意，这姑娘反正已经落到了他的庇护之下了。跟所有聋哑人一样，他非常敏感，一旦别人嘲笑他或她，他立刻就看出来了。

有一次吃午饭时，达吉雅娜的顶头上司，那个管洗衣房的女人对她肆意挖苦，弄得可怜的姑娘连眼睛都不知往哪里看，气得差点哭了出来。盖拉辛猛然起立，伸出大大的巴掌，一掌压下去，按住那女人的天灵盖，他一双眼睛阴森森地逼视她的脸，吓得她把脸埋在饭桌上。大伙儿都不敢吭声。盖拉辛又抓起勺子继续喝他的菜汤。“看！这聋子，凶神恶煞！”大家细声细气地说。而那女人站起来，立刻回女用人房里去了。

另一次，卡庇东（就是上面提到的那个卡庇东）找达吉雅娜闲聊，过分亲密，盖拉辛看在眼里，伸出手指招他过来，将他带进车棚，操起墙角一根车辕，执其一端，轻轻地、意味深长地对他进行威胁。从此以后，谁也不敢跟达吉雅娜说话了。

而这一切并未给盖拉辛添任何麻烦。当然，那管洗衣房的女仆回到房里就晕倒了，并且，将计就计，她趁此机会巧妙地让这消息当天就传到老太太的耳朵里。但是，喜怒无常的老太太听了，却开心地笑起来，并且好几次弄得那女仆非常难堪，她逼着她一再描述，他沉重的巴掌是怎样把她的头压下去的。第二天他赏赐盖拉辛一个银卢布，她认为，他是个忠心耿耿、力大无边的看门人，应予嘉奖。盖拉辛着实有点怕她，但还是指望赢得她的宠爱，并且正打算去恳求她，求她恩准他娶达吉雅娜为妻。他只是热切地盼望得到总管答应过的那件新长袍，以便打扮得漂漂亮亮去拜见老太太。可是，老太太突发奇想，要把达吉雅娜嫁给卡庇东了。现在，读者该不难理解总管加夫里拉在跟老太太说话以后左右为难的原因了吧！“老太太，”他坐在窗前，心里想道，“当然宠爱盖拉辛（加夫里拉心里明白，因此他才放任他）。可他终究是一个不会说话的东西。我可不能禀告老太太，说是盖拉辛据说正在追求达吉雅娜。这么做到底是公平的，他算个什么丈夫？可从另一方面看，要是聋鬼一旦得知，要把达吉雅娜嫁给卡庇东，那他准会闹翻天，天老爷！这聋鬼，你无法跟他商量，没有任何办法能够说服他。真的！”

卡庇东的出现打断了加夫里拉的思路。那轻薄鬼走了进来，两手背在身后，懒懒地倚在门边突出来的墙角上，两只腿叠在一起，摇头晃脑：“我来了。您有什么要说的？”

加夫里拉看着他，手指头敲敲窗框。卡庇东混沌的眼睛微微眯着，没有垂下，甚至不经意地冷笑，抬手摸摸混乱的灰白头发，好像想说：“怎么？我来了。干吗老看着我？”

“你倒好！”加夫里拉说，沉默了一会儿，又说，“你倒好！让我说什么好呢？”

“呃！你看看你的样子，”加夫里拉训斥他，“你看，你像什么样子？”

卡庇东冷静地瞧瞧自己干干巴巴的破上衣和打满补丁的裤子，特别细心地欣赏脚上那双破洞的皮靴，然后，他抬起眼睛看着总管。

“什么事，先生？”

“什么事，先生？”加夫里拉学他说话，“你就像是一只鬼，上帝原谅我这个罪人。你一点样子都没有。”

卡庇东眨巴着眼睛：“您骂吧！您就骂吧，加夫里拉·安德列伊奇！”他心里偷偷地想。

“你又喝了多少酒？”加夫里拉说，“又醉了？啊，是不是？你回答我！”

“由于身子骨虚弱，是喝了点儿含酒精的饮料。”卡庇东为自己辩护。

“由于身子骨虚弱！你挨的打太少了，就这么回事。亏你还在彼得堡学过手艺哩！你真学到家了。光吃饭，不做事。”“谈到这事儿，加夫里拉·安德列伊奇，只有一个审判官，那就是上帝——别人休想！只有上帝知道，在这个世界上，我是个什么人，是不是白吃饭。至于说到喝醉酒——这方面我也没有罪过，有个伙计，引诱我喝醉，上瘾了，他走了，可我……”

“他把你扔了！你这个二流子！好了，不谈这事儿。”总管说，“有件事，你听着！老太太吩咐，”他停一停，又说，“老太太吩咐，要给你讨个老婆，你会改邪归正，安分守己。你懂了吗？”

“怎么会不懂呢，先生？”

“得了！我倒以为，不如狠狠揍你一顿还好些。不过，那是老太太的旨意。怎么，你同意了？”

卡庇东龇牙咧嘴地笑。“讨个老婆，对男人说来，自然是件好事。从我这方面说，我当然身心愉快，不胜荣幸之至。”“好了，够了！”加夫里拉止住他，心下暗想，“不用说，这家伙咬文嚼字了。”又说，“只是你可得小心，新娘子挑得不大合适。”

“那么请问，她是谁？请原谅我的好奇心。”

“达吉雅娜。”

“达吉雅娜？”卡庇东睁大眼睛，离开墙壁超前走了一步。

“嗬！你干吗这么惊恐？难道你不中意？”

“怎么会不中意哩，加夫里拉·安德列伊奇！姑娘倒是没什么，是干活的一把好手。可您自己知道，那个聋子，草原上的妖怪正在追求她……”

“我知道，兄弟，我都知道，总管烦恼地打断他的话，可你要知道……”

“您做做好事吧，加夫里拉·安德列伊奇！他会杀了我的，上帝保佑！准会杀了我，像打苍蝇一样容易。他那双手呀，请您去看看！什么样的手啊！简直是米宁和巴热尔斯基。要知道，他是个聋子，他打人自己又听不见，照样打！他挥舞大拳头，好像在做梦。要制伏他完全不可能。为什么？因为他天生聋哑，再加上蠢得像脚后跟。他可真是一头野兽，一个邪教徒的偶像，加夫里拉·安德列伊奇！比偶像还要坏，他是一块呆木头，我干吗要吃他的苦头呢？当然，我现在一切都无所谓了，我能克制，会忍耐，浑身涂了一层油，好像可隆玛出产的一只陶罐，油光水抹。可我到底算个人呀，实在不是不值钱的陶罐。”

“我知道，我知道，别啰唆了！”

“上帝呀！”鞋匠继续热烈地往下说，“受苦受难，何处是尽头？上帝呀，告诉我！我是个苦命人，吃不完的苦，受不完的罪！命该如此，想想看！小时候，德国老板揍我，青年时代伙计揍我，如今到了壮年，又落得这个下场……”

“呸！你这个废物，”加夫里拉说，“别再唠唠叨叨了！”

“您猜怎么着，加夫里拉·安德列伊奇！挨打我倒不怕。要是碰到一位老爷，他关起门来揍我，可在人前照样跟我打招呼，我到底总算个人呀！可如今我碰到的是个什么人……”

“得了！你走吧！”加夫里拉不耐烦了。卡庇东转过身，走出去。

“倘若把他弄走，”总管在他身后喊叫，“那你同意这门亲事了吗？”

“我宣布：没有意见。”卡庇东回答道，走了。

哪怕是在这样的关键时刻，他依然巧舌如簧。总管在房间里不停地来回走着。

“好了，现在把达吉雅娜叫来。”他终于开了口。

很快地，达吉雅娜静静地走了进来，站在门边。

“您有什么吩咐，加夫里拉·安德列伊奇？”她低低地问道。总管认真地看着她。

“喂！”他说，“达纽莎，你想做新媳妇吗？老太太给你找了个归宿。”

“我同意，加夫里拉·安德列伊奇。但是，给我找的新郎官是谁呢？”她犹豫地问。

“是卡庇东，那个鞋匠。”

“我知道了，先生。”

“他是个轻浮的人，真的。可是，在这方面老太太希望你能做到。”

“我知道了，先生。”

“还有一件事要麻烦你。你知不知道，那个聋子盖拉辛，他喜欢你。你是怎么样让他喜欢你的？他会杀了你，会的，他简直是一头熊！”

“他会杀了我，加夫里拉·安德列伊奇，他肯定会弄死我的。”

“会杀了你……好，走着瞧吧，你说，他会杀了你，难道他有权杀你？你自己判断一下吧。”

“我不知道他有没有权，加夫里拉·安德列伊奇。”

“咳，傻丫头！我想你或许没有允许过他什么事情吧？”

“我不知道您说的是什么意思。”

总管不作声了，心下暗想：“真是个百依百顺的女人！”

“嗯，好了，”他说，“我还会找你谈谈的，现在你走吧，达纽莎！我看你的确是个肯听话的女人。”达吉雅娜转身向外走，在门框上轻轻靠了一下，走出房门。

“或许，老太太到明天早上就把这档子事忘了，”总管想，“我干吗这么担心呢？那莽撞汉我会收拾他的，他要闹事，往警察局一送，不就得了！”

他便大声叫唤老婆：“乌斯言尼亚·费多洛夫娜！生茶炊，我可敬的夫人……”

这一整天，达吉雅娜几乎没有离开洗衣房。起先她哭了一阵，随后擦擦眼泪又干活去了。卡庇东跟一个面色阴沉的朋友在小酒店里一直坐到深夜。他向这个朋友诉说，从前他在彼得堡跟一位老爷住在一起，这位老爷人才出众，一切都处理得井井有条，当然，他也有个小缺点，就是爱喝酒，至于女人嘛，甭提了，凡是能勾搭上的他都能弄到手。

那位脸色阴沉的伙计点头称是。可是，当卡庇东终于宣布，由于某种机遇，他必须于明天把自己干掉，这时，那阴沉的朋友方才发觉，该睡觉了，于是两人默默分手。

总管的希望没有成为现实。卡庇东的婚事老太太记得很牢，甚至到了深更半夜她还跟自己的女伴反反复复谈论这件事。将这个陪伴女人收养在家，目的在于供给老太太半夜失眠之用：有个伴。因此，她跟值夜班的车夫一般，白天睡觉。第二天，喝过早茶，加夫里拉前来报告家务时，她第一句话就问：“那桩婚事怎么样了？”他理所当然地回话：“进行顺利，卡庇东今日即将前来叩见老太太谢恩。今日老太太玉体违和，因而不宜料理家务太久。”

总管回到自己的住处，立即召集一次会议。事情真得好好讨论，商量对策。达吉雅娜当然唯命是从，不在话下。可是，卡庇东却当众宣布：他天生只有一个脑袋，并无第二个，更无第三个。

盖拉辛迅即严厉地对大家一个个加以审视，寸步不离女佣住房的台阶。看来，他已经猜到了有某种坏事正暗中进行，于他不利。参加会议的人中间，有个年迈的餐厅侍仆，绰号叫作拖尾巴大伯，大家都很尊敬他，找他出主意，虽然他的主意不外是：“办法当然是有的，对，就这么办。”这回大家集合开会，开始讨论。大家同意，要考虑安全，首先应该把卡庇东关在放滤水器的贮藏室里，以防万一，然后再见机行事。采用暴力，自然容易。但上帝保佑，那不行！那会闹得满城风雨，老太太是会发脾气的。怎么办？大家开动脑筋，终于想出了一个好主意。大伙儿不止一次地发现，盖拉辛不能容忍酒鬼。他坐在大门口，每当有人脚步虚浮晃荡，帽子歪戴一旁，醉醺醺从他跟前走过，他便鄙夷地转过背去。

于是，大家一致决定，让达吉雅娜扮演酒鬼，要她东倒西歪，脑袋摇晃，走过盖拉辛面前。可怜的姑娘好久都不答应，但后来总算说服了她，况且，她自己也看得出来，用别的办法是摆脱不掉这位爱慕者的。她去了，把卡庇东从贮藏室里放了出来，因为这件事究竟跟他有关系。盖拉辛坐在大门的石阶上，正拿铁锹戳进地里……每一幅窗帘后面，每一个角落后边，他的一举一动都被死死地盯着……计划如果成功了，好到不能再好。盖拉辛一看到达吉雅娜，就像往常一样，爱怜地发出声音，对她点点头；接着，他仔细看着她，铁锹掉落地上，他跳了起来，走到她面前，靠近闻闻她的脸蛋……她惊慌失措，闭上眼睛……他一把抓住她的手，拉着她跑过院子，冲进那间开过会的房里，一把把她推到卡庇东身上。达吉雅娜吓得晕了过去……盖拉辛站在那儿看着她，然后冷冷地笑，一挥手，走了，迈开沉重的步伐回他自己的小房间去了。在里面待了一天一夜。车夫安吉普卡后来说，他透过壁缝看见，盖拉辛坐在床上，一只手托着腮帮子。安安静静的，节奏明显地“歌唱”，即身子不停地晃动（只偶尔发出声音），没有睁开眼睛，晃动脑袋，好像是车夫或纤夫唱着忧郁的民歌时的样子。安吉普卡看了心里很难过，便离开隙缝走了。第二天，盖拉辛走出了他的小房间，看不出他有特殊的变化，只是脸色更加阴沉，并且对达吉雅娜和卡庇东毫不在意。当天晚上，达吉雅娜和卡庇东每人腋下夹了一头鹅去老太太跟前谢恩。过了一星期，他俩便结婚了。结婚的那天，盖拉辛的举动没有丝毫改变；只是他从河边赶车归来，车上没有水，因为归途中他把水桶砸了；到了晚上，他在马厩里拼命擦洗自己的那匹马，弄得那匹马像是风中的一根草，在他的铁掌下四条腿不住乱窜，险些翻倒。

这一切发生在春季。又过了一年，这期间卡庇东变成了一个无可救药的酒鬼，作为一个人，他已经毫无用处了，于是，打发他一辆大车，被遣送到偏远的农村，他只得带着妻子前往。动身那天，一开始的时候他还毫不气馁，公然表示：不管把他发配到哪里，即使到了娘们洗衣时把捣衣棒搁到天上去的地方，他也不会完蛋；接着，他就泄气了，开始发牢骚，说什么竟然把他赶到不开化的人中间去了；最后，就完全蔫了，连自己的帽子也没有气力戴上自己的脑袋瓜了，多亏旁边有个好心人，拿起帽子扣在他额头上，对正帽舌，再往上碰一碰；一切准备停当，车夫手执缰绳，正待一声吆喝：“上帝保佑！”就在这一瞬间，盖拉辛走出他的小房间，走到达吉雅娜身边，送给他一条红棉布头巾做纪念，这条头巾是他一年以前为她买的。这一刻以前，达吉雅娜对待自己变化无常的命运，一贯采取伟大的漠不关心的态度，隐忍苟活：这时却一反常态，忍不住哇的一声，哭了，泪水涟涟，她坐上车，按照基督徒的习俗跟盖拉辛亲吻三次。他想送她到城关，一开始的时候他跟在马车旁步步相送，但到了克里木浅滩，他便探手道别，然后沿着河岸走去。

快到黄昏时候。他慢慢地走，望着河水。他忽然觉得，岸边水藻中有个东西在那里耸动。他弯腰看，是一只黑斑白花狗崽，它使尽气力，始终爬不上岸，它拼命挣扎，爬上来又滑下去，它那浑身湿透的瘦小的身子直打哆嗦。盖拉辛看着它，伸出手将它捞上来，塞进怀里，大步流星往家走。他走进自己的小房间，将救起的小狗放在床上，把自己厚重的大衣盖在它身上，首先去马棚拿点干草，然后去厨房要了一杯牛奶；他轻轻揭去大衣，铺好干草，把那杯牛奶放在床上。可怜的狗崽生下来还不到三个礼拜，睁开眼睛还不久，一只眼睛看起来比另一只大，它还不会从杯子里吃奶，只知道发抖和眨眼。盖拉辛轻轻地用两个指头按住它的头，让它的鼻子凑近牛奶。小狗忽然贪馋地舔起来，鼻子喷着气，身子抖着，不时呛住。盖拉辛从一旁看着，看着，忽然笑了起来……整夜他都在照应它，安顿它睡觉，擦干它身子，终于他自己也在旁边怀着莫名的快慰之情静静地睡着了。

恐怕从来还没有哪位母亲照看自己的婴儿像盖拉辛照看自己的养女这样操心(小狗是雌的)。开始一段时间，它还很虚弱，瘦骨伶仃，样子丑陋，可是，它渐渐长壮长好，多亏恩人毫不懈怠地照料，过了八个月，它成长为一条漂亮的西班牙种的大狗，有两只长长的耳朵，状如喇叭的毛茸茸的尾巴和一双水灵灵的眼睛。它对盖拉辛非常依恋，跟他寸步不离，摇着尾巴。他给它取了个绰号——哑巴们都知道，他们的叫喊会引起旁人对自己的注意——他就叫它姆姆。

全宅子里的人都喜欢这条狗，就叫它姆姆尼娅。这畜牲聪明伶俐，跟每个人都撒娇，但只爱盖拉辛一个人。盖拉辛也狂热地爱它……别人抚弄它，他就不舒服：是为它担心，还是出于妒嫉，只有天知道。每天早晨它拉扯他的衣角将他唤醒。它嘴里衔着缰绳把马牵到他跟前，它跟这匹老马堪称友情深厚；它常常脸上带着庄重的神色陪他一起去河边；运水的老马，它为他看守扫帚和铁锹，不让任何人走进他房间。他在自己房门上特意为它挖了一个洞，以便让它进进出出；而它好像感到唯有在这盖拉辛的小房之内，它才是全权的女主人，因此，一进房间，它便跳到床上，欣欣然有喜色，夜里它根本不睡，但也绝不像别的守门狗那样，蹲坐在后腿上，眯缝着眼睛；抬起狗脸，看着夜空，由于无聊烦躁，对着天上的星星月亮放声大吼大叫，并且一定一连叫上三遍——不！它不会那个样子的；姆姆绝对不会无缘无故狂叫。或者，有生人走过栏杆；或者，什么地方有可疑的响动；或者，有不明的声音……总之，它是一条优秀的看家狗。

没错，除姆姆之外。院子里还养了一条花斑老黄狗，名叫陀螺，一天到晚都被锁了起来，因为它知道自己没有用，也就不想自由了——它睡在狗窝里，缩成一团，只偶尔发出有气无力的叫声，并且把这声音吞进肚子里，好像深知自己没有用处了。姆姆从不走进主人的正屋，每当盖拉辛送劈柴进屋，它就站在台阶前着急地等他出来，只要门内有一点细微的响动，它就把两只耳朵竖起来，脑袋警惕地转动着……就这样一年过去了。盖拉辛依然干他的看门人的活计，对自己的生活心满意足。可是，忽然又发生了一件出人意料的事情。

夏季，有一天，天朗气清，老太太身旁陪伴着她的那帮门下女食客，在客厅里信步走动。这时她兴致颇佳，有说有笑，还开开玩笑，众女食客也照例奉陪，也跟着说说笑笑，开开玩笑，但他们心头并不快活。每当老太太高兴之时，便是手下人犯愁之时。

其原因有二。第一，她高兴时便刻不容缓要求手下人全都高兴，要求别人完全彻底奉陪高兴，某人脸上倘若不太高兴，她便大发雷霆；第二，这种心血来潮的高兴劲头，来得忽然去得快，接着来的往往是阴森森酸溜溜的情绪低潮。却说这一天，她一起床，就觉得很吉利，摆牌阵一手就摸到了四张杰克：好兆头(她总是早上占卜一下)因此，喝茶时就感到特别香，为此奖赏了那个端茶水的女仆，不但言辞上嘉奖，还赏赐一枚十戈比的银币。皱巴巴的嘴唇上挂着甜蜜蜜的微笑，老夫人在客厅里散步，走到窗前。窗外是栅栏围着的小花园，花园中央那个花坛的玫瑰花下边，姆姆正在用心啃骨头。老太太看见了。

“天哪！”老太太叫起来，“这是什么狗？”

被老太太问的那个女食客慌了手脚。寄人篱下之人，当她还弄不清恩主的叫喊究竟是什么意思的时候，往往昏昏然不知如何是好。那个女人正是如此。

“嗯……我……不知道。老太太！”她结结巴巴地说，“好像是哑巴的狗。”

“天哪！”老太太说，“多好的一条狗！叫人把它带来。他养了好久吗？为什么我以前一直没有见过它？叫人把它带到这儿来。”

那个女食客立刻跑进前厅，“来人啦！来人啦！”她大叫，“把姆姆带进来！狗在花园里。”

“那么，它的名字叫姆姆啊，”老太太说，“连名字也很好。”

“是很好，老太太！”女食客附和，“快点，斯忒潘！”

斯忒潘是个身强力壮的小伙子，职务是跟班。听到吩咐，他立即奔进花园，想抓住姆姆，但它从他的手指间溜掉了，翘起尾巴，向盖拉辛飞奔过去。盖拉辛这时正在厨房里敲打水桶，以便清除桶内的污垢，水桶在他手上颠来倒去，就像小孩玩的小鼓。斯忒潘紧追在姆姆后面，眼看就要在盖拉辛腿边被逮住，它一蹦，逃脱了，它是不让陌生人的手碰它的。盖拉辛从一旁观看这个场面，冷冷一笑。最后，斯忒潘遗憾地站起来，赶忙打手势向他解释：老太太要把你的狗带到她那去。盖拉辛有点为难，可还是招呼姆姆过来，从地上抱起它，交给了斯忒潘。斯忒潘把它带到客厅，放在镶木地板上。老太太声音亲切地召唤它过去。姆姆生下来还没见过如此富丽堂皇的房间，它吓坏了，回头就朝门口跑，但是，被热心的斯忒潘赶了回来，它浑身战栗，倚在墙根。

“姆姆！姆姆！过来，到我这儿来，到老太太这儿来！”老太太召唤它，“过来呀！你这蠢货，别害怕。”

“来！来呀！姆姆！到老太太这儿来！”几个女食客也跟着呼唤，你过来呀！但姆姆忧心忡忡，朝四下里张望，一动也不动。

“拿点东西给它吃，”老太太发话了，“它多蠢啊！连老太太这儿也不肯来！怕什么呢？”

“它还不习惯，怕生。”女食客之一胆怯柔媚地说。斯忒潘端来一小盘牛奶，放在姆姆面前；但姆姆闻也不闻，依旧浑身发抖，向四下里张望。

“哎呀！你真是个漂亮的小家伙！”老太太走到它面前，弯下腰，伸手想去摸摸它，但姆姆猝然转过头，龇牙咧嘴。老太太赶忙缩手。瞬间沉默。姆姆轻微叫了两声，好像有抱怨和请罪之意……老太太走开了，紧锁眉头。没有料到这条狗会这么对付她，她吓坏了。

“哎呀！”众食客同声叹息，“它没有咬着您吧？上帝保佑！姆姆平生从未咬过人，哎呀，哎呀。“把它弄出去！”老太太嗓音大变，愤愤地说，“下流的狗！真是狠毒！”

她慢慢地转过身去，回她的房间去了。食客们胆战心惊，你看着我，我看着你，都跟在老太太身后，但老太太停了下来，漠然地看着大家，说道：“你们这是要做什么？我没让你们跟着。”于是大家便散开了。一众食客向斯忒潘挥挥手，这个人立即抱住姆姆，一下子扔了出去；恰好扔在了盖拉辛的脚下。半小时过去了，院子笼罩在一片森然的死寂中，老太太一个人坐在沙发里，脸色阴沉。

不值一提的一件小事，你想想，竟然搞得一个人神经错乱，难道不是很奇怪吗？老太太一直到晚上还在生气，也不跟人说话，也不玩牌，一晚上都没有睡好。她觉得，花露水不是平时用的那一种，枕头有肥皂的味道，叫来洗衣女仆，惩罚她将所有被褥都闻了一遍，总之，她心里非常生气，一直都没有消气。第二天一早，她命令提早一小时把加夫里拉叫来。加夫里拉来了，嘀嘀咕咕地说着什么，刚跨进门槛，老太太立刻说："请您给我说说，是谁的狗在院子里叫一个晚上？叫得我失眠了。"

"狗，什么样的狗，老太太，它或许是哑巴养的那条狗。"总管回答，并不是很确定。

"我不知道是哑巴的狗，还是别人的狗，反正吵得我睡不着。我真不明白，院子里养这么多狗是为了什么。我倒要弄个清楚。我们不是有一条看门狗吗？"

"是有一条，叫陀螺。"

"那为什么还要再养一只？只不过弄得更乱更脏。没有一个人管事。就这样！哑巴养狗干什么？是谁允许他在我院子里养狗？昨日我走到窗前一看，那条狗正睡在花坛下边，拖着一块什么脏东西在啃。可是，我的玫瑰花正种在……"老太太停了一会儿，"今日就把它弄走，听见了吗？"

"听见了，老太太。"

"就今天。你就去办。等一下我叫你来禀报。"

加夫里拉退出。一走过客厅，总管为了显示秩序井然，把铃从一张桌上拿到另一张桌上，不声不响地擤擤鼻涕，揉揉他那鸭嘴鼻子，然后走进前厅。围椅上睡着斯忒潘，他睡的样子很特别，俨然像战争画中为国捐躯的战士，两条光腿从暂且当作毛毯盖在他身上的大衣底下伸出来。总管推他一把，小声对他面授机宜，斯忒潘睡意犹存，打着哈欠做了回答。总管走了，斯忒潘跳起来，穿上长袍和靴子，走出门，站立阶台上。不到五分钟，盖拉辛出现，他肩头扛了一大捆劈柴，姆姆紧跟身后(老太太吩咐，她的卧室和书房即便是夏天也得生火)。走到窗前，盖拉辛侧着身子用肩膀推开门，扛着那捆笨重的劈柴跨进门槛。姆姆像过去一样在台阶上等他。斯忒潘趁此良机，猛扑上去，像鹞子捉小鸡，用胸膛压住姆姆，将其按倒在地，两手将它抱进怀里，连帽子也来不及戴，就一阵风似的跑出了院子，碰到第一辆出租马车就跳上去，直奔禽畜市场。在那儿，他很快就找到一个买主，姆姆卖了半个卢布，不过讲定买主至少得关它一个礼拜。他立刻回家，还没到家他就跳下马车，绕过院子，折进屋后一条小巷，再翻过围墙跳进院子里，因为他不敢打侧门进去——唯恐碰见盖拉辛。

但是，斯忒潘的担心倒是多余的。盖拉辛早就不在院子里了。他从正屋出来，发觉姆姆不见了。以往它总是在外面等他，从未有过另外的情况。他到处找它，到处跑，用自己的方式呼唤它。它丢失了！他回过来再找人探问，绝望地打着手势，逢人便问，比画着离地半阿尔申的高矮，描述它的模样……有的人真不知道姆姆上哪儿去了，只得摇摇头。

另一些人心下明白，只对他笑笑作为回答；而总管则扮出十分严肃的神气，大声训斥车夫。盖拉辛又从家里跑出去了，天黑了他才回来。看着他疲惫不堪的样子，看他摇摇晃晃的步伐，看他满身尘土的衣裳，可以断定，他业已跑遍半个莫斯科城了。他冲着老太太的窗口站住，眼光扫过台阶，叫了一声“姆姆”。

没有姆姆的回应。他走开。大家望着他的背影，并没有一个人笑，没有一个人说一句话……那个爱管闲事的车夫安吉普卡，第二天早上在厨房里说，哑巴整夜唉声叹气。

第二天盖拉辛整天不见人。因此，他运水的职务由车夫安吉普卡暂时替代，安吉普卡对此很不高兴。老太太问加夫里拉，她的命令执行了没有。总管回话，执行了。下一天盖拉辛从他的小房子里走出来，又去干活。他回来吃午饭，吃完饭又出去了，不跟任何人打招呼。他的脸色向来是呆板的，聋哑人都这样，如今他的脸色完全变成石头了。吃罢午饭，他又外出，但不久又回来。立即去干草棚。

到了晚上，皓月当空，天气清朗。盖拉辛躺在干草上，沉重地叹息，不断地翻身，忽然他感到，好像他的衣角被拉扯；他一惊，可没有抬起头，只是眯着眼睛；又在拉拉扯扯，更厉害；他一骨碌爬起来……姆姆，就在他面前蹦蹦跳跳，脖子上还残留着它咬断的半截绳子。哑巴无言可表，胸膛里迸发出拖长又拖长的一声喊叫，喜从天降。他一把抱住姆姆，塞进自己怀里，同时，姆姆伸出舌头舔他，一口气舔了他的鼻子、眼睛、唇须和大胡子……他站住，想了想，小心翼翼地从干草垛上爬下来，朝四下里看了看，确定没有人看见姆姆和他，便麻利地回到自己的顶楼。这以前盖拉辛已经明白了他的狗不可能自己走丢了，一定是老太太叫人弄走的。有人曾经告诉过他，说是姆姆冲着老太太龇牙咧嘴。因此这个时候他决定采取一定的措施。

首先，他让它吃了面包，抚摸它一阵，把它安顿好；然后，开始考虑要把它藏在哪里，为此他一晚睡不着，想了好久。他终于想好了一个方法：白天把它藏在顶楼里，他自己只是偶尔去看看它，晚上的时候把它放出来。门上原来挖了一个洞，他用一件衣服把它堵死，天才刚刚亮，他就早已经到了院子里，似乎没有发生任何事情，脸上依然显露出垂头丧气的样子(真是天真的狡猾啊)。可怜的聋子绝对不可能想到：姆姆会叫起来从而暴露自己。

果然，不久宅子里所有的仆人全都知道，哑巴的狗已经回来了，就关在他的房里，但是，出于对他和它的同情，或许，还有部分原因是怕他，因而不让他知道，他们已识破他的秘密。总管搔搔后脑勺，挥挥手。“哦，上帝保佑！老太太别知道就好。”不过，哑巴干活从来没有像这天那样卖力：把整个院子打扫得干干净净，寸草不留，把花园篱笆的木棍子一根根拔起来，看看够不够结实，然后又一根根钉进去。总之，尽心尽力，操劳过分，以致老太太都注意到了他的勤快。

这一天，盖拉辛两次去探望他的囚徒，天黑以后，他便跟它一起躺下睡了，就在那间顶楼里，而不是在干草棚，只是到了深夜两点他才带它出来散散步，呼吸新鲜空气。他跟它在院子里溜达了很久，正待回房，忽然，围墙外小巷那边传来响动的声音。姆姆竖起耳朵，叫起来，跑到围墙边，闻一闻，便发出响亮刺耳的吠声。原来是个酒鬼醉倒，就打算在那儿过夜。

凑巧正在这个时候，老太太经过长久“神经折腾”之后，刚刚睡觉(每当她晚餐吃得太饱之后，“神经折腾“之患一定难逃)。姆姆陡然狂吠把她惊醒，她的心猛跳，差点儿闭气。

“丫头，丫头快来！”她呻吟，“丫头！”

几个丫头跳将起来，跑进她的卧室。

“哎哟！哎哟！我要死了！”她哼着，茫然举起两只手，“又是，又是那条狗：快叫医生。他们要害死我……狗，又是那条狗！哎呀！”

她的头往后一倒，这就表示，她理当晕倒！大家赶紧去找医生，即家庭医生哈里通。哈里通这位医生医术高明，表现在他穿软底靴子，按脉姿态优雅……一天睡十四小时，剩下的时间则唉声叹气，并不断给老太太服用月桂水。这位医生当即赶来。烧鸡毛熏房子，老太太睁开眼睛以后，他立即用银托盘端一杯那妙用无穷的药水给她喝下去。老太太喝了，便带着哭腔诉苦，埋怨那条狗，埋怨加夫里拉，埋怨自己命苦，她哭诉着说，她是个可怜的老太婆，都把她抛弃了，没有一个人可怜她，大家都巴不得她赶快死掉。

正在这时，那倒霉的姆姆还在那里，盖拉辛使劲想把它从围墙根下拉开，也是白搭。

“你听，你听，它又叫了！”老太太呻吟，眼珠翻白。医生咬着一个使女的耳朵说了几句，使女便直奔前厅，推醒了斯忒潘，斯忒潘着去叫醒加夫里拉，加夫里拉一气之下，命令全体起床。盖拉辛转过身来，但见窗口灯光闪闪，人影幢幢，他心里感到大祸临头了，便一把抱住姆姆，夹在腋下，跑进自己的小房，立即闩门。过了一会儿，五个人跑来敲他房门，他们发觉房门闩紧，便站住了。

加夫里拉匆匆忙忙跑上来，命令那几个人就待在那儿看守，直到天亮。他到女佣房里，告知一个年老的陪伴女人留保莱·留比莫夫娜(他经常和她合伙偷盗和清点茶叶、白糖和其他杂物)，吩咐她立即向老太太禀报，说是真糟糕，那条狗又跑回来了，明天一定把它弄死，恳请老太太开恩，别再动气，别再担心。老太太或许不会这么快善罢甘休，但是医生慌忙之中把原定的十二滴药水倒了四十滴。老太太喝下去，药性发作，过了十五分钟，她便沉沉睡去……

这时，盖拉辛躺在床上，脸色惨白，紧紧捂住姆姆的嘴。第二天早上，老太太很迟才醒来。加夫里拉等她醒来，以便发布命令向盖拉辛的掩蔽所发起决定性的进攻，同时自己准备挨一顿臭骂。可是，老太太并没有大发雷霆。她躺在床上，把那个年老的陪伴女人叫到跟前。

“留保芙·留比莫夫娜！”她细声细气有气无力地说。她有时也不惜装出一副遭人遗弃、孤苦伶仃的苦命人的样子，不用说，这种时候全宅的人都个个胆战心惊。

“留保芙·留比莫夫娜！您看，我落到了什么境地啊！亲爱的，请您去找加夫里拉·安德列伊奇，告诉他：难道一条狗比老太太的生命更宝贵？这点我是不大相信的。”她深情地又补充说，“亲爱的，请您去一趟吧，您做做好事，到加夫里拉·安德列伊奇那儿去一趟吧。”

留保芙·留比莫夫娜去了加夫里拉·安德列伊奇房里。他二人谈了些什么，外人不得而知。但过了不久，一大帮人经过院子向盖拉辛的顶楼进军，领头的是加夫里拉，他用手按住帽子，虽然并未刮风；身边伴随几名跟班和厨子；拖尾巴大伯从窗口探出一个脑袋，他好像想发号命令，就是说用手使劲地挥舞。一群小孩子跟在他的身后，蹦蹦跳跳做鬼脸，其中一半是来凑热闹的。通顶楼的并不宽的楼梯上坐着一个守卫；门口另外站着两个，手里拿着大木棒。大伙儿挤上楼梯，楼梯就被堵住了。加夫里拉走到门前，用拳头敲门，大声喊叫：“快开门。”只听得一声闷住的狗叫，但没有人说话。

“我叫你开门！”他又说了一遍。

“喂，加夫里拉·安德列伊奇，”斯忒潘在下面提醒他，“他是聋子，听不见。”大家哄地笑了起来。

“这样的话怎么办？”加夫里拉在上面反问。

“哦，他房门上有个窟窿，”斯忒潘回答，“您可以捅一根棒子进去，使劲地搅一顿。”

加夫里拉弯下腰看了一下：“他用外衣把窟窿堵死了。”

“那么，您把外衣捅进去。”

只听到闷声闷气的狗叫声。

“你听，那条狗暴露了自己。”人群中有人这样说，大家又哄笑了起来。加夫里拉挠了挠耳朵。“不，兄弟，”最后他说，“如果你愿意的话，那你把那件外衣推进去吧！”

“好，让我来。”斯忒潘爬上去，举起木棒，把绒布外衣捅进去了，用木棒在里面搅了几下，口里喊，“出来！出来！”

木棒还在里面搅动，忽然房门一下子打开：人群连滚带爬从楼梯上跑下来，加夫里拉跑在最前头。拖尾巴大伯砰的一声关上窗子。

“喂！喂！”加夫里拉站在院子当中大叫，“你得小心，看老子的厉害！”

盖拉辛站立门口，一动不动，人群又在楼梯口集拢来。盖拉辛居高临下俯视这帮穿德国号衣的仆人，双手叉腰；他穿了件庄稼汉的红衬衫，在这帮仆人面前，显得无比伟岸，加夫里拉蹿前一步。

“兄弟，你得小心！”他说，“别胡来！”

他便打手势对盖拉辛解释，说是老太太定要你的狗，赶快交出来，不然该你倒霉。盖拉辛望着他，指指那条狗，再指指自己的脖子，用手比画着，做成一个绞索套的样子，然后带着探问的神色望着总管。

“对，对，”总管点头称是，“对，一定要。”

盖拉辛垂下眼睛，然后身子一抖，再指指一直站在身边的姆姆，它正天真地摇着尾巴，好奇地扇动耳朵。盖拉辛又在自己脖子上做了个勒紧的手势，然后意味深长地拍拍胸脯，好像宣布：处死姆姆的任务，我来承担。

“你会骗我们。”加夫里拉摇着手回答。

盖拉辛望着他，鄙夷地笑了笑，又拍拍胸脯；砰的一声关上了门。大家都不作声了，你看着我，我看着你。

“他把自己关在房里，这是什么意思？”加夫里拉说。

“随他去吧，加夫里拉·安德列伊奇！”斯忒潘说，“他答应了，就会做到。他就是这种人……答应了，就算数。他跟咱们弟兄们大不一样。说一不二。真的。”

“不错，是这样！”大伙儿跟着说，点点头。

拖尾巴大伯又打开窗子，也叫一声：“对！”

“好，要是那样就好，等着瞧吧！”加夫里拉说，“不过，警卫不能撤。喂，叶罗希卡！”他叫那个一脸苍白穿黄色棉布上衣的人，那人是个花匠。加夫里拉对他说：“你拿根棍子坐在这儿，有事立刻去找我。”

叶罗希卡操起一根棍子，在楼梯最下一级坐下。人群纷纷走散，只剩下几个好奇的人和几个小孩。加夫里拉本人则回家去了，并通过留保芙·留比莫夫娜向老夫人禀告，事情已经办妥，必要时他会派车去找警察当局。老太太拿手绢打了个结，洒了点花露水，闻了闻，擦擦太阳穴，又喝了几口茶，接着又睡着了，因为月桂水的药性还未消除。

骚乱过去后一小时，顶楼的门打开，盖拉辛走出来。他穿了件过节穿的长袍，用根绳子牵着姆姆。叶罗希卡闪过一旁，让他走过去。盖拉辛朝大门口走去。小孩子们和正在院子里的大人都静悄悄地盯着他。他径直前行，不回头，到了街上才戴上帽子。加夫里拉指使叶罗希卡尾随其后，暗中监视。叶罗希卡远远地看见盖拉辛牵着狗进了一家小饭铺，他便守在外面等候。

店里的人熟悉盖拉辛，都懂得他的手势。他叫了一份肉片菜汤，坐下，两肘撑在桌面上。姆姆站在他椅子旁边，聪明伶俐的眼睛静静地看着他。它身上的毛油光水抹，闪闪发亮，看得出已经用心梳理过。肉片菜汤给端上来了。他撕碎面包浸泡在汤里，把肉片切成小块，然后把盘子放在地板上。姆姆跟往常那样斯斯文文地吃起来，嘴巴只轻轻接触食物。盖拉辛久久注视着它，两滴沉重的泪珠滚动着，掉下来，一滴掉进汤里，一滴落在姆姆倾斜的额头上。他捂住脸。姆姆只吃下半碟，走开了，舔舔嘴。盖拉辛站起来，付了钱，走了。茶房有点疑惑不解，目送他走出店门。

叶罗希卡看见盖拉辛出来，慌忙躲闪一旁，看他走过去了，再跟踪监视。盖拉辛缓步前行，不慌不忙，用绳子牵着姆姆。走到街角，他站住，好像在想心事，忽然大步流星向前走去，直奔克里木浅滩。路上他走进一家院子，那儿正在盖厢房，他从那个地方出来的时候腋下夹了两块砖头。到了克里木浅滩，他便拐弯沿着河岸走，走到一处地方，河面有两条带桨的小划子拴在木桩上(他以前就注意到了)。他带着姆姆跳上一条小船。一个瘸腿的老头从菜园一角的一间草棚里走了出来，冲着他喊。但盖拉辛只是点点头，操起桨使劲划，不一会儿，船便驶离岸边一百俄尺开外，虽说是逆水行舟，老头儿站着看着，抬起手搔搔背脊，先用左手，再用右手，然后一瘸一拐，回他的草棚去了。盖拉辛划呀划呀，莫斯科已经落在身后。两岸青草连天，还有菜园、田野、树丛、农舍，一派农村气象。他放下桨，向姆姆俯下头去，姆姆正蹲在他面前一块干燥的横梁上——船仓早已浸水——它蹲在那儿一动也不动。盖拉辛的两只强劲的手放在它背上，这时，波浪涌着小船又朝城市方向回流过去。盖拉辛终于挺直腰杆，匆匆忙忙，脸上露出病态的狠毒神色，用那根绳子一端绑住两块砖头，一端打个活结，套住姆姆的脖子，将它举在河面上，最后一次端详着它……它信任地，毫无恐慌地看着他，轻轻摇摇尾巴。他转过脸，皱紧眉头，手一松……好在他什么也听不见，听不见姆姆落水时的一声尖叫，听不见水花溅起时闷声一响；对于他，闹哄哄的白天仍是一片死寂，正如对于我们，深夜万籁俱寂仍然听得见静的声音。他再睁开眼睛，扫视水面，细浪粼粼，一浪追逐一浪，依旧拍打船舷，只是离船尾远处水圈在扩大，一圈套一圈，漂送到岸边。盖拉辛从叶罗希卡眼中消失以后，他便回家去了，报道他所看到的一切。

“这就对了，”斯忒潘指出，“他把狗淹死了。这下可以平安无事了。他说到做到。”

这一整天谁也没看见盖拉辛。他没回来吃中饭。到了傍晚，大家都聚拢来吃晚饭，只少了他一个人。

“盖拉辛这个人真古怪！”一个肥胖的洗衣女仆尖声说，“为了一条狗，折腾到这个样子！也真是！”

“盖拉辛回来过。”斯忒潘大声说，拿勺子舀粥。

“怎么？什么时候？”

“大约两小时以前，我在大门口碰见他。他又外出，打从院子里出去。我正想问问那条狗怎么样了，但我看他正在气头上。他推了我一下，好像我挡了他的路似的：‘闪开，别缠我！’朝我背后拍一巴掌，好重啊，血脉恐怕不通了！哎哟！哎哟！”斯忒潘不禁笑了笑，耸耸肩，搔搔后脑勺，“他那只手，真他妈的是铁砂掌，没的说的！”

大家都笑斯忒潘，吃罢饭都睡去了。此时此刻，沿着公路有个彪形大汉肩扛包袱，手执长棍，正匆匆赶路。他就是盖拉辛。他匆匆前行，不回头，他要回家去，回自己的村庄，回故乡。

淹死可怜的姆姆以后，他跑回自己的顶楼，匆匆收拾几件东西，拿一块旧马衣包好，打成一小包袱，扛上肩头，这就准备停当，立即上路。他熟悉回去的路，因为把他弄来莫斯科的时候，他就牢记心间。他的村庄离公路只有二十五俄里。他沿公路大踏步向前，有的是百折不挠的勇气，义无反顾，既悲愤又绝望——生命就是这个模样。他走呀走，敞开衣襟，两眼热切注视前方。他急不可待，就好像敞开怀抱等着他的就是年迈的亲娘，妈妈呀，好像她心痛他流浪太久，在他乡，在陌生人中间，现在该召唤他回去了……

夏夜将临，寂静而温暖，太阳已经落下去，天边依旧残存灰白的微光，即将逝去的白昼仍留下晚霞一抹，回光反照；而另一边，则苍苍横翠微，暮霭早已笼罩下来了。夜就是从那儿生发，成百上千的鹌鹑四面争鸣，秧鸡争先恐后，互相呼应……盖拉辛听不见鸟鸣，他听不见深夜里树木之间的窃窃私语(他正迈开他结实有力的腿走过树林边)。但是，他却闻到了熟透了的黑麦的香气，那是从黑压压的田野上飘过来的；他感到，凉风迎面吹来——这是故乡的风啊！——凉风爱抚地拍他的脸，戏弄他的头发和胡须；眼前是一条闪着白光的路，直通他的家，笔直得像是离弦的一支箭；天上星星无数，星光照亮他回家的路，他就像一头雄狮，迈着大步，精神抖擞，有使不完的气力，因此，待到太阳升起，湿润的霞光照透这个徒步汉子的时候，盖拉辛已经离开莫斯科三十五俄里了。

两天后他便到家了，回到他的小茅屋里了。搬进去住下的士兵的老婆大吃一惊。盖拉辛在圣像前做了祷告以后，当即去找村长。村长起先也很惊讶，他们立刻给他手里塞了一把大镰刀，他便照从前那样割草去了。割草时他得心应手，特别来劲，庄稼汉们看着他镰刀挥舞，顿时青草成堆，全都叫好。

而在莫斯科，盖拉辛出走后的第二天，大家才发觉他不在而去寻他。去他的顶楼搜寻不见，便报告加夫里拉。加夫里拉来了，看了看，耸耸肩，断定哑巴已经逃跑，或者，跟他那条笨狗一起淹死了。通知了警察局，也告诉了老太太。老太太非常生气，大哭大闹，下令无论如何也要把他找回来，并且解释，她从来没有想过要弄死那条狗。她把加夫里拉骂得狗血淋头，以致弄得这个人整天唉声叹气。

终于，乡下传来消息，说是盖拉辛到了那里。老太太这才稍微宽心，先是吩咐马上把他弄回莫斯科，过后一想，她又说：像他这样的忘恩负义之人，有什么用处？再说，她自己也活不了多长的时间了，而她的那几个继承人是不会想到盖拉辛的，他们把母亲留下的家奴都遣散了。

盖拉辛生活到了现在，仍然是自己一个人，住在自己孤孤单单的一间茅屋里。他像从前一样强壮、像从前一样干活一个人顶四个人，和从前一样严肃认真。不过，邻居观察到，他从莫斯科回来以后，一点也不跟女人打交道，甚至看不起她们，并且绝不养狗。男人们议论：“没有女人也算是好事；至于狗——他没有必要养狗把小偷拖进他院子，小偷也会反抗的。”有关哑巴大力士的传闻就是这些。

1852年

安徽师范大学出版社隆重推出

《世界文学名著》（全译本）

序号	书　名
1	失乐园
2	苹果树
3	简·爱
4	消失的地平线
5	德伯家的苔丝
6	格列佛游记
7	哈姆雷特
8	罗密欧与朱丽叶
9	名利场（上）
10	名利场（下）
11	动物庄园
12	1984
13	培根随笔集
14	儿子与情人
15	虹
16	查泰莱夫人的情人
17	福尔摩斯探案全集（1）
18	福尔摩斯探案全集（2）
19	福尔摩斯探案全集（3）
20	福尔摩斯探案全集（4）
21	理智与情感
22	爱玛
23	傲慢与偏见
24	雾都孤儿
25	大卫·科波菲尔（上）
26	大卫·科波菲尔（下）
27	匹克威客外传
28	双城记
29	鲁滨逊漂流记
30	孤星血泪
31	米德尔马契
32	呼啸山庄
33	勇敢的船长
34	彼得·潘
35	沉船
36	爱的教育
37	十日谈
38	神曲
39	堂吉诃德（上）
40	堂吉诃德（下）
41	庭长夫人
42	彼得大帝
43	日瓦戈医生
44	钢铁是怎样炼成的
45	母亲　我的大学
46	童年·在人间
47	青年近卫军
48	毁灭
49	红色骑兵军
50	尼尔斯骑鹅旅行记
51	嘉莉妹妹
52	珍妮姑娘
53	瓦尔登湖
54	汤姆叔叔的小屋
55	白鲸
56	飘（上下）
57	马克吐温中短篇小说集
58	百万英镑
59	哈克贝利·芬历险记
60	汤姆·索亚历险记
61	最后的莫希干人
62	完美的和谐
63	杰克·伦敦中短篇小说集
64	红字
65	丧钟为谁而鸣
66	老人与海
67	永别了武器
68	春潮
69	太阳照常升起
70	去吧，摩西
71	喧哗与骚动
72	夜色温柔
73	了不起的盖茨比
74	宽容
75	小妇人
76	欧·亨利中短篇小说
77	案中案
78	苦行记
79	好兵帅克历险记
80	绞刑架下的报告
81	伊索寓言
82	荷马史诗·奥德赛
83	萌芽
84	红杏出墙
85	九三年
86	巴黎圣母院

《世界文学名著》（全译本）

序号	书　名
87	笑面人
88	克莱孟梭事件
89	红发特里斯丹
90	茶花女
91	悲惨世界（上）
92	悲惨世界（下）
93	红与黑
94	巴马修道院
95	小王子
96	海底两万里
97	追忆似水的年华（1，2，3，4）
98	漂亮朋友
99	波斯人信札
100	蒙田随笔（上下）
101	错中错
102	卡门
103	约翰·克里斯朵夫（上）
104	约翰·克里斯朵夫（下）
105	名人传
106	忏悔录
107	社会契约论
108	巨人传
109	羊脂球
110	背德者 窄门
111	昆虫记
112	都德中短篇小说集
113	最后一课
114	基督山伯爵（上）
115	基督山伯爵（下）
116	二十年后
117	三个火枪手
118	八十天环游地球
119	一个乡村教士的日记
120	高老头
121	驴皮记
122	欧也尼·葛朗台
123	交际花盛衰记
124	幻灭
125	幽谷百合
126	局外人
127	鼠疫
128	娜娜
129	格兰特船长的儿女
130	神秘岛
131	莫泊桑小说选集
132	高龙巴
133	包法利夫人
134	诚实的贼

序号	书　名
135	卡拉马佐夫兄弟
136	白痴
137	群魔
138	被侮辱与被损害的人
139	复活
140	苦难的历程
141	穷人
142	贵族之家
143	猎人笔记
144	初恋
145	契诃夫短篇小说选
146	变色龙
147	黑桃皇后
148	上尉的女儿
149	安娜·卡列尼娜（上）
150	安娜·卡列尼娜（下）
151	战争与和平（上）
152	战争与和平（中）
153	战争与和平（下）
154	钦差大臣
155	萨宁
156	罪与罚
157	罗亭
158	克雷洛夫寓言
159	死魂灵
160	大师与玛格丽特
161	奥勃洛莫夫
162	格林童话全集
163	查拉图斯特拉如是说
164	拿破仑传
165	荒原狼
166	浮士德
167	少年维特之烦恼
168	父与子
169	安妮日记
170	希腊神话故事
171	安徒生童话故事集
172	十字军骑士
173	变形记
174	审判
175	城堡
176	一个陌生女人的来信
177	茨威格作品选集
178	一个女人一生中的二十四小时
179	群星闪耀
180	三大师传
181	变形的陶醉
182	牛虻

中图传媒
独家发行：中图文轩（北京）文化传媒有限公司　　电话：18810238553
地　　址：北京市朝阳区安定门外安华里 504 号　　QQ：1359330205